D0594900

Yann Queffélec

Les noces
barbares

Gallimard

Yann Queffélec, critique littéraire au *Nouvel Observateur*, a publié une biographie sur Béla Bartók et un premier roman très remarqué : *Le charme noir*. Il a obtenu le prix Goncourt en 1985 pour *Les noces barbares*.

A Françoise Verny

A Marie-Rose et à Edgar

Première partie

I

Le bain refroidissait, Nicole émergea. Ruisselante elle décrocha la serviette-éponge et se frictionna longuement. Les parfums croisés de la campagne et du pain chaud faisaient monter en elle une langueur qui la berçait. Furtive, elle essaya les souliers noirs de sa mère et fit la moue. Ils flottaient un peu mais la grandissaient. Elle aperçut alors son reflet dans la buée du miroir ovale et sourit. A treize ans, bientôt quatorze, elle en paraissait dix-huit avec ce corps déjà mûr, cette bouche sanguine, ces yeux bleus en amande, et ces longs cheveux vermeils comme un feu sur les épaules. Elle passait chaque jour une heure à domestiquer l'incendie.

En bas la porte avait claqué, maman venait de sortir. Elle et papa ne finiraient guère au fournil avant minuit. Nicole s'agitait à la pensée du mauvais tour qu'elle allait leur jouer, un dimanche, un jour sacré. Elle irait à confesse demain, voilà tout ! Pour avouer quoi ?... Elle avait à peine menti. C'était vrai qu'elle dormait ce soir chez Nanette, sa grande cousine, bien seule aujourd'hui que Bernard l'avait quittée.

Evidemment, d'abord, elle avait rendez-vous...

13

A Nanette aussi, elle avait menti. Oh pas méchamment !... Elle avait parlé d'une cocaboum avec enfants et parents, chez des Parisiens, un anniversaire où Will, tu sais l'Américain d'Arzac ! était lui-même invité — d'ailleurs il la ramènerait bien avant minuit.

Nicole s'étira. Qu'il faisait bon rêver à Will. A ses yeux verts où dansait un pollen doré. Qu'il faisait bon se préparer tandis que l'imagination divaguait. Will au bal du 14-Juillet, l'invitant à danser sous les lanternes multicolores, à danser en slow « le plus beau de tous les tangos du monde ». Will sur la dune, un soir, leur premier baiser ; le murmure du vent derrière eux sur les pins ; la nuit douce où clignotait vers la mer la folie des étoiles et des phares.

Que d'émotions pour se mettre en beauté ! La veille, alléguant la chaleur, elle avait couché au grenier sur un matelas. En fait, elle voulait déjà s'apprêter. Vérifier le rouge à lèvres, un vieux tube à maman repêché dans la poubelle. Une chance ! A la pension, pour se colorer la bouche, il fallait plaquer ses lèvres mouillées sur les dahlias du papier mural. Et rétive au sommeil, le regard vert illuminant sa rêverie comme un phare, elle s'était pomponnée, parfumé l'haleine au réglisse, élargi la pupille au citron, brossé les dents sur les conseils de Nanette au charbon de bois pilé. Enfin, elle avait amidonné puis repassé les volants de sa robe en plumetis, blanche avec un décolleté carré.

Elle avait rencontré Will au Chenal, un bar sur le port qui faisait dancing l'après-midi. C'était deux mois plus tôt, à la Saint-Jean, ses parents la croyaient à la plage. Je suis un militaire américain, un pilote, je peux m'asseoir ? Il avait les cheveux très noirs, coiffés en arrière sans raie. Elle avait pris un sorbet citron, lui une bière, il souriait et la regardait fixement, ignorant Marie-Jo qui s'était éloignée vexée. Il avait dit : « Tu es très jolie, si tu veux nous serons amis. » Paniquée par les yeux verts, elle avait bredouillé : « Il est tard, je dois rentrer. » Will l'avait ramenée en Jeep à mi-chemin de la boulangerie. C'était seulement le lendemain qu'il l'avait embrassée.

La semaine suivante, il venait à la boutique et se présentait aux boulangers — tous les deux jours il prendrait livraison d'une centaine de pains destinés au camp d'Arzac, sur la côte. Et tous les deux jours il fut là bien à l'heure, juste avant la fermeture, et tous les deux jours impeccable et radieux, comme s'il tirait son bonheur de charger du pain dans sa Jeep. Il bavardait avec Madame Blanchard, taquinait gentiment Nicole, allait donner le bonjour au fournil, et de fil en aiguille resta parfois dîner. Nicole eut même le droit de le raccompagner jusqu'à la grand-route, en haut du chemin, d'où l'on voyait les phares au coucher du soleil. Et les parents n'imaginaient pas que ce garçon si gai, si fraternel, vingt ans d'âge au moins, pût alors couvrir de baisers passionnés leur fillette qu'ils ne voyaient pas sortir de l'enfance.

Il l'appelait Love, il l'appelait Amour, il l'appelait Lovamour, dessinait des cœurs sur le sable unissant leurs prénoms. Les yeux dans les siens il disait : « N'aie pas peur, viens contre moi. » Et Nicole affolée par les grandes mains : « Non Will, j'ai juré, pas avant le mariage. » Un soir il était nerveux, presque méchant ; comme elle s'inquiétait : « C'est fini, Lova-mour, je repars en Amérique lundi matin. — Mais c'est dans deux jours ! — Je veux me marier, Lova-

15

mour, me marier avec toi. » Elle avait menti : « Je suis trop jeune... j'ai juste quinze ans. — Ça ne fait rien, je reviendrai te chercher plus tard. »

Nicole avait pleuré toute la nuit. Will s'en allait, c'était trop affreux. Will qu'elle aimait pour la vie. Tout ça parce que la base américaine était supprimée, quelle idiotie ! Bien sûr il avait juré qu'il allait l'épouser... Le jour suivant, ce fut les bras encombrés de fleurs et de mousseux qu'il vint faire aux Blanchard ses adieux. « Je veux parler à Madame, et aussi à Monsieur. » Tout farineux, le boulanger rappliqua dans l'arrière-boutique. « Je veux parler, mais c'est difficile en français. » Il avait un ranch au Michigan, pas trop loin du lac, il fallait travailler dur, certaines saisons la terre ne donnait pas ou les bêtes tombaient malades, ou les petits animaux volants ravageaient les maïs, enfin quoi c'était fini, l'armée, il retournait chez lui, seulement voilà, il voulait se marier, il espérait bien dans quelque temps épouser Nicole. Les parents s'étaient regardés ahuris, doutant s'il fallait rire ou s'émouvoir. Nicole avait pris la couleur du piment qui séchait au mur. Madame Blanchard songeait par-devers soi : la petite est bien jeune, presque une enfant, mais un Américain... Et riche avec ça, faudrait voir à voir !... Et le père, après un long soupir, avait appuyé ses vœux intimes : « Hé bé... faudra voir avec le temps... Faudra voir à voir. »

La boulangère ouvrit un paquet de biscuits à la cuiller. Les parents et Will trinquèrent au mousseux. Nicole eut un fond de coupe mouillé d'eau ; puis du Pschitt citron.

Après dîner, les jeunes gens étaient allés voir les phares une dernière fois. Nicole les connaissait tous.

16

« Là, c'est Saint-Nicolas... et le rouge au loin, c'est Cordouan. Et là-bas qui scintille, la bouée d'épave. » Mais ce soir le cœur n'y était pas, et les grandes mains cherchaient son corps, elle devait lutter contre tous ces doigts, tous ces baisers qui l'étourdissaient. « Demain, Lovamour, c'est la soirée d'adieu. Il y a une fête à mon camp. Tu veux venir ? — Je ne sais pas, Will. Je dois dire à ma mère. — Non, surtout ne lui dis rien. Je viens te chercher ici à neuf heures. Et puis l'année prochaine, on se marie toi et moi dans mon ranch... »

*

Pourquoi maman mettait-elle son parfum sous clé ? C'était exaspérant ! On ne trouvait sur la tablette, hormis le flacon familial de shampooing aux œufs, le talc à la vanille et la gomina, que la soude caustique et le sent-bon quotidien du père : une essence de jasmin diluée dans l'alcool. Elle approcha son nez. C'était violent, mais sur sa peau, peut-être... Et s'étant parfumé le revers de l'oreille, elle aspergea finalement tout son corps, sans oublier les pieds et le mouchoir de fil, remplit au robinet la bouteille à moitié vide et fut alors catastrophée de voir le jasmin surnager.

En bas l'horloge avait battu huit heures et quart, il ne fallait plus traîner. Ce qu'elle fit pourtant d'un cœur léger, s'attardant à choisir parmi ses dessous qu'elle avait nombreux, les plus mignons et bienséants. Puis ce fut le tour de la robe et elle faillit perdre ses nerfs : la robe était un peu juste et lui serrait la taille. A part ça du plus bel effet. Will pourrait être fier de la présenter à ses amis. Elle emprunterait en douce un sac à main de maman — ça faisait distingué.

Elle ne rencontra personne en sortant par la cour, se hâtant le long du fournil apparemment désert. Le soleil était encore haut, l'air bleu flamboyait. Elle prit par les labours, montant sous la haie pour éviter Simone et Marie-Jo toujours à l'espionner. Ces deux chipies faisaient une maladie depuis qu'elle s'affichait à la plage avec le pilote américain. Et maintenant qu'elle avait parlé mariage, il fallait voir, une vraie jaunisse verte! « Oh mais je vous écrirai du Michigan », avait-elle promis.

Le cœur battant, Nicole fit une pause à l'ombre avant d'arriver au carrefour, sortit du sac de maman le bâton de rouge et fignola son maquillage une dernière fois. Le miroir de poche en tombant se fêla.

Will était déjà là, dans sa Jeep, la regardant s'approcher d'un air malin. Pas un mot sur la robe, pas un compliment. Nicole aperçut une bouteille entre ses genoux.

« Ce soir, annonça-t-il en démarrant comme un fou, c'est la fête! »

Il roulait à tombeau ouvert sur un chemin défoncé, visant les flaques d'eau, frôlant les pins, coupant à travers les dunes et s'esclaffant.

« Mais, Will, tu as bu! » s'écria Nicole épouvantée.

Le moteur hurlait, les embruns boueux giclaient, les secousses allaient gâter sa jolie robe et la rendre malade, elle se cramponnait suppliante au siège :

« Moins vite, Will, moins vite!

— Non, plus vite, darling, plus vite », répondait l'autre en indiquant l'ouest où menaçait un ciel noir, et il lâchait le volant pour boire au goulot.

A leur arrivée, les gouttes perdues d'un orage lointain faisaient frémir le sol brûlant. Un planton rigolard leva la barrière et, tête en l'air, se remit à gober la pluie.

En fait de ranch et d'Eldorado, William Schneider était veilleur de nuit dans un parking du Bronx. Il était fiché au commissariat pour grivèlerie. Sa femme était laveuse de carreaux. Terry, leur fils, avait deux ans.

*

Le camp d'Arzac, c'était derrière une palissade barbelée quelques baraquements face à la mer, une antenne radio, un mât portant les couleurs américaines, un poulailler niché sous la falaise d'où s'élevaient parfois des gloussements assourdis. Personne en vue ; le gros des effectifs avait été rapatrié la veille. Restait une poignée d'hommes chargés d'apurer les derniers comptes avec les fournisseurs français.

« Voilà ma chambre... »

Ils étaient dans une pièce carrée donnant sur l'océan. Le sol et les murs étaient en bois brut. Le vent faisait claquer la tôle ondulée du toit. Au fond, masquant un réchaud à gaz étayé par des rondins, des maillots et des slips séchaient sur un fil, des casiers à bière flanquaient une armoire en fer gris. Sous l'ampoule nue tombant du plafond, des canettes jonchaient une table en formica zébrée par les mégots ; des caisses à obus servaient de tabourets. On entendait la mer proche harceler la falaise.

Will venait d'allumer un phonographe où le bras

19

attendait, posé d'avance sur une complainte de Frank Sinatra.

Les yeux verts parcouraient goulûment l'adolescente, exprimant un désir si nu qu'elle gardait les bras croisés. Il émit alors un sifflement voyou : crevant l'orage, un dernier soleil rouge rasait le bas de la fenêtre, empourprant les cheveux blonds déployés.

« Assieds-toi, darling, n'aie pas peur. »

Abasourdie, Nicole hésitait devant les caisses à obus, craignant pour sa robe déjà froissée.

« Assieds-toi sur le lit. C'est sur le lit qu'il faut aller, darling. Est-ce que tu as soif?

— Non, Will, merci... Et tes amis, où sont-ils ? »

Posée à l'extrême bord du sommier, elle paniquait à la vue d'un pan de mur tapissé de femmes nues.

« Mes amis vont venir, honey, c'est la fête ! Ils vont tous venir. »

Will avait sorti de l'armoire une bouteille de scotch, et buvait à longs traits bruyants.

« Ah non, Will, tu ne vas pas boire encore !

— Si, je vais boire, et toi aussi, darling, tu vas boire avec moi. »

Il eut un rire obscène et se mit à onduler du bassin.

« Et après, on va baiser toi et moi. Tu as peur ? »

De force il l'avait enlacée et postillonnait contre son visage, l'œil chaviré.

« Bois ! » ordonna-t-il.

L'attrapant soudain par la nuque, il voulut lui mettre le goulot dans la bouche. Elle eut un tel sursaut, rage et frayeur, qu'un flot d'alcool inonda la robe. Hurlante elle bondit vers la porte. Elle tournait la poignée quand il agrippa sa chevelure, et tirant en arrière à toute volée la précipita sur le lit. La robe

20

était remontée jusqu'au nombril. Elle hurlait de plus belle, il la gifla. « Tu vas la fermer, et tu vas boire. » De la tête aux pieds, il l'arrosait de whisky. Suffocante, elle cherchait à griffer et à fuir. « Tu vas cesser de gueuler, sinon... » Il avait battu son briquet. Les yeux exorbités, Nicole vit la flamme illuminer ses mèches dégoulinantes de whisky. Will ricanait. De sa main libre, il tâtait le corps terrifié. « Tu as fait pipi dans ton slip, darling, murmura-t-il avec un clin d'œil doucereux. Je l'emporte à New York... En souvenir. » Dans les yeux verts le regard tournait au plomb. « Enlève ton slip ! »

Transie de honte, elle ne bronchait pas.

« Enlève-le ! » tonna-t-il en arrachant un paquet de cheveux blonds qu'il fit cramer dans ses doigts.

Il souriait béatement, reprenait haleine en regardant la fillette obéir. Il ramassa le linge entre les souliers noirs, et l'ayant brandi comme un scalp vers la lumière, il le fourra au hasard dans sa cantine.

« Maintenant, on va pouvoir baiser, darling ! Ma femme, elle veut toujours baiser. »

De l'armoire il rapportait une autre bouteille de scotch et l'ouvrait à pleine bouche. Elle voulut s'enfuir de nouveau, mais chancela d'épouvante et s'écorcha les genoux en tombant. Du pied, il acheva de l'envoyer dinguer, puis se jeta sur elle à quatre pattes, haletant. Alors brutalisant ses lèvres serrées il la fit boire, heurtant sans précaution les dents avec le goulot, bouffonnant quand elle s'étranglait.

« Non, Will, non », parvint-elle à gémir encore, et ce fut les derniers mots qu'elle proféra cette nuit-là. L'homme ayant déboutonné son treillis la déchira d'un seul coup, sourd aux cris de douleur et aux sanglots. Il n'arrivait pas à jouir et l'agonissait d'injures en la frappant. Nicole devint geignante sous lui, molle et presque assommée ; sa bouche et son corps saignaient. Il la traîna jusqu'au lit, son pantalon sur les mollets — « Petite chérie française » —, gagna la porte et gueula vers la nuit tombante : « Come on, guys, she is ready. » Puis il piétina furieusement son treillis pour finir de l'ôter, enfila une rasade de scotch, et retourna s'abattre sur elle.

Une porte claqua dehors. De la baraque voisine arrivaient Aldo et Sam, lesquels attendaient en buvant le signal de Will, et de temps à autre venaient se rincer l'œil au carreau.

Aldo était un colosse bedonnant d'origine chilienne ; Sam un jeunot rouquin fils de pasteur.

« My friends, déclara Will. C'est la fête, darling. »

Il la mit debout, Nicole tombait sur place en gémissant, Sam la retint d'une main par la taille et de l'autre fouilla sous la robe avec un rire épais. Will empoigna les volants brodés, tira sauvagement de bas en haut, brisant la ceinture et faisant sauter les boutons. Les manches et le col restaient coincés. « Exactly like football » ricana-t-il et, comme une peau de sole, il arracha la robe avec un feulement stupide et roula par terre.

Il y eut un silence. Les trois hommes reluquaient leur proie tremblante et nue comme un butin chaudement gagné. Le soutien-gorge dégrafé pendait, une bretelle sectionnée. Un des souliers noirs de maman était passé sous le lit. Le visage en pleurs, elle se tenait debout, recroquevillée derrière ses bras en étoile.

« Lovely », dit Aldo d'une voix rauque, et sa grosse main velue fit délicatement glisser le long du bras meurtri le lambeau du soutien-gorge offusquant la vue. « Lovely. » Il débouclait son ceinturon. « There », dit-il à Sam en montrant la table.

Il la viola parmi les cartes à jouer et les mégots, elle étendue, lui debout, et quand dans un réflexe elle se débattait, secouant la tête et cherchant à mordre, il s'enthousiasmait : « Yes, come on, girl, come on. » Will chaque fois qu'elle ouvrait la bouche y versait du whisky. De temps à autre il arrachait des mèches pour les regarder brûler.

A tour de rôle ils la profanèrent, se disputant le privilège de charcuter sa virginité. Aldo la sodomisa, tiraillant les cheveux blonds comme la crinière d'une jument rétive. Il dégoulinait. Son torse luisant portait une forêt de poils où le crucifix d'or oscillait comme un pendule entre les clous noirs des seins, perdant de larges gouttes de sueur qui venaient s'écraser sur la fillette évanouie. Sam faisait le voyeur. Au début, sitôt que les deux autres se retiraient pour boire et souffler, il prenait la relève avec frénésie. Puis, trop excité, il dut bientôt se contenter d'envier les assauts ravageurs du Chilien qui, toujours debout, s'amusait à soulever la table où il clouait l'adolescente et marchait ainsi dans la pièce. Plus nerveux, Will arrosait Nicole de bière et réclamait de la prendre à deux « like a sandwich ».

« Sleep, my baby, dit Aldo pour finir, we are tired. » Et prenant Nicole à bras-le-corps, il la balança de loin sur le lit de camp. Puis il ramassa les cartes éparpillées, et, quand même un peu sonné, revint s'asseoir à table en rajustant son pantalon.

Will s'était affalé dans un coin parmi les bouteilles renversées. Il allait sombrer quand un cocorico cisailla la nuit. « Ce coq de merde », articula-t-il en se tapant le front ; et nu comme un ver il quitta la baraque.

Une minute plus tard il ramenait la bestiole, une chochotte fulminante aux ailes rognées, fouettant l'air de ses pattes et crachotant son cocorico malgré la poigne qui tordait son cou. « No », fit Aldo quand il voulut percher l'animal sur Nicole inerte en travers du lit. Alors, se détournant, Will étrangla posément la bête, regardant vibrer la langue rose et se ternir l'œil sous la crête en berne, attendant pour lâcher prise qu'un flot rouge inondât le bec écarquillé. Puis armé d'une casserole il retourna dehors et, cette fois, rapporta des œufs. Du pouce il en brisa un de haut entre les seins de Nicole, et mit en route une omelette qu'Aldo et lui partagèrent en silence à même une poêle au manche absent. Le Chilien sauça la graisse avec les doigts.

Au petit jour, toute violence avait disparu ; ne restait plus qu'une vague hypnose unissant les trois hommes à leur victime. La mer s'était tue. On entendait chuinter le bras du phonographe en bout de course. Une odeur de festin caillé pourrissait l'atmosphère. Dans cet instant frappé d'amnésie qui tournoyait loin du temps, chacun semblait renaître aux torpeurs sidérales préludant à la naissance, à la mémoire, à la folie : Aldo vautré sur la table, un bras ballant, Will effondré par terre auprès de Sam en chien de fusil.

Nicole, un pied toujours chaussé, la bouche et les yeux entrouverts, contemplait sans rien voir le zingage rouillé du toit.

Plus tard Sam vint la caresser. « Blood », murmura-t-il d'une voix stupide, et il recommença : « Blood ! » Il semblait en extase et retournait sa main sous la lumière comme si le sang du viol était en or pur. Il se baisa les doigts, hocha la tête avec ravissement, murmura de nouveau : « Blood », puis entreprit de se maquiller à l'indienne avec cet élixir providentiel. Avisant un slip dans la cantine, il s'en coiffa jusqu'aux oreilles, et tel un Sioux délirant sur un air de tam-tam, se mit à parader autour de la table en scandant d'un ton nasillard : « Whisky... Beer... Sandwich... Blood... » Et chaque fois qu'il annonçait « Blood » on entendait Aldo moduler en sourdine : « Coca-Cola hou hou. » Will avait sorti son harmonica pour les accompagner.

Une aurore aigrelette environnait les murs quand les nerfs de Sam lâchèrent : il saisit une bouteille de scotch par le goulot, et matraqua d'un revers l'ampoule encore allumée. Il y eut une explosion brève accompagnée d'une bave de feu zébrant l'air jusqu'au sol.

« It is not possible », se mit à pleurnicher Sam en se prenant la tête à deux mains, « no, no », et fébrilement il se rhabillait au hasard des vêtements éparpillés. Il s'en fut dehors en répétant : « No, no, not possible, no » ; Will reproduisait à l'harmonica le timbre geignard de ses lamentations.

Sam revint avec un bidon d'eau douce, une serviette-éponge, un flacon thermos de café, et timidement commença de laver l'enfant qui prit la serviette et la tira sur son corps. Elle accepta le café, voulut boire, et se mit à vomir à petits spasmes amers qui ne délivraient pas l'estomac bloqué. Sam cherchait les affaires de Nicole, le sac à main, le soulier manquant, le slip qu'il avait sur la tête, aidait la fillette à se réfugier dans la robe aux volants déchirés : la robe où pas un bouton n'avait survécu, et qu'il assujettit par un nœud grossier dans l'étoffe.

« Je te ramène, come on... »

L'œil hagard elle fondit en sanglots secs et ses lèvres bougèrent sans émettre un son. Flageolante, elle s'abandonnait contre Sam qui, maintenant dégrisé, l'entourait d'un puritanisme effréné. Ils allaient sortir quand un grognement retentit derrière eux.

« She is mine », marmonnait Will tête baissée.

Ramassant le cadavre du coq, il gifla Sam avec et l'estourbit d'un coup de genou dans le bas-ventre. Puis venant sur Nicole, il la plaqua violemment au mur. Le regard vert n'était plus qu'une boue. « Money, bafouilla-t-il en empoignant son sac à main, money for you, my little slut ! » Du sac tomba une photo de Nicole en maillot de bain dédicacée : « *A Will pour la vie.* »

Elle repartit à pied sous un crachin muet, ne vit personne à la barrière et s'enfonça d'un pas mécanique à travers les dunes embrumées. Ce n'est pas loin, c'est juste au bout. Un peu de sable, un peu de grand-route, et ça y est. Une mèche mouillée pendait sur son nez. Elle grelottait, saignait en marchant, n'éprouvait rien. Décidément les souliers noirs tenaient mal aux pieds. En arrivant chez Nanette, elle songea qu'elle avait sommeil et qu'un croissant bien chaud lui ferait plaisir. Elle traversa le jardinet silencieux, contourna la maison, trouva la clé dans la niche, ouvrit la porte, et s'étant déchaussée gagna sa chambre à tâtons. Un jour vitreux baignait la pièce. Elle posa son sac sur l'édredon joufflu du grand lit, puis machinalement tourna les yeux. C'est alors qu'elle se vit dans l'armoire à glace, les mollets en sang, la robe déchiquetée, la chevelure en tornade, la bouche tuméfiée, l'œil fou d'épouvante, et la mémoire affluant par saccades elle recula pour s'enfuir, vacilla vers l'escalier, s'étala sur une marche et se mit à secouer la rampe en rugissant : « Nanette, Nanette, Nanette, Nanette, Nanette... »

II

Ludovic était un garçonnet longiligne au visage émacié. Il avait les épaules tombantes, les bras musclés, les cheveux châtain clair taillés au bol par Madame Blanchard qui craignait les poux. Les yeux étaient verts, démesurément. Le regard s'y mouvait, craintif, comme une bête forcée.

Depuis sept ans qu'il vivait au bord de la mer, Ludovic ne l'avait jamais vue. Il l'entendait. Mais au grenier la lucarne donnait sur la cour, sur le fournil, et là-bas sur des pins monotones que les brouillards matinaux calfeutraient. Rugissement, murmure, le bruit se poursuivait jour et nuit, si fort par mauvais temps que même les ronflements du boulanger s'effaçaient. L'enfant serait bien allé voir; mais la porte était fermée à clé.

Quand Monsieur Blanchard traversait la cour, convoyant du fournil au magasin les miches fumantes, l'odeur du pain chaud flottait jusqu'à lui. Sous la lucarne et par terre, et même dans sa chevelure, il recueillait tous les matins une fine poussière blanche au goût fuyant.

En bas, c'était des coups de sonnette à n'en plus

finir. Puis le soir, entre deux silences, le chant des cuillers dans la soupe, et trop souvent les cris pointus des femmes et les éclats furieux du boulanger.

On lui montait·ses repas une fois par jour en fin d'après-midi. Des bouillons au tapioca, des topinambours, et les mulets que Monsieur Blanchard pêchait sur le port, au pied d'une estacade où les commères vidaient leurs seaux. Jamais de pain, même rassis. Nicole avait refusé son lait; le boulanger refusait son pain.

Tour à tour il avait affaire à Madame Blanchard, à sa fille — cheveux gris et cheveux couleur de pain. On ne lui parlait pas, il ne parlait pas. Mais des voix s'élevaient du plancher, des mots à la longue ébauchaient sa mémoire, des signes confus s'allumaient en lui qu'il finissait par identifier. La porte refermée, Ludovic se jetait sur la nourriture et mangeait avec ses doigts.

Monsieur Blanchard ne montait jamais. Un matin qu'il sortait du fournil, son regard avait croisé celui du gosse à l'affût du pain chaud. L'homme avait secoué la tête avec rage et craché. Le soir même ils se déchaînaient en bas. Le père et la mère insultaient la fille, et la fille insultait Dieu. Et soudain la porte s'ouvrait sur les deux femmes en furie, la mère traînant la fille par les cheveux : « Tu vas lui mettre ça, catin! tu vas le fagoter comme il faut, ton amerloque!... — Jamais! sanglota Nicole. — Crève donc! » vociféra l'autre en la repoussant dehors. Et ce fut elle qui déshabilla Ludo sauvagement, pour l'affubler d'une robe à volants sale et déchirée lui pendouillant sur les mollets.

Il n'était d'ailleurs vêtu qu'en fille — à part les

caleçons d'homme en gros coton bleu dont on avait repris l'élastique —, pieds nus dans des sandales en caoutchouc qui ne fermaient plus.

Pour se laver il disposait d'un broc d'eau quotidien, d'une coiffeuse et d'une cuvette à balancier dont, à force, il avait détraqué les roulis. Restait un bout de miroir sur l'un des panneaux. Il y promenait son visage et n'en voyait jamais qu'un fragment. Les yeux verts le fascinaient. Jusqu'au jour où la boulangère acheva le miroir avec un tisonnier.

Il faisait ses besoins dans un bac à sable, et parfois à côté pour se rebeller. Madame Blanchard disait : « Si c'est pas dégoûtant ! », puis lui tordait l'oreille et l'obligeait à baiser les souillures. Le coupable à genoux demandait pardon.

L'hiver il couchait au fond d'une armoire, emmitouflé dans une capote de soldat sous les affaires pendues. Son ombre le soir marchait avec lui. Il s'énervait à vouloir l'attraper. Les beaux jours venant, il étalait sur le plancher des sacs à farine et, devant la lucarne ouverte, attentif à la mer, aux odeurs, à la nuit, s'endormait roulé dans le molleton d'une table à repasser, le majeur inconsciemment posé sur l'anus. Il n'avait pas peur du noir mais un rien violentait son sommeil. Un filet de salive au coin des lèvres le faisait pleurer. Sa main touchant son bras par hasard lui tirait des cris d'épouvante aussitôt punis d'une volée de coups au plafond. Les brûlures d'estomac le livraient aux chimères de l'insomnie. Il pouvait grincer des dents si fort en dormant que Monsieur Blanchard croyait ses murs dévastés par les charançons.

Ludovic savait moins parler que chuchoter, le

timbre naturel de sa voix l'effarouchant. Mais la nuit, dans sa tête, les voix des autres battaient la chamade et les mots tempêtaient comme des grêlons : *Faut qu'il apprenne et qu'il aille à l'école ce gosse... et puis tu ne peux pas le laisser moisir au grenier... mais non il n'est pas idiot... maman dit qu'il est tombé tout seul... si tu veux je le reprends quelques jours chez moi... qu'est-ce que ça peut lui faire à ta mère il n'y est pour rien... faut juste laisser passer un peu de temps... tu ne trouves pas qu'il est mignon... tu finiras bien par t'y attacher...*

Une nuit, il se jeta sur la porte et la démolit à coups de pied. Les deux Blanchard matèrent péniblement ce révolté somnambulique insensible au martinet. Le lendemain, l'enfant se passionnait pour les travaux de réparation que le maître des lieux mena sans dire un mot.

*

Nanette, la cousine, essayait de fléchir sa tante et d'obtenir qu'il fût de nouveau placé chez elle en pension. Elle habitait les terres, en dehors du village. Usant d'un droit de visite hebdomadaire elle venait lui parler, le faisait parler, compter sur ses doigts, s'inquiétait si maman Nicole était gentille avec lui, s'il aimait qu'on lui débarbouille la figure, hein mon goret ! lui racontait à l'avenant le petit Jésus, les Gaulois, les rois de France et la ronde des métiers, s'enquérant soudain s'il se rappelait tous les bons moments passés avec elle autrefois. Mais Ludo ne répondait rien.

Après le départ de Nanette, les petites voitures et

divers cadeaux étaient confisqués par la boulangère — soi-disant qu'il pouvait s'étrangler.

Dans le désœuvrement des jours il tirait un parti magique de tous les trésors déglingués qui l'entouraient, fauteuil bancal, paniers crevés, machine à coudre ou masque à gaz qu'il brisait un peu plus encore avec un bonheur sensuel. Et dès qu'il était triste il s'arrachait les sourcils.

Au milieu des poutres, il avait confectionné sous la toiture une caverne en toile à sac propice à l'oubli. Une corde servait d'accès. Il s'acagnardait là-haut de pleins après-midi sans voir le temps courir, fignolant une obscurité maniaque à l'épreuve du soleil.

Pour compagnes il avait des araignées qu'il regardait filer leur toile et piéger des proies volantes bernées par les contre-jours. Il aimait surprendre les curées impavides où l'on voyait s'enlacer la dîneuse et l'insecte dévoré dont seul un frémissement d'ailes indiquait la torture. Un soir d'août, il entendit des pas dans la cheminée béante, enfonça machinalement la main et se mit à hurler : un busard avait accroché son poignet bec et ongles et, terrifié par les cris, s'était envolé parmi les chevrons. Ludo considérait son bras qu'une écorchure étoilait. Au-dessus de lui, couleur ténèbre, un animal d'un mutisme lunaire était perché.

La fièvre abattit l'enfant toute une semaine et lui donna des cauchemars où la capote de soldat sortait en grommelant de l'armoire, et venait sur lui bras grands ouverts. Il ne toucha plus les mulets, s'épuisant dès l'aube à fixer les yeux mi-clos du rapace que la lumière semblait pétrifier. L'oiseau chassait la nuit, rapportant au matin des reliefs de souris dont Ludo venait examiner les dentitions ricanantes en son

33

absence. Après un mois d'une harmonie taciturne entre la bête et l'enfant, le busard disparut.

Ludo connaissait l'horizon par cœur, le toit du fournil, le chemin longeant la boulangerie vers les labours, l'aboiement des chiens, la couleur des pins changeante au fil des mois, le ciel toujours vagabond qui sentait la résine ou la corne brûlée. Les jours d'orage un ruisseau fendait la cour. Il avait souvent l'impression que la porte allait s'ouvrir, qu'il y avait quelqu'un derrière à l'épier par les fentes du bois ; puis il oubliait.

Il vivait sans lumière électrique, au gré du soleil que l'hiver dissipait trop tôt. L'été la chaleur tombant du toit l'exténuait, mais il aimait l'azur, la campagne en fleurs, la magie des longs soirs sucrés, le clapotis rouge de la vigne vierge aux murs du fournil et, la nuit, le festin minéral des constellations.

A cinq ans Madame Blanchard l'avait mis au travail.

De bon matin, elle faisait irruption avec une bassine de patates ou de petits pois à écosser. Les jours de pluie, c'était des ballots de linge trempé qu'il devait mettre à sécher sur un fil coupant son territoire en deux. Songeur, il posait les pinces et regardait s'égoutter sur de vieux journaux les corsets rose bonbon de sa tortionnaire. Il identifiait au premier coup d'œil les sous-vêtements de la maisonnée, se déguisait avec, les mordillait comme des tétines, ravi par beau temps de les repérer claquant au vent dans la cour, tels de vieux amis le hélant de loin.

Un soir d'hiver il vit une lueur surgir du plancher. Il gratta la poussière entre les lames avec son peigne, ajusta l'œil, et fut surpris de tomber sur la blonde à l'étage inférieur, les mains jointes au chevet d'un lit grand ouvert. Il battit des paupières en découvrant qu'elle n'avait rien sur elle et puis se remit à l'épier. Et désormais Ludo surveilla tous les jours sa mère en catimini, furieux quand un angle mort la lui dérobait, contemplant avec mélancolie la douceur du corps nu.

*

Dieu sait qu'elle n'avait rien négligé pour le tuer dans l'œuf. Tous les enchantements, tous les trucs de sorcière y étaient passés — le vinaigre d'ortie, la pelure d'oignon, les queues de radis noirs par les nuits sans lune. Elle s'était même blessée avec une cuiller à soupe à vouloir se débrouiller seule. « Lève donc les bras, disait la mère, lève-les, qu'il se pende avec le cordon. » Cent fois par jour elle levait les bras, le plus haut possible, et cent fois par nuit, les mains crispées aux montants du lit pour hâter la pendaison. Dans ses cauchemars défilaient de petits gibets roses.

« De l'encre aux doigts, ruminait le père, et la voilà grosse avec un vaurien dans les tripes. Et le Maire et tout le village à dauber comme quoi sans doute elle l'a bien cherché. Et bientôt c'est son ballon qu'ils vont lorgner ! De l'encre aux doigts... »

« Il doit crever, rageait la mère, il faut qu'il crève. Le bon Dieu ne laissera pas faire ça. Qu'on soit la risée du pays. Que le pain sur lequel je fais ma croix tous les jours soit du pain sale avec le péché dessus, le péché de ma fille. Un jour les voisins sauront qu'elle couve, et ma maison sera montrée du doigt. »

Nicole à la rentrée n'alla plus en pension. « Elle

m'aide à la boutique à présent... » Elle n'aida pas un mois. Elle garda la chambre, ulcérée par les yeux baladeurs des clients qui guettaient déjà sous la blouse les rondeurs du scandale. Seule entre ses murs, elle s'écrasait le ventre avec le nerf de bœuf que sa mère avait décroché du grenier pour la faire avouer — « Allez, dis-le, catin! Dis à ta mère que tu es une catin! » Et c'était comme un second viol à coups de fouet qu'elle avait enduré sur les brisées du premier. S'efforçant au jeûne elle avait d'abord maigri, se croyant sauvée, rendant grâce à Dieu. Un jour elle se mit à vomir. L'enfant... Il était donc là. Elle avait beau dépérir, l'enfant bourgeonnait. C'était affolant, ce corps dans son corps, ces deux cœurs emmurés, ce duel aveugle au plus noir du sang. Elle injuriait l'intrus, s'injuriait, frappant sa peau dilatée, pleurant ses beaux seins changés en barils de lait, puis jusqu'au dénouement passa les nuits à blasphémer, supplier, des poids de cinq kilos sur le ventre, ou momifiée dans des bandes Velpeau détrempées qu'elle serrait jusqu'à tourner de l'œil.

Il naquit fin mars, un dimanche soir, passé l'angélus; la pluie venait de cesser. La boulangère accoucha sa fille en la maudissant, trancha le cordon d'un coup de rasoir à manche, et s'en fut prévenir Monsieur Blanchard parti pêcher sur le port. « C'est un garçon, René, tu dois faire la déclaration. » Le boulanger cracha dans l'eau. « Vas-y, toi, c'est ta fille! — Sûr que j'irai pas. Des gens que je vois tous les jours à la boutique, même le Maire. Et puis faut un prénom. » L'autre leva les yeux. Devant lui, le sablier du port accostait, chassant des remous vers la rive et manœuvrant pour ranger l'arrière à quai. Se présenta la poupe avec le nom comme une épigraphe en code : LUDOVIC BDX 43 77. Le patron lui avait raconté qu'un roi d'Allemagne un peu dingo s'appelait Ludwig, et que s'il n'aimait pas les Boches il aimait bien les dingos vu qu'il était lui-même un peu timbré. C'était joli, Ludwig, mais Ludovic ça faisait plus par chez nous.

De sorte que le bâtard s'appela Ludovic.

*

Des pas et des voix résonnaient au loin. L'enfant prêta l'oreille et reposa la tête de poisson qu'il finissait de polir avec l'ongle du pouce, le seul qu'il ne rongeât pas. Il se mit aux aguets. De sa cabane aérienne, on pouvait surveiller l'entrée du grenier par les judas ménagés dans la toile à sac. La clé tourna. Nicole apparut la première, devançant Nanette qui pendit au perroquet sa pèlerine mouillée.

« C'est pas de la pluie, c'est de la soupe !... Alors, où c'est qu'il a bien pu se fourrer encore ?

— Là-haut, comme d'habitude, soupira Nicole d'un ton blasé.

— C'est un vrai singe, s'émerveilla Nanette à voix basse. Tout comme Brieuc. Fallait toujours jouer à le retrouver. »

Puis à la cantonade et la tête levée : « C'est trop dur pour son âge de grimper. Faut déjà être agile, et drôlement costaud. »

Ludo laissa tomber par une fente une tête de mulet raclée jusqu'à l'os. Il en avait une dizaine ainsi qu'il conservait dans son mirador, jouant à se mordre les doigts avec les minuscules dents acérées.

« Tiens ! une gueule de poisson, lança Nanette en la ramassant. Voilà qu'il pleut du poisson maintenant. Mais moi, c'est Ludo que je viens voir. A moins qu'une vilaine sorcière ait changé mon Ludovic en mulet. On ne sait...

— ... A quoi ça sert, trancha Nicole aigrement. Tu sais très bien qu'il est là. »

Et prenant un balai contre l'armoire, elle vint aiguillonner la toile où se découpait l'ombre d'un corps tapi.

« Ça suffit maintenant ! Viens dire bonjour à Nanette.

— Laisse-le donc. S'il veut descendre, il descendra bien tout seul. »

Sans un regard pour ses visiteuses, Ludo fit pendre un bout de corde et se laissa glisser au sol.

« Faut toujours qu'il fasse l'intéressant celui-là. Allez passe-toi un coup de peigne, et lave tes mains pour dire bonjour.

— Attends un peu, s'écria Nanette en l'embrassant tendrement, je vais m'occuper de toi. Toujours aussi mal fagoté !... Tu pourrais quand même lui mettre des culottes. »

Le regard de Nicole se ferma.

« Maman veut pas. Elle dit qu'il est pas soigneux.

— Mais je vous ai répété cent fois à ta mère et à toi que je voulais bien les payer, moi, ses affaires. »

Tout en caressant le visage de Ludo qui se blottissait contre elle, intrigué par le bijou doré qu'elle portait en sautoir, Nanette s'énervait.

« Et tu as vu sa tignasse ? On la croirait taillée au

canif! Les souliers c'est pareil. En plein hiver il est pieds nus comme un champi. Et puis ce n'est pas chauffé, ici.

— Ben quoi, il est pas frileux.

— Et toi tu t'en fiches! Mais enfin c'est quand même toi la... Je ne sais pas, moi! Faut qu'il apprenne et qu'il aille à l'école, ce gosse, au cathéchisme. On ne peut pas le laisser moisir dans un grenier. C'est pas suffisant que je vienne une fois la semaine!

— Maman dit qu'il a un grain. Il jette le poisson dans la cour quand on passe. Il met des fauteuils devant la porte et il pousse pour pas qu'on entre. Des fois même, il fait par terre.

— Et alors, il est malheureux, c'est tout!... Mais un grain, sûrement pas. Regarde un peu les yeux vivants qu'il a. Moi je veux bien le reprendre à la maison.

— Maman dit qu'il faut pas. Qu'on est responsable s'il y a encore un pépin. Et qu'on est déjà bien assez embêté comme ça. »

Nanette libéra Ludo qui s'éloigna vers le fond de la pièce et, le dos tourné, se mit à gratter au mur avec un vieux clou.

« Ça l'arrange bien, oui, ta mère, répliqua Nanette. Et ça l'arrangerait encore plus si je restais chez moi. Comme par hasard elle n'est jamais là quand je viens. J'aimerais pourtant bien lui redire ma façon de penser. »

Nicole avait pris l'air empoté de qui laisse attaquer l'un des siens par un tiers sans réagir.

« Bon, fit-elle en se dandinant sur place. Faut que je redescende, mon père attend après moi pour la fournée. Tu viens me dire au revoir, hein, quand tu t'en vas. Et puis t'oublies pas de fermer à clé.

— Mais non, je n'oublie pas. Et lui alors, tu lui dis pas au revoir ?

— Ah si !... T'as raison..., ricana bêtement Nicole. Mais lui c'est pas pareil... » Puis elle tourna les talons sans rien ajouter.

Sa cousine partie, Nanette ouvrit l'armoire et se pinça le nez.

« Je t'avais pourtant bien dit d'aérer dans la journée. »

Le bruit du clou sur le mur se fit plus aigu.

« Faut pas me garder ces têtes de poisson, ça sent mauvais. Je t'ai apporté du chocolat, t'aimes ça le chocolat. Mais va pas manger la tablette tout d'un coup comme la dernière fois. »

Elle avait ouvert aussi la lucarne en grand ; des coups de vent mêlés de pluie fustigeaient l'air confiné du grenier.

« Tu sais qu'avec ton clou tu me donnes la migraine. Et regarde un peu la poussière que tu fais. »

À défaut de chaise, elle s'était posée sur une grosse bûche grisâtre ayant dû servir à fendre du bois.

« Alors c'est encore un jour où tu veux pas causer. Tu te rappelles ce que j'ai dit la dernière fois ? J'ai promis quand tu causerais bien qu'on irait au zoo. Tu verras les éléphants, les girafes, les autruches, et si t'es bien sage, j' te paierai un esquimau. »

Nanette était une petite personne incolore, environ trente ans, les traits marqués d'une amertume empirant chaque année. Elle avait perdu un fils de trois ans, Brieuc, mort d'un virus qu'elle avait contracté pendant sa grossesse aux colonies. Il avait fallu depuis la transfuser deux fois.

« Ben puisque tu veux pas causer, je vais te faire la lecture. Mais faut que tu sois gentil, que t'arrêtes un peu de gratter. »

Le bruit du clou cessa. Ludo, face au mur, présentait sa nuque rase et semblait au piquet.

« Tu peux regarder vers ici, c'est pas plus cher mon Ludo. Puis faut sourire aussi, tu lui souris jamais, à Nanette. Même que t'as oublié combien deux et deux ça fait.

— Quatre, hésita une voix mal posée.

— A la bonne heure ! Tu vois que t'es pas si bête ! Et quel âge que t'as ? T'as déjà oublié ? L'âge de raison...

— ... Sept, balbutia l'enfant.

— Sept quoi ? Sept ans ! T'as sept ans. Un an c'est trois cent soixante-cinq jours... Tu seras content si je continue l'histoire de la dernière fois ?... Tu te souviens ? Tu veux pas dire à Nanette si tu te souviens ? »

Lentement Ludo s'était remis à gratter sur le mur.

Maman dit qu'il est tombé tout seul et qu'il a un grain maintenant... qu'est-ce que ça peut lui faire à ta mère il n'arrivera rien... la dernière fois il était petit et d'ailleurs c'était pas sa faute.

« Si tu te souviens pas c'est pas grave. Et arrête de fourrer les doigts dans ton nez, tu l'auras comme une patate, après. »

De son sac Nanette avait sorti un exemplaire jauni du *Petit Prince* ; un roi de carreau faisait office de signet. Le doigt sur la page, elle commençait à lire en exagérant la ponctuation, pareille au magister dégustant les subtilités d'un morceau choisi.

« " Alors, toi aussi tu viens du ciel ! De quelle planète es-tu ? " J'entrevis aussitôt une lueur, dans le mystère de sa présence, et l'interrogeai brusquement : " Tu viens donc d'une autre planète ? " Mais il ne répondit pas. Il hochait la tête doucement tout en regardant mon avion : " C'est vrai que, là-dessus, tu ne peux pas venir de bien loin… " Et il s'enfonça dans une rêverie qui dura longtemps. Puis, sortant mon mouton de sa poche, il se plongea dans la contemplation de son trésor. Vous imaginez combien j'avais pu être intrigué par cette demi-confidence sur " les autres planètes ". Je m'efforçai donc d'en savoir plus long. " D'où viens-tu, mon petit bonhomme ? Où est-ce ' chez toi ' ? Où veux-tu emporter mon mouton ? " »

« Tu te souviens, les moutons ? C'est dans les champs. Tu les vois remonter le chemin, le soir, avec le chien qui leur crie dessus. »

Nanette avait repris sa lecture.

« Il me répondit après un silence méditatif : " Ce qui est bien, avec la caisse que tu m'as donnée, c'est que, la nuit, ça lui servira de maison. "

— C'est quoi une caisse ? » demanda Ludo.

Mine de rien, il s'était rapproché d'elle et, le cou tendu, lorgnait les illustrations du livre.

« Une caisse, tu vois, c'est comme une boîte. Tiens, c'est un peu comme l'armoire, en plus petit. »

Ludo considéra la penderie. Dans les poches des vêtements accrochés il avait trouvé des mouchoirs, des barrettes à cheveux qu'il avait transférés au fond d'une niche entre la toiture et la maçonnerie. Puis il avisa la porte du grenier sur la droite, bâillante, et la cage sombre de l'escalier.

« Et c'est quoi un mouton ?

— Mais je viens de te le dire ! C'est dans les

champs. C'est les bêtes qui remontent le soir par le chemin de la boulangerie. »

En quelques pas silencieux, il avait fait mouvement vers l'armoire et la touchait prudemment.

« Eh oui, disait Nanette attendrie, c'est une sorte de caisse, c'est bien ça.

« " *Et si tu es gentil, je te donnerai aussi une corde pour l'attacher pendant le jour. Et un piquet.* " »

Elle n'avait pas vu Ludo revenir sur elle après un détour félin par l'entrée. Les sourcils froncés, adossé à la cloison entre la coiffeuse et la machine à coudre — un poing caché sous sa robe — il semblait tout ouïe.

« C'est quoi un piquet ?

— Un piquet, ça sert à attacher les moutons. C'est un bout de bois qu'on enfonce. Et puis il y a un bout de corde, aussi. C'est bien, ça, de poser des questions. Tu vas voir que tu seras intelligent, toi aussi, pauvre mignon. »

Dans sa main gauche en sueur, Ludo pétrissait la clé du grenier qu'il venait de chaparder.

« " *Mais si tu ne l'attaches pas, il ira n'importe où, et il se perdra...* " Et mon ami eut un nouvel éclat de rire : " *Mais où veux-tu qu'il aille ? — N'importe où. Droit devant lui...* " Alors le petit prince remarqua gravement : " *Ça ne fait rien, c'est tellement petit, chez moi !* " Et, avec un peu de mélancolie, peut-être, il ajouta : " *Droit devant soi on ne peut pas aller bien loin...* "

« C'est beau ce livre, hein mon Ludo. Tu sais je l'ai relu, je ne sais pas, cent fois, oh oui ! je l'ai bien lu cent fois. Et chaque fois je pense à Brieuc. Je t'ai parlé de Brieuc. Je t'ai montré sa photo. C'est mon petit garçon. Lui aussi, il est parti dans une autre planète. Et chaque fois je pense à lui.

— Pourquoi il est parti ?

— C'était un petit prince, tu sais, comme toi. Mais un jour on ira le voir là-haut. Sauf que lui, il jetait pas le poisson par les fenêtres, il faisait pas de misère à personne, et il faisait ses besoins proprement. »

Ludo se renfrogna. De la tête il envoyait de petits coups boudeurs contre la cloison cependant que Nanette, ayant rangé son album, battait sa pèlerine encore humide avant de l'enfiler.

« Bon, je me sauve. Je resterais bien avec toi plus longtemps, mais ta grand-mère aime pas ça. Tiens ! tu m'accompagnes à la porte aujourd'hui ? »

Nanette avait blotti l'enfant contre elle et le berçant joue contre joue lui plaquait de grosses bises sous l'oreille, en répétant pour dériver son émotion qu'il ne sentait vraiment pas bon, un amour de petit pourceau, et que la prochaine fois il ne couperait pas à l'eau de Cologne.

Comme elle allait sortir, désemparée par les grands yeux dorés qui la fixaient, Ludo devint soudain tout rouge et, tendant son poing fermé, fit tomber à ses pieds la clé volée.

*

De temps en temps Nicole montait clandestinement voir son fils au grenier. Pas un mot n'était prononcé, pas un signe n'indiquait un élan d'amour ou d'aversion. Elle évitait les yeux verts et ne l'observait, lui, qu'à la dérobée, debout sur le seuil, prête à sortir. Ludo se prostrait à sa vue, mais par moments levait effrontément les yeux sur elle qui détournait les siens.

Le visage de l'enfant présentait cet après-midi-là

des rougeurs qu'il grattait nerveusement. Il semblait avoir mal et respirait avec bruit. Nicole attendit quelques minutes et puis, n'y tenant plus, descendit réveiller sa mère qui faisait la sieste.

« Le docteur?... et puis quoi encore!... Et qu'est-ce t'es allée faire là-haut? Y peut avoir tous les boutons qu'y veut, c'est pas ça qui me rendra une fille honnête à qui j'ai tout donné, tout sacrifié! Pour recevoir quoi, en échange? Un bâtard, oui, et la honte! Va plutôt aider ton père au fournil. »

La tête de la boulangère avait replongé dans les oreillers. Nicole écoutait la pluie battre les carreaux. Trois jours qu'il pleuvait. Trois jours que la maison n'était plus qu'une éponge et le cœur une mélasse d'ennui. L'esprit vague elle atteignit le rez-de-chaussée, et tête nue traversa la cour, sautant résolument de flaque en flaque. Arrivée au fournil, elle rebroussa chemin, regagna la maison. Le garde-manger était pendu sous l'escalier. Elle y trouva des saucisses, une pomme, une tomate farcie, qu'elle monta déposer au grenier sans un regard pour Ludo. Ce dernier prit la pomme fripée, respirant un puissant arôme aigre-doux comme il en flottait dans l'air par grande chaleur. Il ne toucha ni les saucisses, ni la tomate farcie. Le soir, Madame Blanchard faillit déraper dessus en entrant, injuria sa fille du haut des marches : « Voleuse! moins que rien! vipère! » — ajoutant qu'on n'engraissait pas les bâtards, sous son toit! qu'elle n'avait qu'à mendier ou faire la putain si c'était ça qu'elle voulait! Elle remporta le dîner de Ludo qui se coucha l'estomac vide, la pomme contre son nez. Vers minuit, déjà lourd de sommeil, il y planta ses dents avec une allégresse étrange et la dévora.

Il ne se souvenait pas d'avoir habité d'abord l'étage au-dessous, d'avoir eu mal entre sa mère et sa grand-mère qui lui faisait avaler des biberons trop chauds ou trop froids — s'il en crevait ce serait parfait. Ni d'avoir été battu, trimballé, bâillonné dans son berceau — « comme ça on a la paix ». Ni d'avoir entendu cauchemarder Nicole au souvenir du viol, voulant la mettre au feu, cette plaie ! Ni cette nuit-là d'avoir frôlé la mort au fournil : il avait fallu que Monsieur Blanchard ceinturât sa fille et lui arrachât l'enfant, pour l'empêcher d'ouvrir le four où lui-même avait incinéré toutes ses poupées, tous ses baigneurs en apprenant sa grossesse — « ah catin ! tu vas pouvoir y jouer, maintenant ! et pour de bon, à la maman ! »

Après quoi Nanette avait gardé Ludo chez elle avec le secret espoir qu'on le lui laisserait. « C'est pas nous qui le réclamerons, avait dit Madame Blanchard. Mais faut pas le montrer, faut jamais l'amener par ici... » Son transfert avait eu lieu de nuit.

C'était alors un enfant craintif et quasi muet, ne répondant pas aux questions, se murant si l'on insistait. Il avait alors trois ans. Il pouvait rester dans son coin des jours entiers, bouche bée, mais aussi bien cherchait à grimper sur les étagères ou le long des rideaux. L'approchait-on, il levait son coude en bouclier devant les yeux comme s'il parait des coups. Nanette passa des mois à l'humaniser, à le consoler, le fit coucher dans son lit quand il avait peur. Elle remonta même de la cave les jouets de Brieuc qu'elle n'avait pu se résoudre à donner. Ludo finit par savoir marcher droit, sourire et mieux parler.

46

Un an plus tard, et pour la première fois depuis le départ de son fils, Nicole vint dîner chez Nanette à l'improviste. « Mon père m'a conduite. Il avait à faire dans les fermes. » Ludo commença par bouder, puis s'approcha de la belle visiteuse qui le toisa d'un regard étrange et l'ignora le restant de la soirée. Il eut beau multiplier les signes à son intention, brandir ses dessins, faire à ses pieds ronfler sa toupie, elle s'en fut comme s'il n'existait pas.

Cette même nuit, frissonnant dans ses pantoufles et son pyjama, Ludo fut ramassé par les gendarmes à près d'un kilomètre de là. On le reconduisit d'office à la boulangerie, son foyer d'origine. Madame Blanchard faillit éclater devant un sergent rigolard, furieuse après sa nièce qui s'était crue plus maligne que tout le monde, et le vaurien maintenant les ridiculisait publiquement. « V'là ton bâtard, lança-t-elle à sa fille alertée par le bruit. Démerde-toi avec ! » Il était trois heures du matin. Le regard de Nicole était vide. Elle avait dit à Ludo : « Viens », d'un ton presque indifférent. Il l'avait suivie dans l'escalier. Mais il n'avait pas gravi trois marches qu'elle faisait volte-face, et brandissant la main le repoussait violemment en arrière : la tête avait porté sur le carrelage, il s'était évanoui.

C'est alors qu'on l'avait enfermé là-haut. Pour ne pas ajouter le meurtre au viol.

*

Un matin, vers midi, Ludo n'en crut pas ses yeux. La blonde ébauchait un sourire, et c'était comme au bout d'un tunnel le retour diluvien du soleil sur la

47

peau. Plus ébloui qu'ému, il ne la reconnaissait pas dans ce tailleur bleu ciel, les cheveux libres et bouffants, les yeux pailletés d'or, si grande avec les chaussures à talons.

« Bonjour Ludovic... Eh bien dis-moi bonjour... »

Il ne répondit pas, dégustant cette vision parfumée comme un fruit.

« Alors, tu dis pas bonjour ?

— Bonjour, murmura-t-il.

— T'es pas causant. Et puis t'as crié cette nuit. »

Elle souriait encore. Le visage éclairé fondait en douceur, mais les yeux brillants restaient comme deux pastilles froides, et la voix rêche démentait l'aspect.

« Tu descends manger en bas, aujourd'hui. Y a de la visite. Tu dis bonjour bien poliment et tu restes tranquille dans ton coin. Tu t'es lavé ce matin ? »

Elle flaira l'air dans sa direction et grimaça.

« Allez fais ta toilette, et fais ça bien sinon gare à toi. Après tu t'habilleras. »

Tandis qu'il obéissait, elle regardait ailleurs en vidant par terre un sac d'où s'échappaient des affaires de garçon : une culotte grise, une chemisette à carreaux, des socquettes et des souliers bon marché.

« Dépêche-toi s'il te plaît ! »

Il prit les vêtements et s'abrita derrière le fauteuil, fuyant ce regard qui faisait battre son cœur. Il ôta sa robe, enfila culotte et chemise à l'envers, boutons sur le dos comme il en avait l'habitude, et Nicole se fâcha : « T'as vraiment un grain, ma mère a raison. Ça s'attache par-devant, tout ce bazar. Allez viens ici... » Et aussi gênée que lui d'avoir à l'aider, tournant la tête afin d'éviter son odeur et sa vue, force lui fut d'habiller correctement son fils, refusant toutefois d'effleurer la braguette à fermeture Eclair, qu'il brisa net en voulant la fermer.

L'escalier terrifia Ludo. Il ne voulait pas avancer, la tête lui élançait : *Maman dit qu'il a un grain maman dit qu'il est tombé tout seul...* Il descendit finalement à reculons, face en amont comme s'il grimpait.

Dans la salle à manger tenant lieu d'arrière-boutique, il vit pour la première fois Monsieur Blanchard de près. Le bonhomme était bien peigné, les mèches de côté rabattues vers le crâne et gominées à plat. Un sillon rose indiquait sur le front la trajectoire du béret. Ludo lui trouva fière allure avec son complet noir à trois boutons. Madame Blanchard, très gaie dans sa permanente et sa robe à fleurs, arrangeait les chaises autour de la table, et se demandait tout haut s'il ne manquait rien au couvert. Deux inconnus silencieux se tenaient adossés au mur. L'homme, quarante ans sonnés, costume gris fileté de blanc, cheveux cendrés, triturait sur son ventre un chapeau. A la main gauche, deux doigts manquaient. Contre lui, pieds en éventail, un gros garçon d'une dizaine d'années ruminait du chewing-gum et s'intéressait à Ludo d'un œil mauvais. Il arborait un arc, un ceinturon noir à tête de mort et le justaucorps effrangé d'un Buffalo Bill.

« Eh bien voilà, Ludovic, annonça Nicole avec embarras. Le monsieur, là, Monsieur Micho qu'il s'appelle, il est d'accord pour être un peu ton père.

— C'est pas vrai, coupa le gros garçon, c'est pas son papa, c'est mon papa à moi.

— Tais-toi donc, Tatav, ou bien va jouer dans la cour », répondit sans humeur l'homme aux doigts coupés.

Nicole reprit sa respiration.

« Et lui, eh bien c'est Gustave. Ce sera un peu ton grand frère. Il faut que tu sois très gentil avec lui. »

L'impératif ne le concernant pas, le dénommé Gustave fit part à Ludo d'une énorme langue saumonée par le chewing-gum.

« Je veux pas de frère, et puis c'est pas son papa, et pourquoi il s'appelle comme un sablier. A l'école, on raconte que c'était un Boche, son pa...

— Faudrait voir à boire l'apéro, grogna Monsieur Blanchard. Sers nous donc, maman ! » Puis s'adoucissant : « Dis donc, Micho, tu causes maintenant ou après les remontants ? »

Madame Blanchard venait de pousser un cri : « Ma robe !... elle est pleine de taches d'encre !

— C'est encore une farce à Tatav, ça, annonça ledit Micho. C'est rien, ça part de suite. Il est farce, Tatav. Pas vrai, Tatav ? »

Il se racla la gorge, et soupira les yeux gênés : « Hé bé... Faut bien se jeter à l'eau, alors je me jette, et tant pis si je bois le bouillon. » Il avait sorti de sa poche une paire de gants blancs qu'il enfilait. « ... C'est rapport aux doigts défunts. Et avec tout ce cambouis, dans la mécanique, pas moyen d'avoir les mains propres. Hé bé voilà... Je suis pas si jeune, mais comme on dit, j'ai un peu de bien. Et puis pour lui, là, Ludovic... hé oui, comme le sablier, quelle histoire !... ben je suis d'accord. »

A la stupeur de la boulangère il venait de poser sa main gantée sur l'épaule de Ludo.

« C'est tout ce que j'ai à dire... Et aussi que je suis bien content pour le mariage avec Mademoiselle Nicole. »

La voix était sourde, mais tournait rond comme un vieux moteur bien huilé.

« Eh bien pardon, Micho ! s'écria Monsieur Blanchard. Tu causes mieux qu'un chanoine. Ah ! je me disais bien que ma fille et toi ça pourrait coller. »

On fit un sort au mousseux, deux bouteilles apportées par Micho. Nicole trinqua mais feignit d'y toucher. C'était du vouvray, un breuvage de malheur dont la seule vision lui ravageait encore les entrailles et l'âme après huit ans.

A table, entouré de Tatav et Micho, Ludo reconnut avec bonheur le goût du pain découvert autrefois chez Nanette. Il se rappelait aussi l'usage des couverts, mais faillit s'étouffer en sentant crépiter la limonade entre ses dents. Tatav émit en douce un vent pestilentiel et dit en le regardant : « C'est pas moi qui ai pété ! » Le déjeuner dura cinq heures à cause des crustacés. Ludo ne mangea rien, se bornant à sucer le duvet goémoneux fourrant les coquilles. Plus la piquette coulait plus Monsieur Blanchard serinait que les crabes étaient bien frais donc bien pleins, et plus Micho renchérissait que des crabes aussi pleins, c'était pas fréquent même frais. « J'aime pas ça, ronchonnait Tatav, je voudrais mon andouillette et mes œufs à la tripe. Et puis le fils au sablier y sent mauvais. — Allez, Tatav, sois mignon. » Madame Blanchard lorgnait sa manche avec consternation. Le gros des taches était parti, mais ça ne loupait pas, des auréoles apparaissaient. Eh oui, les crabes étaient archipleins. Mais attention, même en saison on a des surprises, on voit des tourteaux virer de l'œil en plein mois de juin. Evidemment, la piquette, avec la chaleur, c'était pas ça, la glacière donnait moins. Elle donnait moins mais elle donnait. On n'était pas encore chez les nègres, à Peilhac. A propos de nègres, il y en avait deux à l'hôtel de la plage, et pas aux cuisines, hein, dans la clientèle s'il vous plaît. Un couple marié soi-disant, et qui avait fait le voyage de là-bas jusqu'ici pour se reposer.

Nicole ne desserrait pas les dents. Elle épousait un homme fait, mais c'était le plus fortuné du pays. Fou d'elle avec ça. Il lui ficherait la paix. Elle serait libre, enfin libre, elle changeait de village et pourrait de nouveau sortir, s'amuser, huit ans qu'elle n'osait plus se montrer ! « Tu vois qui c'est Micho ? » lui avait dit son père. Elle avait dit oui. « Il est d'accord pour t'épouser. Avec le simplet. » Micho était arrivé un soir, tout fier et tout penaud, les parents les avaient laissés. « C'est dur d'avoir un mioche, comme ça, faut un foyer. » Elle avait dit oui. « C'est pas une vie d'être seuls. Là-bas, avec Tatav, aux Buissonnets, on est comme deux couillons. Faut une femme à la maison. » Elle avait dit oui. « Le mioche, maintenant qu'il est là, faut l'éduquer, faut qu'il soit un vrai mioche, avec des vrais parents, faut un foyer. »

Le repas de fiançailles et la demande officielle avaient été fixés au dimanche suivant.

Tatav attendait impatiemment la salade afin d'y fourrer des asticots postiches. Ensuite il se laisserait oublier jusqu'au dessert. Et puis reprendrait l'offensive au café par des sucres malins se transformant en araignées phosphorescentes après fusion. « Il est bon ton gigot, dommage qu'il ait pris un coup de chaud. Le gigot faut qu'y soit rosé. Je ne dis pas saignant je dis rosé. En tout cas les flageolets sont du jardin. Et pour ce qui est du pain, hé bé c'est du cousu maison. »

Quand les conversations mollissaient, le carillon des fourchettes assurait l'ambiance, et parfois un fou rire diabolique et ferrailleur douchait les convives : c'était la boîte-à-rire de Tatav posée sur ses genoux qu'il déclenchait d'un air chérubin. Au fromage, il ne put s'empêcher d'essayer son arc à travers la table, et Ludo reçut dans l'œil une flèche qui le fit saigner : va donc te laver à la pompe...

Il traversa la boutique à l'aveuglette, entre le comptoir et les rayons vides où restait de la veille une miche trop cuite, identifia la sonnette familière en franchissant la porte et fut dehors, vacillant dans le vertige d'un après-midi somnolent où flottaient des bruits mous. Alors l'air lui manqua, la douleur disparut, Ludo tendit les mains, terrassé, vers cette vision reconnue d'instinct, la mer sous le soleil, sans un arbre en vue, la mer foisonnante et nue par-dessus les toits du port, immense et tenant toute entre l'horizon et lui comme un regard dans l'éclat d'un miroir brisé.

III

Michel Bossard avait débuté comme apprenti mécano sur le port d'Alangon. Michel, mécano. On l'avait baptisé Micho. L'hiver, les estivants lui confiaient leurs bateaux. Les gens de mer n'avaient pas vraiment confiance, mais ils l'aimaient bien. Micho vérifiait les amarres, écopait les fonds, piquait la rouille ou gardiennait les apparaux. A la longue il fut accepté pour un homme de l'art et, sa cagnotte arrivant à déborder, put ouvrir un livret de caisse d'épargne et un compte courant.

Nul ne savait trop d'où il venait.

Il prit bientôt pignon sur l'avant-port en acquérant au Domaine l'ancien abri du canot de sauvetage. Il campait entre les rails parmi ses outils, cuisinant solitairement des moules à la bière sur un réchaud. Outre le soin des barques, il assurait tout bricolage à domicile et, l'été, louait des vélos à prix d'or. Dès Pâques, une étamine imprimée YATOU flottait à l'entrée sur un attirail de vacances allant du matelas pneumatique au corned-beef, et le pays ne douta plus qu'avec ses joues mal rasées Micho ne fût passé du bord opposé : celui des rupins.

Le dimanche il tenait bénévolement l'harmonium aux trois messes. Il accompagnait aussi les mariages et les enterrements, féru des rituels comme un sacristain-né. Un jour il fallut changer l'harmonium, le recteur lui céda l'ancien. Micho raccommoda la soufflerie mitée, graissa les tirettes et, le soir, au milieu des parasols et des cannes à pêche, se mit à déployer des services en latin pour lui seul.

Par la suite il revendit son bazar et fit construire Les Buissonnets en dehors du village. C'était, bordant la route, une villa bourgeoise au milieu des pins, bastionnée d'entrepôts destinés à du matériel agricole et ménager — entretien, démonstration. Il installait chez les particuliers des pompes à eau qui fuyaient toujours et qu'il venait renflouer au mastic. La réparation tenait quelque temps, Micho recollait du mastic, et comme il avait l'œil filtrant d'un envoûteur de boulons, ses clients le prenaient pour un magicien.

Il avait trente ans quand il se laissa baguer par Mauricette, la nièce du facteur. Et les mauvaises langues de courir à la naissance de Tatav six mois plus tard. Puis survint l'accident. Un soir de bourrasque, après une virée en mer, Mauricette perdit l'équilibre en débarquant la première et se retrouva prise entre le bordage et la cale. Micho se précipitait lorsqu'une rafale plaqua soudain le navire à quai. Mauricette mourut broyée. Le mécano perdit deux doigts.

Le pays déplora surtout la main mutilée condamnant l'harmonium au silence — et la messe à l'ennui. Mais dans son métier, Micho, pièces de rechange ou non, se flattait de toujours relancer la mécanique, et nul ne vit la différence quand il se remit plus tard à l'harmonium : Dieu n'est pas à un doigt près.

Il dut engager une bonne afin d'élever Tatav. Liliane avait seize ans. C'était une petite boulotte, ardente au labeur, le corsage abondant. « Alors, ça va-t-y Liliane ?... » S'il avait trop envie, il était toujours temps d'aller à Bordeaux voir les filles.

L'insomnie s'en mêla. Le mécano rêvait d'un corps pour s'y serrer, s'y mettre à quai, eh oui ! comme un vrai bateau, mais un quai bien rembourré surtout, pas oublier les boulines et les amarrages en douceur... Mauricette elle était trop sèche, un vrai biscuit ! Dire qu'elle n'avait même pas pu donner la goutte à Tatav parce qu'elle n'avait pas de bouts ! Si c'est pas Dieu possible une femme qui n'a pas de bouts ! Alors, les yeux grands ouverts, les sens à vif, il se prenait à languir vers Peilhac : comme elle était roulée la fille au boulanger, la fille à René, mais roulée comme un soleil des îles.

Et plus il y pensait dans les manèges du sommeil, plus il éprouvait que les gens sont mal faits dans leur cœur, grinçants, crochus, et que la petite avait mangé son pain noir, un sacré pain noir ! avec un croûton qui n'était pas prévu. Une allumeuse. Ils n'en démordaient pas, tous, à Peilhac ! Mais moi, je m'en fous, ruminait-il, elle me plaît bien l'allumeuse... Et même son viol, y me plaît bien. Je prendrais bien l'allumeuse et le viol, et le mioche en prime. Ah les salauds qui me l'ont bousillée ! Car dans le fond Micho se rongeait à la fois d'amertume et d'amour, refusant d'imaginer aux mains des violeurs ce tendron dont il n'aurait jamais l'étrenne.

C'est à la pétanque le dimanche après-midi qu'il

pouvait la voir, et seulement la voir. La finale opposait régulièrement le boulanger de Peilhac à Micho qui le laissait gagner plus souvent qu'à son tour. Nicole, au bras de sa mère, était toujours là, silencieuse et les cheveux nus, les yeux absents comme s'ils n'y voyaient rien. A la fin, Monsieur Blanchard filait à l'anglaise avec les siens.

Le charme saturnien du mécano commença d'agir sur lui. Il vint plus souvent. Puis ce fut presque tous les soirs qu'il se rendit à la pétanque où Micho l'attendait. Un jour qu'il pleuvait à seaux, le pastis avait remplacé les boules, et le mécano fit les honneurs de sa propriété.

« J'ai appelé ça Les Buissonnets. A cause des buissons, pardine, y en a partout. A gauche, là, c'est les magasins. Des machines toutes neuves. Et rien que du moderne. Je vends jusqu'à Bordeaux. Au fond, t'as l'atelier. »

Ils étaient dans un vaste hangar ; la pluie mitraillait la toiture, il fallait s'égosiller.

« Mon fournil à moi, quoi !... Ça, tu vois, c'est un répandeur d'engrais. Ça, une trayeuse électrique, et ça un groupe d'eau sous pression... Et ta fille alors ?

— Alors quoi ? fit le boulanger méfiant.

— Et ça un broyeur... C'est bien ta fille qui vient le dimanche avec ta femme ?

— Eh oui, c'est bien ma fille.

— Et pourquoi qu'elle dit jamais rien ? »

Le boulanger faisait jouer pensivement les leviers d'une bétonneuse, comme s'il venait d'y surprendre une anomalie.

« Qu'est-ce que j'en sais, moi, maugréa-t-il. C'est

une fille, ça va ça vient. Bon ben, faudrait voir que j'y aille.

— Et c'est-y vrai, ce qu'on raconte, René...

— Ça n'attend pas, la fournée, faut vraiment que j'y aille. »

Il avait rajusté sa casquette et fait demi-tour vers la sortie des ateliers sans même saluer.

« C'est-y ben vrai, René, qu'elle a un môme caché au grenier ? »

Monsieur Blanchard s'arrêta net. Déjà Micho l'avait rejoint, et poursuivait en lui remplissant un verre :

« Allez bois un coup, René ! C'est pour causer tout ça... Alors, comme ça, c'est donc ben vrai !

— Eh oui, fit l'autre en se laissant choir sur un rouleau de clôture à jardin, les avant-bras entre les genoux.

— Et c'est ben vrai, ce qu'on dit, que le moutard il est simplet ?

— Ben comme qui dirait, c'est vrai.

— Je vais te dire, René, Nicole, c'est son petit nom. Je me la marierais bien, moi, et je prendrais le môme avec, tout simplet qu'il est. »

La pluie fatiguait les tympans. Sur le front rose du boulanger un paquet de rides ondula puis se détendit. Alors, après un long soupir, Monsieur Blanchard fit face et, voyant les yeux implorants du mécano, comprit qu'il avait bien entendu.

« Hé bé faudra voir à voir, Micho, répondit-il avec un large sourire. Faudra vraiment voir à voir. »

*

Le mariage eut lieu mi-novembre, on pataugeait dans la neige fondue. Nicole arborait la robe de noces de Madame Blanchard reprise à ses dimensions. Sur demande expresse de la mariée, Nanette était la seule invitée. Ludo n'eut droit qu'à l'énervement des préparatifs, aux portes qui claquent, aux galopades, aux cris, puis il resta seul dans la maison vide.

Le lendemain, Micho l'emmena par voiture aux Buissonnets. La camionnette suivit une route sablonneuse à travers les bois. La mer entre les fûts brillait d'un rose argenté. Un lapin miniature hilare se balançait au rétroviseur. « Ben quoi, ça va pas, mignon ? » s'étonnait Micho, voyant Ludo trembler comme une feuille et sursauter chaque fois qu'il passait les vitesses. Nul ne vint les accueillir à l'arrivée. Ludo trouva dans la maison les vestiges d'une fête. Une longue table avec une nappe blanche et des serviettes chiffonnées, une coupe en cristal où la glace fondue répandait une vase mauve, et des bouteilles vides reliées par des serpentins.

La veille au soir, Nicole avait vu la chambre que Micho réservait à son fils, le lit-bateau, la vue sur la mer.

« Tout ça pour lui ?...

— Tout ça pour lui ! Il va être bien le gosse, ici. Et maintenant tu l'as pour toi seule. Dans une vraie famille. C'est fini la bagarre avec tes parents à cause du mignon. Tu vas pouvoir t'en occuper comme tu veux. »

Nicole était restée sans voix.

Les premiers temps, Ludo n'aimait pas sa chambre. Il regrettait son grenier. Il ignorait qu'il fût libre de sortir et de varier à son humeur l'espace autour de soi. Mélancolique, il arpentait ce territoire inconnu dont l'étroitesse gênait ses pas habitués à plus d'allonge. Il restait comme autrefois l'émigrant d'un voyage immobile, mais déjà par les yeux s'abreuvait à la mer, cet immense lait natal. A l'horizon, des cargos céruléens semblaient taillés dans la transparence. *Tu n'as jamais été si bien habillé m'a dit Nanette... c'est Nicole qui m'a tout donné... tu pourrais l'appeler Maman... c'est pas comme où j'étais avant... maintenant Nicole est gentille et Micho il est gentil et Nicole c'est moi qui lui monte à manger le matin sur un plateau avec le café et les tartines et les médicaments c'est bon les tartines... tu ne peux pas le laisser moisir dans ce grenier... t'as vu les yeux vivants qu'il a mais non il n'a pas un grain... c'est bien l'harmonium avec Micho... Nicole elle aime pas ça.*

Le soir il attendait machinalement son mulet quotidien, caché derrière les rideaux. « Eh bien Ludo, viens manger, ça va être froid... » Il était toujours surpris quand sa mère venait l'appeler. Le corridor était vide, un bruit de pas s'échappait. Il s'obligeait à descendre et se retrouvait à dîner entre Tatav et Micho qui monologuait jusqu'au dessert.

« Alors ça va-t-y, mignon ?... T'es pas bien causant, mais ça va venir. Et pourquoi qu'il est pas plus causant, ton gosse ?

— Il n'a jamais été bavard...

— Ah c'est bien quand même ! Ce mignon qui n'avait pas de papa, avec une maman qu'osait pas l'aimer comme y faut, il a les deux maintenant. Et même un frangin. Tu vas m'appeler papa, mignon !

— T'es pas son papa, bougonnait Tatav.

— Sûrement que je suis son père. Toi tu lui prêtes

61

ton père, et lui te prête sa mère. Alors quoi, t'es pas perdant !... Ah je reconnais qu'au début ça fait drôle. Avec Mauricette, on était seulement trois. Elle non plus, c'était pas elle qui causait. On l'entendait pas, Mauricette, elle avait toujours froid aux pieds. T'as froid aux pieds, toi ?... C'était la circulation qui gazait pas. C'est pour ça, pardi, que Tatav il est gros. Une histoire avec la circulation. Pourtant Mauricette, c'était une chétive, on lui voyait le jour à travers la peau. Ah c'est bien quand même... »

Il tapotait la main de Ludo qui se faisait tout petit sur la chaise, épuisé d'angoisse, affolé par les objets, par les aliments, par ces étrangers qui l'interpellaient, par ces lieux dont les portes s'ouvraient librement, par Nicole, souriante et métamorphosée.

« Et pourquoi y va pas à l'école, lui ?

— Mais y va y aller, attends un peu !... On va t'inscrire, hein mignon... Tiens, t'as même un rond pour ta serviette avec ton nom dessus.

— Comme le sablier, murmurait Tatav le nez dans son assiette.

— ... Et j' te montrerai comment faut faire pour la plier, ta serviette, après manger. Et...

— Et combien de temps y vont rester ? coupait l'autre avec fiel.

— Mais je t'ai déjà dit. Y sont chez nous maintenant. Papa s'est remarié. Sers-toi bien, mignon, y mange pas ce gosse. Faut manger... »

Les mains sous les fesses, Ludo regardait sa part de saucisses, regardait Nicole en douce, et malgré la faim n'osait pas y toucher. Il attendait qu'elle aille à la cuisine pour s'empiffrer tête basse, embusqué derrière l'avant-bras.

Le repas fini, Tatav repoussait la table et transformait la salle à manger en réseau ferroviaire, avec onomatopées afférentes et formation d'un aiguilleur à toutes mains nommé Ludo.

Presque tous les soirs, Nicole et Micho se rendaient en ville pour des achats et lui rapportaient un pantalon neuf, une chemise, des souliers, des illustrés. L'enfant ne remerciait jamais. Il avait tendance à cacher les cadeaux tout ficelés dans son placard. « T'as rien trouvé, sur ton lit ? » demandait Nicole au dîner. Ludo se taisait. « Si t'as trouvé quelque chose, dis-le — C'est un paquet. — Et dans le paquet, t'as rien trouvé ? — Si, j'ai trouvé. — Eh bien alors quoi ? — C'est un paquet. »

Le matin, Micho partait de bonne heure au travail, on ne le voyait plus de la journée. Il rentrait fatigué. « Alors, ça va mignon ?... Ta mère est par là ? » Ludo répondait par un sourire. L'homme aux huit doigts lui fourrait des bonbons dans le cou, puis cherchait sa femme ou se mettait à l'harmonium en l'attendant. Les bonbons étaient pralinés, Ludo n'aimait pas ça.

*

Le recyclage familial exaspérait Tatav. Il avait perdu sa mère et voyait à présent dans l'amour paternel un privilège impossible à partager.

Tatav était un gros, un vrai, boudiné de pied en cap, les cheveux filasse, les yeux bleus d'une vigilance aquiline insérés dans la graisse. Les cuisses et les genoux se touchaient lard contre lard, la démarche évoquait un pingouin. Il s'essoufflait pour un rien, transpirant une sueur aigrelette qui l'annonçait partout.

Il aimait les animaux, mais d'un amour qui s'épanouissait en barbarie. Il avait découpé aux ciseaux les nageoires de ses poissons rouges. Il attrapait des lézards, leur perçait le cœur ou les écervelait avec une épingle à chapeau. Il affamait des cailles après les avoir engraissées des mois. Il avait des lapins, toujours sept, qu'il semblait aimer par-dessus tout, qu'il promenait tour à tour sur la route au bout d'un long ruban rose, et qui portaient les noms des sept nains. Advenait-il que l'un d'eux mourût de froid, Tatav se roulait au sol de chagrin. Ce qui ne l'empêchait pas certains jours, armé d'un tranchet, de s'isoler dans un appentis spécial avec Timide ou Grincheux pour lui faire la peau. Micho fermait les yeux sur sa cruauté ; la mort d'une mère absolvait tout.

Adorateur de sucreries, Tatav, en septième, avait triomphé dans une rédaction sur la vitrine d'une pâtisserie. Le maître avait lu tout haut le passage suivant : « Les gâteaux brillent de mille feux. Les éclairs, les chaussons napolitains, les tartes aux fraises, le cygne à la chantilly, les mokas brillants, les mille-feuilles poudreux, ils ont tous mis leurs beaux habits du dimanche et leurs beaux parfums. On dirait les chrétiens à la messe, on dirait vraiment la messe du sucre avec les religieuses et leurs cornettes de crème au beurre, et leur bedaine en chocolat. » Entre deux gâteaux, il mâchait des chewing-gums dits « globos » qu'il stockait dans un aquarium, désaffecté depuis qu'il avait torturé à mort ses occupants.

Tatav se prit peu à peu d'une amitié baroque pour Ludo, Pygmalion d'un souffre-douleur qu'il dédom-

64

mageait à l'occasion par le présent mirobolant d'un chewing-gum déjà sucé. Le jeudi matin, jour de congé, il s'enfermait avec ses *Mickey* dans les cabinets du bas réservés aux deux garçons. Il ressortait par la fenêtre une heure plus tard, et venait siffloter autour de Ludo qui croyait la voie libre et trouvait porte close. Ou bien Tatav poivrait les feuilles de papier hygiénique à son intention. Ou encore il se cachait dehors et, quand Ludo se croyait enfin seul, il repoussait d'un coup la fenêtre et se mettait à claironner : « C'EST PAS TON PAPA. »

Passé quelques mois, la maison n'eut plus de secrets pour Ludo. Il connaissait tous ses bruits, ses recoins, ses alentours avec les ateliers et les magasins que Micho lui avait fait visiter. Côté route, une terrasse gazonnée longeait un muret garni d'hortensias et d'osiers roussis par les vents marins. Derrière, grignotant la cour, le jardin n'était qu'un fouillis de pins embroussaillés, fougères et mûriers, séparés des bois domaniaux par une ancienne gare de chemin de fer aux quais moussus. Au secours du temps mort Ludo venait s'y métamorphoser en convoi fumant, simulant des appareillages vers des méridiens féeriques, et parfois se laissait dérailler de tous ses wagons dans un remblai.

Tatav voulut jouer à l'attaque du train par les Indiens, qu'il incarnait pompeusement au moyen d'une panoplie d'apparat. Ludo reçut d'abord quelques raclées sévères au débouché d'un tunnel effondré. Puis il se rattrapa. Le conducteur de la locomotive avait repéré tous les points d'embuscades et, quand les Indiens chargeaient, le train prenait de la

65

vitesse insensiblement, juste ce qu'il fallait pour que le gros Cheyenne hululant ne renonçât pas à l'assaut : Ludo poussait les feux, les hululements mollissaient, le Peau-Rouge hors d'haleine s'écroulait dans l'herbe en crachant ses poumons.

*

« Ça caille ce soir. Avant, papa rangeait les patates ici ! »

Tatav venait d'entrer chez Ludo prêt à s'endormir. Tête-bêche, il s'était glissé sous les draps sans ôter ses chaussons.

« C'était mon lit avant. C'est quoi ton bouquin ? »

Ludo regardait à l'envers les images du *Crabe aux pinces d'or*. Le contact des jambes de Tatav le dérangeait.

« C'est pas le bon sens... Moi j'ai tous les *Tintin*. Et puis tous les *Spirou*. C'est mon père qui me les a payés. Et puis tous les *Mickey*. »

On entendait murmurer la mer au fond du silence.

« Et mon père, à Noël, il va me payer la télé, con. T'as déjà vu la télé ?

— C'est quoi ? demanda Ludo d'une voix bâillante.

— C'est un appareil. Tu peux tout voir dedans. Tu peux voir le football, tu peux voir les feuilletons, les dessins animés. Tu vois tout à la télé. Le curé il a la télé. Mon père, il va me payer la même que celle au curé. »

Tatav laissa filer quelques instants.

« ... Je la mettrai dans ma chambre, et puis t'auras pas le droit d'y toucher. D'ailleurs je t'interdis de toucher à mes affaires. C'est mon père qui m'a tout payé. Et toi, qui c'est ton père ?

— C'est Micho, déclara Ludo comme si la réponse allait de soi.

— Non c'est pas Micho, menteur.

— Ma mère elle a dit que c'était Micho.

— Eh ben c'est pas vrai, con ! T'es le fils au Boche, toi. Tu l'as déjà vu, ton père ?

— Et toi ! » contra Ludo qui perdait pied.

Tatav avait pris l'habitude, le soir, de venir le persécuter avec ses antécédents filiaux, ses vrais parents, où ils habitaient autrefois :

« On habitait dans un grenier.

— C'est pas beau un grenier. Et où il est ton père, maintenant ?

— Il est au grenier. »

L'autre aimait sentir Ludo piégé par des questions n'offrant aucune issue.

« C'est quoi son métier, à ton père ?

— C'est au grenier.

— Et qu'est-ce qu'il y fait, au grenier ?

— Il lave le linge. Et il épluche les petits pois.

— Il est pas fortiche ton père ! Moi, mon père, il a des tracteurs et des moissonneuses. Et c'est lui qui les répare. Et c'est lui qui est le plus riche de toute la France métropolitaine. »

Un cours d'histoire sur les colonies lui avait laissé le souvenir d'une France métropolitaine à l'euphonie ronflante.

« Et pourquoi tu cries, la nuit ?

— Je crie pas.

67

— Ta mère, elle dit que t'as un grain. D'ailleurs j'aime pas ta mère. »

Ce feu roulant de traits obscurs où perçait la malveillance étourdissait parfois Ludo jusqu'au sommeil. Tatav lui versait de l'eau dans le cou pour le réveiller.

.« T'as déjà été avec une fille ?

— Où ça ?

— T'es vraiment qu'un couillon, con !... Moi j'y ai été. Même qu'on s'est touché la quéquette. Enfin moi j'ai touché celle de la fille. Et ça m'a coûté cher...

— La quéquette, répéta Ludo séduit par ce vocable insolite.

— ... Cinq globos pour la quéquette, et deux pour les nichons. Je voulais qu'elle me touche aussi la mienne, mais elle a pas voulu. Elle m'a dit : " T'es un dégueulasse et je vais tout cafter à ma mère. " Et j'ai dû lui refiler encore deux globos pour pas me faire piquer. »

De tels entretiens se terminaient en général par une bataille de polochons.

Tatav parti, Ludo s'allongeait sur le parquet. Les yeux ouverts dans l'obscurité, il regardait fixement son père à l'horizon. Il voyait un homme de dos, un homme grand, pantalon de toile blanche, il le voyait marcher seul sur la route avec ses pas flottants, marcher indéfiniment sans jamais s'éloigner, résolument suivi par son ombre. Il faisait beau, l'air sentait la résine, il voyait la nuque de l'homme éclairée par le soleil, il voyait bouger les bras le long du corps, et sans doute eût-il suffi de l'appeler pour voir son visage, mais Ludo ne connaissait pas son nom. Soudain ce n'était plus à l'infini qu'un trait minuscule avalé par le sommeil.

*

Un matin, Tatav entra dans sa chambre alors qu'il faisait encore nuit.

« C'est l'heure ! cria-t-il, le car va passer. »

Puis, voyant Ludo se rendormir après avoir entrouvert des yeux pâteux :

« Eh là, dépêche-toi. T'as déjà oublié que c'est aujourd'hui ton premier jour d'école. »

Avec un grand rire, il avait retourné le matelas et son contenu sur le bulgum.

« C'est Nanette qui va t'emmener. D'ailleurs la voilà. Toi t'es chez les petits, moi je suis chez les grands. Ce matin on a gymnastique et moi, pas si con, j' suis dispensé. »

Ludo s'habilla, descendit. Nanette l'attendait à la cuisine où Tatav petit-déjeunait.

« Allez, mon Ludo, fit-elle en l'embrassant. T'as juste le temps de boire ton café. Faut pas être en retard.

— Où c'est qu'elle est ton auto ?

— J'ai pas d'auto, moi. J'ai pris le car pour venir ; c'est pas si loin tu sais.

— Moi, j' suis un train. »

Et les bras loin du corps en ailes d'avion, Ludo se mit à planer dans la cuisine en vrombissant.

« C'est que tu fais le clown, maintenant, dis donc !... Mais aujourd'hui, faut être bien sage. »

Elle lui beurra ses tartines et s'assit en face de lui, souriante ou faisant gentiment les gros yeux quand il

69

mâchait bruyamment. Elle ne se lassait pas de regarder l'enfant, de caresser les joues un peu mieux remplies dont la pâleur trahissait encore une chair marquée par les jeûnes. Tatav la surveillait de loin, furieux d'une intimité avec Ludo qu'il estimait levée sur ses droits.

« T'as bonne mine, tu sais, et puis t'as bon appétit, poursuivait Nanette d'une voix enjouée.

— Et toi ? » demanda Ludo.

Nanette se rembrunit.

« Moi ?..., fit-elle tristement. Ah, moi non... J'ai pas bonne mine et je l'ai jamais eue. Allez, faut partir maintenant, il est huit heures. »

Le jour était levé. Ils marchaient depuis quelques minutes sur la grand-route et, de temps en temps, Ludo se prenait pour un planeur.

« Il y a un kilomètre jusqu'à l'école, énonça Nanette. Un kilomètre, c'est mille mètres. Demain, t'iras avec Tatav.

— Et toi ?

— Moi, c'est différent... je dois m'en aller quelque temps. Hé, marche pas si vite, je peux pas te suivre ! D'ailleurs c'est pour ça que je m'en vais.

— Où ça ?

— Pour me reposer. Ce sera pas trop long j'espère. C'est à Paris, tu sais, la capitale de la France...

— Tu vas dans la capitale de la France ?

— C'est ça mon Ludo, et marche pas trop vite. Mais je t'écrirai. »

Nanette partait se faire opérer pour la troisième fois.

« Tu vas revenir ? »

70

Elle s'arrêta, le souffle court, et prit Ludo dans ses bras.

« Viens mon petit, viens contre moi. On se reverra tu sais, on se reverra même tous les jours. Et je te ferai lire et écrire, je t'apprendrai plein de choses. Et tu pourras passer les vacances chez moi si tu veux.

— J'ai pas envie, murmura-t-il en se dégageant.

— Pourquoi tu dis ça, c'est pas très gentil. »

Ils ne parlèrent plus jusqu'à l'école, un bâtiment silencieux couleur grisaille, en rase campagne, au centre d'une cour pelée.

« Allez viens, on va sonner. Mais on se dit au revoir maintenant.

— Tiens », dit alors Ludo. Et, fouillant dans la poche de son tablier neuf, il lui fit présent d'une pomme de pin.

« Je vous présente Ludovic Bossard, un nouveau, déclara l'instituteur vers les élèves. Va t'asseoir au fond, mon garçon... »

Les regards happaient Ludo qui n'osait pas bouger.

« Donc, on appelle attribut un terme qui est relié au sujet... »

Le voyant soudain sans réaction, l'instituteur leva un sourcil.

« J'ai dit : va t'asseoir au fond mon garçon !... »

L'enfant semblait paralysé.

« Tu es sourd ou quoi ? fit l'instituteur en imposant la main sur les premiers ricanements dans la classe.

— Et toi ? » lui répondit Ludo, si doucement qu'il pensa avoir mal compris.

« Encore une lumière », soupira-t-il en quittant son bureau. Puis il poussa vivement Ludo par le cou jusqu'à un banc libre sous les patères, et revint s'asseoir.

« Et donc, on appelle attribut, un terme qui est relié au sujet par le verbe être ou un verbe d'état... je dis bien, par le verbe être ou un verbe d'état... Tu peux répéter, Bossard ? »

Langue pendante, Ludo continuait de rouler sur la table grinçante un serpent de pâte à modeler. Des rires fusèrent. Mains derrière le dos, l'instituteur se rendit solennellement jusqu'à lui. Ludo le regarda poliment dans les yeux, gêné par l'odeur de poussière chaude émanant du maître.

« Alors, Bossard, on ne peut pas répéter ?

— Et toi ? »

La règle en métal s'abattit sur les phalanges du plaisantin qui tressaillit à peine et se mit à lécher ses doigts meurtris. La classe ne respirait plus.

« Suis-moi. »

Ludo suivit l'instituteur.

« Monte sur l'estrade. »

Il ne bougea pas.

« Tu vas obéir, oui ! »

L'instituteur lui tordit l'oreille et le fit ployer à quatre pattes. *Maman dit qu'il a un grain maman dit qu'il est tombé tout seul c'est moi qui fais les tartines...* Il se laissa coiffer du bonnet d'âne sans protester. Ce fut dans la classe un déchaînement d'hilarité quand de lui-même il demanda pardon.

« Et donc on appelle attribut un terme relié au sujet par le verbe être ou un verbe d'état. Si je dis : Ludovic Bossard est ignorant comme un âne, quel est l'attribut ?... »

A la sortie, Ludo fut rossé par les grands.

Ludo ce matin-là préparait le petit déjeuner maternel. Rien ne devait clocher sur le plateau : le beurrage des tartines, la cuisson du lard, la température du café, le demi-verre d'eau pour accompagner l'ampoule de Sargenor. Il était fier de sa fonction qu'il exerçait tous les jeudis, jour de congé. Le dimanche, Micho le remplaçait d'office et Ludo manifestait sa jalousie par un silence boudeur.

Le plateau dans les mains, il attendait patiemment que Tatav débloquât l'entrée. « Moi aussi tu vas m'apporter mon Banania au lit. Tu jures, et je te laisse passer... » Il finit par s'effacer, tira la langue, et devança l'autre au pied de l'escalier. « C'est là que je te fais un croche-patte et t'es comme un couillon, con !... D'abord j'aime pas ta mère. »

Arrivé au premier, Ludo posa délicatement le plateau par terre. Il écouta. Le corridor était désert. Il s'agenouilla, cracha sans bruit dans le bol de café, égalisa l'écume à la petite cuiller, essuya la petite cuiller avec sa poche retournée. Puis il gagna la chambre de Nicole au bout du couloir.

« Quel temps fait-il ? »

La voix montait du lit, maussade, encombrée de sommeil.

« Y fait beau », répondit Ludo.

Il avait laissé le plateau sur un guéridon, rabattu les persiennes ; il regardait les cheveux blonds déferler sur l'oreiller.

« Tu dis toujours qu'il fait beau. Je suis sûre qu'il y

a du vent. Je l'entends d'ici. Tu as remarqué, c'est plus exposé qu'à la maison. On est sur les hauteurs. »

Nicole toussa.

« Aide-moi d'abord à m'installer. »

Ludo s'approcha du lit, prit l'oreiller de Micho que sa mère lui tendait, le plaça derrière elle. Au passage il avait humé l'odeur de peau tiède imprégnée de savon.

« Le plateau maintenant. Assieds-toi sur le tabouret. Comment ça va l'école ? Eh ben réponds, quoi !... Ah, t'es vraiment pas causant. Mais j'aime bien comme tu beurres les tartines. Ma mère aussi, elle savait les beurrer. C'est quoi ça ? Un brin de bruyère ? C'est toi qui as mis ça sous l'assiette ? »

Ludo, rougissant, fit oui du menton ; Nicole souriait.

« Et c'est pour moi ?... T'es gentil au moins. Mais la bruyère c'est pas une fleur. La fleur que je préfère, moi, c'est la rose. T'as déjà vu des roses ? »

Papa s'est remarié... t'as même un rond pour ta serviette... on ne peut tout de même pas le laisser moisir dans le grenier t'as froid aux pieds toi... Mauricette elle avait la circulation qui gazait pas.

« T'es même pas du tout causant. Et comment tu t'entends avec Tatav ? Moi je le trouve, je ne sais pas, je le trouve bizarre. Pas toi ? Le café n'a pas le même goût qu'à la maison... Pourquoi tu pousses des cris la nuit ?

— Je pousse pas de cris.

— Si, tu pousses des cris. Ça fait drôle. En pleine nuit. Maman disait que t'avais un grain. »

Ludo, paupières mi-closes, observait à la dérobée la femme allongée. Sa mère. Elle était si belle. Il se rappelait Tatav et ses méchancetés : « C'est pas ta mère, c'est ta sœur. C'est même pas ta sœur. Et toi t'es pas mon frère. Et mon père, c'est pas ton papa. Vous êtes tous des crapauds menteurs. »

Elle avait une chemise de nuit boutonnée jusqu'au cou. Les bras étaient nus, naturellement dorés. Une trace de café luisait au coin des lèvres.

« Il y a trop de vent ici, c'est fatigant. C'est pour ça que je m'enrhume sans arrêt. Ma mère me collait des ventouses. Tu saurais faire ça, toi ? C'est juste un bout de coton enflammé dans un pot de yaourt, et on appuie. C'est dans le dos. Tu en mets une dizaine, tu protèges avec une serviette, et pour les enlever tu fais entrer l'air avec le doigt. »

Une quinte de toux secoua Nicole.

Les mains entre les genoux, Ludo caressait furtivement le drap du lit qui pendait sur le côté. Se coucher un instant dans ce grand lit presque vide. Se blottir sous les draps tièdes, rien qu'un instant, de l'autre bord, là où la couverture dessine un dormeur absent. Il tirait doucement l'étoffe à lui, regardant les ondulations se propager sur le corps de sa mère, autour du plateau. Un double éternuement dérangea son manège et le bol chahuté faillit partir dans les draps. Ludo n'avait pas fait mine d'intervenir.

« T'es vraiment pas malin, jeta Nicole agacée. Allez ouste, enlève ce plateau ! j'ai fini. Et puis va chercher les ventouses à la cuisine, elles sont quelque part dans un carton ficelé. »

Comme il atteignait la porte :

« Et garde les miettes, surtout. Je m'en sers pour les oiseaux. »

J'aime pas ça l'école et puis Tatav il est chez les grands...
l'instituteur il respire comme le boulanger ça fait du bruit dans
sa bouche et sa bouche elle sent mauvais j'aime pas les histoires
qu'il raconte il tape avec sa règle et les filles du devant elles ont
une croix sur le sarrau moi j'ai rien... la directrice elle est venue
l'autre jour et le maître lui a donné sa place et elle a dit voilà
vos résultats pour le mois... premier Roumillac c'est très bien
Roumillac tes parents peuvent être fiers je suis très contente tu
as bien mérité la croix d'honneur et Roumillac s'est rassis et
tous les élèves ils se sont mis debout l'un après l'autre et la
directrice disait à chacun d'eux c'est bien je suis contente pour
tes parents et ils recevaient une croix et je me suis dit je vais
avoir une croix moi aussi mais à la fin la directrice ne disait
plus c'est bien elle disait c'est mal tes devoirs sont des torchons
tu devrais avoir honte... à côté de moi il y avait un petit blond
qui pleurait pourquoi tu pleures j'ai peur d'être le dernier... et
alors elle a appelé le petit blond et elle lui a dit c'est très mal et
il s'est quand même arrêté de pleurer... tout le monde me
regardait... moi j'étais content parce que le petit blond n'était
pas dernier et puis ceux du premier rang ils avaient une belle
croix qu'ils caressaient alors la directrice a dit dernier Bossard
lève-toi Bossard je plains tes parents Bossard et je ne sais plus
ce qu'elle a raconté mais tout le monde écoutait et me regardait
et elle n'arrêtait pas de dire que c'était une honte et l'instituteur
il bougeait la tête avec sa barbe... alors j'ai fermé les yeux et
j'ai plus rien entendu c'était comme au grenier.

A la cuisine, il termina le bol de café maternel,
veillant à poser sa bouche là où sa mère avait bu.

Il trouva le carton à ventouses en haut du buffet. A
l'intérieur une dizaine d'anciens pots de yaourt
étaient alignés. Il les épousseta, les disposa sur le
plateau libéré, puis remonta chez Nicole.

« T'as été long. T'es vraiment pas un rapide. Maintenant va chercher ma brosse à cheveux et le coton dans la salle de bains... »

Ensuite, il dut redescendre à nouveau pour des allumettes.

« C'est plus fort que moi. Dès que je me réveille, il faut que je me coiffe. Alors t'as compris. Le coton dans le pot. Tu mets le feu, tu appuies bien fort. Enfin pas trop. Fais donc un premier essai sur toi, je serai plus tranquille. »

Il enflamma une pincée d'ouate au fond d'un verre qu'il appliqua violemment sur sa cuisse. Aussitôt, le derme congestionné présenta comme un dôme orangé sous le coton noirci.

« Glisse ton doigt sous la ventouse... c'est ça... »
Il y eut un bruit de succion.

« C'est bon, retourne-toi. Et puis ferme les yeux. Je te dirai quand les rouvrir. »

Il percevait des froissements d'étoffe, entendait le lit craquer.

« Ça y est », dit Nicole après un silence.

Elle était couchée sur le ventre, un drap remonté jusqu'à la taille, les bras serrés le long du corps, le visage enfoui dans l'oreiller. La chemise de nuit gisait en boule à côté d'elle. Ludo regardait le dos nu, la chevelure embroussaillée d'or entre les omoplates, et comme nue elle aussi. Cette vision le tenait captif, il tremblait quand il enflamma un premier coton, si maladroitement qu'il se brûla.

« Ça ne va pas ?..., fit une voix étouffée. Si ça ne va pas, tu arrêtes tout de suite. »

Il plaqua la ventouse, et vit la chair se dénaturer comme au feu d'une invisible cuisson.

Il eut bientôt posé les dix ventouses, écartant les mèches blondes pour atteindre la peau sous la nuque ; un sentiment de victoire et d'orgueil l'exaltait devant cette œuvre bien accomplie mettant passagèrement Nicole en sa possession.

« Ah ben ça va déjà mieux..., dit-elle d'une voix soupirante. Tu protèges avec une serviette et tu t'assieds dix minutes avant de décoller. Ça chauffe, mais ça soulage. »

Un ronflement léger signala qu'elle s'était rendormie. Ludo sortit chercher la serviette et revint sur la pointe des pieds contempler son ouvrage — tous ces verres collés tels des escargots, tous ces cotons prisonniers, tous ces disques de chair écarlate, et cette peau dorée si sensible au froid que la respiration faisait ondoyer. Penché sur le lit, la gorge sèche, il avança doucement la main dépliée pour toucher, toucher rien qu'une fois sa mère endormie. Il sentait déjà la chaleur du corps nu monter vers ses doigts quand elle se réveilla.

« Mais qu'est-ce que tu fabriques ?... Je suis frigorifiée. D'ailleurs ça suffit, enlève-moi tout ça. »

Une fois libéré le dos suggérait un étal de boucher.

« Allez !... retourne-toi et ferme les yeux. »

Il fit demi-tour et garda les yeux bien ouverts, se concentrant sur les ramages du papier mural, le cœur battant.

« Ça va, redescends les verres... Tu as bien de la chance, toi ! tu ne t'enrhumes jamais. »

Elle avait renfilé sa chemise de nuit. Ludo nota que le bouton du haut n'était pas fermé.

« Moi je m'enrhume au premier courant d'air. Je faisais bronchite sur bronchite quand j'étais bébé. Le docteur n'y comprenait rien. Plus tard on m'a mis des rigolos, mais ça brûle, je n'aimais pas ça. Comme les inhalations. J'étouffais sous la serviette. Je devais avoir neuf ans... ou dix ans... Quel âge as-tu, toi... maintenant?

— Moi, j'ai cinq ans.

— Non tu n'as pas cinq ans, idiot! T'as bien huit ans aujourd'hui. Huit ans!... Ça fait huit ans... »

La voix s'était tue sur une inflexion brisée.

« ... Une chaleur, cet été-là. On ne pouvait plus marcher sur la route, le bitume se décollait. Huit ans!... On se baignait dix fois par jour sans avoir moins chaud. J'allais à la plage avec Marie-Jo. Paraît qu'elle fait vendeuse à la criée... Il n'y avait pas eu de vent pendant des mois, pas un souffle, on guettait les orages, on mangeait des glaces au Café du Chenal... Regarde-moi un peu?... »

Mais quand Ludo leva la tête, essayant de croiser le regard de sa mère, elle s'effondra subitement dans les oreillers, les traits défaits, les narines battantes; on apercevait les dents serrées dans la bouche exsangue.

« Disparais », dit-elle alors d'une voix à peine audible.

IV

L'hiver enfonça les Buissonnets dans la torpeur.
L'improvisation des premiers temps le cédait à la
monotonie d'une cellule familiale entraînée par
l'usage. Nicole, affectée d'abord aux impératifs ménagers, carbonisa quelques rôtis, cuisina par mégarde
un soufflé au plâtre, oublia sur le gaz une lessiveuse
qu'on retrouva fondue, bâcla des vaisselles, et se
déchargea finalement sur Ludo de toutes les corvées.
La question des repas fut réglée par un énorme
frigidaire qu'elle fit livrer sans même consulter Micho.
Ce dernier s'étonnait de toujours voir son beau-fils au
travail.

« Faut bien qu'y s'occupe, répondait sa mère.
Pendant ce temps-là, y pousse pas de cris. »

Les plaintes de Ludo la nuit venaient tous les jours
en discussion. « S'il a un grain, faut qu'il aille au
docteur », disait Micho. Nicole n'hésitait pas à les
réveiller Tatav et lui pour les prendre à témoin du
phénomène, et tous les trois, en pyjama dans la
chambre du simplet, le regardaient pousser de longs
cris plaintifs, pelotonné tout habillé sur le plancher.
« Y criait encore plus fort à la boulangerie. Même

qu'y grinçait des dents... » Puis elle secouait son fils : « T'as pas fini, maintenant ?... Elle est pas belle ta musique ! Alors tais-toi... » Ludo sursautait. « Moi ça me gêne pas, disait Tatav. D'ailleurs c'est moins fort que les ronflements à papa... »

Pour Noël Micho voulut faire une fête, une vraie fête en l'honneur de sa belle épouse et de son nouveau fils. Nicole parut d'abord enchantée puis se ravisa. D'ailleurs elle ne voulait pas inviter ses parents. Alors pourquoi se mettre en frais ? Micho demanda par quel motif les Blanchard ne viendraient pas réveillonner en famille. « C'est plus de leur âge, les soucis ! » Et comme il exigeait des précisions, elle s'emporta, déclarant qu'ils ne montaient jamais aux Buissonnets, que son père ne jouait plus aux boules, et que la vue de Ludo leur tournait les sangs.

« Tu veux dire qu'y faut pas qu'y soit là ?

— En tout cas, mes parents passeront pas Noël avec lui. Mets-toi à leur place !

— Ils n'ont qu'à y rester, à leur place, si c'est comme ça. »

Ce fut le premier différend notoire entre les nouveaux époux. Nicole bouda. Micho fit venir de Bordeaux un sapin si long qu'il butait au plafond. Il le déploya dans un coin de la salle à manger et passa deux jours à l'orner de frimas artificiels et de lampions, racines emmaillotées d'un papier d'argent. Ludo contemplait bouche bée cet arbre pavoisé que Micho disait de mèche avec un Père Noël qui descendait la cheminée une fois l'an pour le couvrir de cadeaux.

La veille du grand jour, il monta le petit déjeuner chez sa mère et voulut s'asseoir. « Je suis fatiguée, va-t'en... » Quand il fut sorti, elle attrapa la fleurette qu'il avait mise à tremper dans un verre, la tordit et l'immergea tête en bas. « Comme ça qu'il était dans moi. Lève les bras ma fille, lève-les plus haut ! »

Le soir, comme chaque année, la messe de minuit fut accompagnée à l'harmonium par Micho. A défaut des beaux-parents, il avait invité le curé au réveillon. « Pourquoi, demanda Tatav, pourquoi vous avez dit au sermon que Noël c'était pas un festin scanda-leux ?... » Drapée dans un mutisme hautain, Nicole chipotait. Au dessert, on dépouilla le sapin. Le prêtre eut une enveloppe, Nicole une gourmette en or, Tatav et Ludo un baby-foot. Micho n'eut rien. Il y avait aussi une boîte de chocolats pour Ludo de la part de Tatav. La plupart des chocolats manquaient. Au fond grimaçait un petit squelette en plastique blanc.

*

A l'école, aux récréations, Tatav faisait en général semblant d'ignorer Ludo qui d'ailleurs ne s'ennuyait pas. Il jouait tout seul au bimoteur avec des ficelles qu'il faisait tournoyer devant lui. Il aimait aussi regarder les filles sauter à la corde en chantonnant. Dans les godets du tableau noir, il chapardait les vieux bouts de craie pour griffonner des lignes tordues sur le ciment. Ou encore il disputait des parties d'osselets avec les petits paysans qui mettaient en jeu leur chocolat du goûter, et le payaient en coups de sabots s'il venait à gagner. A la cantine, il se plaçait toujours entre deux filles et les stupéfiait d'admiration par sa voracité, terminant dans leurs assiettes des plâtras de lentilles refroidies.

83

Le soir, Tatav l'attendait sur la route, loin des regards ; ils rentraient par des voies buissonnières les entraînant jusqu'au port où ils rêvassaient le long des bateaux à quai. Tatav sortait de son cartable un bout de ligne et ferrait des mulets graisseux dont il crevait l'œil avec son porte-plume avant de les remettre à l'eau.

Non content d'être cruel, il avait aussi des penchants scatophiles. A raison d'une fois par semaine, armé d'une casserole emmanchée sur un bâton gigantesque, il emmenait Ludo derrière les ateliers touiller la fosse septique, soi-disant pour l'empêcher d'exploser. Il gardait sous verre une collection d'excréments séchés provenant chacun d'une espèce animale différente. Il était chasseur de bousiers — coléoptères d'un beau noir vernissé domiciliés dans la bouse de vache. Aussi bien, dès mars, Tatav et Ludo, chacun sa cuiller à soupe, trifouillaient-ils minutieusement les basses œuvres vachères avec l'euphorie du chercheur d'or. Le soir, Tatav épinglait vives ses proies sur son bousidrome : une grande feuille de carton blanc collée au mur, où l'on voyait chaque spécimen assorti d'un patronyme en latin. Il avait d'ailleurs une passion pour la taxidermie des insectes de toute obédience, broyeurs, piqueurs, lécheurs ou suceurs. Il se livrait dans le four tiède à des battues aux cancrelats qu'il aguichait par des miettes de fromage, et momifiait ses prises dûment triées dans la laque à cheveux.

*

Ludo se rendait seul au catéchisme, lequel avait lieu tous les jeudis après-midi, dans l'église, à mi-chemin du bourg et des Buissonnets. Il ânonnait en les mélangeant les actes de foi et de contrition. Il ne sut jamais le *Notre Père,* mais en revanche filait son *Je vous salue Marie* d'un même souffle. Sa prière favorite était la table de multiplication par deux qu'il se récitait chaque soir en prélude au sommeil.

A l'église, il regardait les vieilles dames allumer des cierges vacillants sur un grand plateau noir hérissé de clous ; il garnissait parfois les derniers clous libres, enthousiasmé par ce buisson ardent qui ne lui coûtait pas même un élan pieux.

Au retour, il faisait un crochet par le village, et venait lécher la vitrine du Bazar de Paris — l'ancienne boutique de Micho — où sur d'invisibles fils se répondaient les montres luminescentes et les poignards de plongée. Derrière, une cale en pente douce ayant autrefois servi de glissière pour les chaloupes entrait dans la mer, recevant par intermittence l'éblouissement rouge du feu de jetée.

Il faisait nuit quand il arrivait chez lui. Micho, le nez dans l'harmonium, s'avisait parfois gentiment du contretemps. Nicole interrompait son apéritif solitaire pour signaler à son fils que ce n'était pas un hôtel, ici, qu'il y avait un peu de politesse à avoir, du respect, qu'il fallait mettre la table avant demain matin, que la blanchisseuse s'était encore plainte de son linge, et qu'on allait lui mettre des couches comme à un bébé si ça continuait.

« Où t'étais ? demandait Tatav. — J'étais dans ma cachette, répondait Ludo. — Si tu me dis où c'est, je te montrerai mon sous-marin. — Tu dis toujours ça. Tu me l'as jamais montré. J'y crois plus à ton sous-marin. » Tatav cultivait chez Ludo l'illusion d'un

85

vaisseau fabuleux qu'il était censé fabriquer avec des amis, capable de voguer au fond des constellations et des mers. « C'est le premier sous-marin volant. T'as des boutons avec le nom des étoiles marqué dessus. T'as juste à appuyer sur le bouton pour y aller. — Quelle couleur il est ? — C'est un sous-marin caméléon. Il a la couleur d'où c'est qu'il est posé... » Chaque fois qu'il partait vadrouiller avec ses copains, délaissant Ludo, Tatav invoquait les finitions du sous-marin. « Je peux pas t'emmener, sinon je trahis le secret... — Et c'est où ? — C'est loin dans la forêt. Y a une grotte immense, avec un couloir en dessous rempli d'eau qui va jusqu'à l'océan. Faut faire attention, dans la grotte, à cause des monstres. — C'est quoi ? suppliait Ludo. — T'as des requins-éléphants, avec des nageoires et une trompe d'éléphant sur le dos. Et puis des dents autour des yeux. Ils peuvent te croquer avec leurs paupières. T'as aussi des chats-crabes. Les pattes de devant, c'est des pinces. » Un jour, Tatav avait exhibé comme un prodige un vieux dérailleur de bicyclette. « Faut pas toucher... c'est ça qui sert pour le moteur du sous-marin. Y en a mille comme ça. » Il avait fait écouter à Ludo la mélodie suave des pignons préalablement huilés. « Pas mal, hein !... Remarque... si tu fais mon lit tous les matins jusqu'en avril, je veux bien te le passer. » Marché conclu. Ludo serra le dérailleur dans sa main plusieurs jours d'affilée, ne s'en démunissant pas même la nuit, rêvant *Nautilus* et croisière intersidérale. Le matin, rangeant la chambre de Tatav, il salivait devant l'aquarium aux globos. Puis un après-midi, à la récréation, un joueur d'osselets qu'il voulait épater le déniaisa brutalement : « Un truc de sous-marin ? J'ai le même sur mon vélo, t'as qu'à voir. » Le soir, au dîner, profitant d'une distraction chez Tatav, il plongea le dérailleur dans la purée du traître, espérant lui faire honte. Mais l'autre dut soupçonner l'embûche et mangea proprement la purée tout autour du roulement à billes qui resta caché.

*

Souvent, l'après-midi, Madame Blanchard se rendait par car aux Buissonnets. « Alors comment ça va ? Cette fois, Nanette, elle est bien pincée. C'est pas dit qu'elle passera l'hiver. Le chirurgien a téléphoné à ton père. Il voulait qu'on aille là-bas. A qui je vais laisser la boutique ? Et puis je suis jamais allée à Paris. Quand il dit de venir, le chirurgien, paraît que c'est cuit. T'as pas bonne mine, toi, dis donc... » Elle insinuait toujours que Nicole était en train de ruiner sa santé avec ce mari qui avait déjà fait sa vie. « C'était une idée à ton père, le mariage. Tu sais comment il est quand il a une idée. Et avec l'idiot... c'est pas trop dur ?... » Nicole objectait mollement qu'il n'était pas idiot et que ça allait bien. « S'il était pas idiot, t'aurais pas cette mine de sac à papier. Ah c'est ton père qui veut pas venir ici tant qu'il y est ! Il est buté, tu sais. D'ailleurs c'est pas moi qui lui donnerais tort. — Et moi, éclatait Nicole, tu crois que je veux le voir, mon père ? Tout ça c'est sa faute, il peut crever ! — Remarque bien, reprenait Madame Blanchard, t'es bien logée ici. Il a du répondant, le mécanicien. Il est gentil, au moins ? C'est pas un violent comme ton père ? — Ah ça non, répondait

Nicole, c'est pas un violent. Il vous chante la messe tous les soirs. Il se met à l'harmonium et plus moyen de l'arrêter. Et quand il a un petit coup, ça le fait même pleurer. »

Chaque fois, la mère demandait à visiter la maison, et chaque fois la chambre de Ludo lui tirait des soupirs d'indignation. « T'es trop bonne ma fille, ça te retombera dessus. Ça t'a pas suffi un coup, faut que tu continues. Au prix où est l'argent ! » Elles retournaient s'asseoir au salon. Madame Blanchard sortait un tricot. Depuis que Nicole était bébé, tous les ans, elle prenait ses aiguilles et l'immunisait contre l'hiver par un vêtement fait main. « J'ai trouvé le modèle dans *Le Petit Echo de la mode*. Toi qui es fragile des bronches, c'est parfait. » Elles restaient ainsi jusqu'à cinq heures à papoter, buvant café au lait sur café au lait, l'une tirant la laine, l'autre se vernissant les ongles ou feuilletant les *Mickey* de Tatav. « C'est pas le tout, je veux pas manquer le car. Et puis j'ai la fournée. Ah c'est bien vide, maintenant, chez nous. Ton père va tuer un chapon. Pourquoi tu viendrais pas manger dimanche avec ton mari ? — Et le gosse, hasardait Nicole, y peut venir ?... » La boulangère tordait sa bouche avec dégoût. « Ah ça non qu'y peut pas ! » Elle rangeait bruyamment son ouvrage ; sa fille la raccompagnait au portail. Le soir, la vue de Ludo lui donnait des palpitations.

Elle était mariée depuis six mois à peine et déjà commençait à s'ennuyer. Elle avait l'impression qu'un destin d'emprunt lui était bizarrement échu, que rien dans sa vie n'était fixé, ni présent ni mémoire, et qu'elle allait se réveiller un beau jour avec d'autres souvenirs, à l'orée d'une chance intacte. Toute à ses cocagnes d'enfant gâtée, elle refusait chaque année son anniversaire et fardait sur ses traits les premiers plis du temps passé qu'elle attribuait aux soucis quotidiens. A vingt-trois ans, sa beauté la taxait déjà de ces mille infimes trahisons par lesquelles une vie n'est soudain plus gagnante et montre l'usure ébauchant son reflux. Des ridules tramaient de bleu l'entour des paupières. Les yeux étaient toujours un peu rougis comme d'avoir pleuré. Les cheveux n'étaient plus si brillants. Les tabagies transfilaient de brun la blancheur des dents. Elle se pesait tous les matins, mais elle avait décidé que la balance était fausse, environ cinq kilos, ce qui lui rendait son poids de jeunesse et la passion des lubies. Elle mangeait peu, surtout des sucreries, mais prenait plaisir au vin rouge et vers le soir buvait des sauternes ou des monbazillac pour conjurer l'harmonium ; les raffuts grégoriens la faisaient haïr son mari. Elle ne sortait plus, sauf le dimanche à l'église, elle ne voyait personne hormis sa mère. Elle séjournait aux Buissonnets comme en prison, jalouse même de Ludo qui revenait de l'école des taches d'encre aux mains et les joues en feu. La nuit, Micho ne triomphait pas, les sens de Nicole étaient liés. Elle avait mis longtemps avant d'accepter qu'il la touche. Sous les draps, elle dormait avec des chaussettes et disait non, pas encore, et les nuits passaient, Micho s'impatientait — la première fois elle avait quitté la chambre et sangloté jusqu'au matin sur le divan du salon. Depuis, elle était docile en amour, mais sans désir, sans plaisir, et d'une passivité morfondue que rien n'émouvait.

« T'as fait? » demandait-elle à son mari d'un ton froid.

Délivré, le mécano s'endormait en bavardant. « Je crois qu'il se plaît bien ici, ton Ludo. — J'ai sommeil, soupirait Nicole. — Un gosse, on finit toujours par l'aimer si c'est de la bonne graine... Ah je savais bien que tout s'arrangerait... un gosse, il lui faut sa mère... » Il souriait dans la nuit. C'était bon le soir de rentrer. De s'étirer sous la douche après la crasse et les engelures. Ah c'était bon cette jolie femme au corps tiède et ce petit frère pour Tatav, ils s'entendaient bien ces deux-là, des fois ça cognait, mais c'était tout bon cœur. La Nicole aimait pas l'harmonium?... Bah, chacun fait comme il veut, d'ailleurs, elle s'habituerait. C'était le môme, lui, qui semblait mordu. Toujours caché sous l'escalier pour écouter en douce. Dans la journée, c'était sûr, il devait toucher les tirettes et les pédales, d'ailleurs les registres étaient souvent déréglés. Un jour, il lui montrerait au gamin. Et lui aussi pourrait accompagner la messe... Dommage que Tatav non plus, la grande musique, ça soit pas son rayon.

*

Une nuit, Ludo se réveilla transpirant. Il avait vu son père. Le marcheur aux pas flottants s'était retourné, mais la pluie battante avait caché son visage au dernier moment. Il sortit dans le corridor, avançant en aveugle au milieu du noir. Une poignée de porte céda sous sa main. Il se glissa dans la chambre de Nicole et Micho donnant sur la cour. On entendait la pluie cravacher la toiture et des gouttes résonner en contrepoint sur les persiennes. Il somnolait debout, vaguement inquiet de ne percevoir aucune respiration montant du lit noyé d'obscurité. Un fauteuil parut nager vers lui. Il reconnut le parfum maternel et respira les vêtements posés sur le dossier, caressant l'étoffe avec sa joue. Puis, à quatre pattes, il erra dans la pièce, se frotta comme un chien le long du sommier et, terrifié par un ronflement subit, retourna se coucher. *Avec Tatav on est frères de sang... c'est la mode indienne qu'il a dit... tu coupes ton poignet, tu le mets sur le mien et comme ça on est frères et comme ça Micho c'est un peu ton père et comme ça on a le même sang... faut avoir le même sang dans une famille et j'ai coupé mon poignet je l'ai mis sur le sien et j'ai récité la table de multiplication... après on a suivi les sœurs Gabarou... Tatav disait tu prends laquelle on va les emmener faire un tour en sous-marin moi j'y crois plus au sous-marin les sœurs Gabarou se retournaient Tatav disait tu prends laquelle on était trempés... elles sont parties en courant sous la pluie Tatav a dit c'est bon pour les escargots... Nicole a pas voulu les manger... ton pantalon est déchiré... maintenant ils sont allés chez le coiffeur avec Micho et elle a coupé ses cheveux avant on voyait pas son cou.*

Le lendemain soir, au dîner, Nicole se plaignit à Micho que sa gourmette en or eût disparu.

« J'ai pensé que tu l'avais rangée quelque part... »

Il n'avait rien vu, rien rangé.

« Alors quoi, elle s'est pas envolée quand même !

— Elle a pu tomber du poignet, suggéra-t-il.

— Je mets toujours la sécurité. Et puis je me rappelle bien l'avoir ôtée hier soir.

— Et où tu l'as mise ?

« — Si je le savais, je demanderais pas !... Et j'ai regardé partout.

— Vous avez pas vu la gourmette à Nicole, les enfants ?

— Non ! » répondirent Tatav et Ludo.

Une semaine plus tard elle cherchait encore. Ludo l'aidait à déplacer les bahuts, rampait sous le grand lit, se relevait bredouille, auscultait les tapis.

Quinze jours passèrent... Puis, un jeudi, sur le plateau du petit déjeuner, bien présenté dans une jolie soucoupe entre les tartines et le café, Nicole, abasourdie, reconnut son bracelet.

« Ça alors !... Comment ça se fait ?...

— Je l'ai retrouvée, dit Ludo. Je l'ai retrouvée tout seul... »

Elle soupesait la gourmette à deux doigts, loin des yeux, tel un objet suspect.

« Mais où l'as-tu trouvée ? On a cherché partout...

— Elle a dû tomber du poignet. C'est moi qui l'ai retrouvée.

— Mais dis-moi où, voyons ! »

Ludo prit des airs mystérieux.

« Là où c'est qu'on met les souliers, à l'entrée. Je l'ai ramassée dans un soulier. »

Ouvrant sa chemise, il fit surgir un vieux godillot crevassé qu'il tendit à sa mère.

« Enlève-moi cette saloperie, c'est plein de microbes ! Et juste au-dessus du café, bougre d'idiot !... Mais comment t'as eu l'idée d'aller y voir, dans les souliers ?

— C'est en fouillant. Je voulais fouiller partout. J'ai commencé par en bas, et je l'ai retrouvée tout seul. »

Nicole observait la gourmette et se composait un sourire avenant.

« Il faut que je la rince d'abord au vinaigre... Je ne comprends pas grand-chose à ton histoire. Enfin, je te remercie. Dans le fond, tu es peut-être un bon garçon... »

Elle attendait, gênée, les bras gauchement ouverts.

« Qu'est-ce qui te ferait plaisir en récompense ? »

Ludo rougit.

« Si tu viens me dire bonsoir dans ma chambre aujourd'hui. »

Elle éclata de rire.

« C'est facile, ça, au moins. Mais gare à toi si je la trouve en désordre ! Tu sais très bien que je n'aime pas ça. Va jouer maintenant. »

Il sortait quand elle le rappela.

« ... Ah, j'oubliais, Ludo. Tiens, passe-moi mon sac... Tu as reçu une lettre... de Nanette. Elle est à Paris. »

La lettre était arrivée depuis une semaine. Nicole l'avait déjà lue plusieurs fois.

« Je vais te la lire. »

En termes voilés la cousine expliquait à l'enfant qu'elle devait se reposer encore et qu'elle rentrerait plus tard que prévu. Elle lui parlait aussi du Petit Prince, et s'inquiétait de son ardeur à l'école. Est-ce qu'il savait lire et écrire ? Heureusement qu'il avait sa maman pour l'aider à déchiffrer sa lettre... Nicole, rougissante, sauta le passage où Nanette confiait à Ludo qu'elle l'aimait beaucoup et qu'elle avait hâte de pouvoir l'embrasser.

« Voilà... Tu t'es bien lavé, ce matin ?

— Oui, répondit-il en montrant ses ongles récurés.

— Je n'en suis pas si sûre. Une belle lettre comme ça, faut pas la salir... Je préfère te la garder. »

Le soir, au dîner, Ludo claironna qu'il avait rangé sa chambre et il monta se coucher après l'avoir répété, quêtant chez Nicole un regard, un signe attestant qu'elle tiendrait sa promesse.

A deux heures du matin, assis dans son lit, il espérait encore qu'elle allait venir, que les carreaux frottés, les habits rangés dans l'armoire et le parquet ciré l'appelaient, comme appelle un convive en retard le couvert dressé pour lui. Il patienta une heure encore, et puis saccagea ses préparatifs, déversa le bac à jouets sur le lit défait, empila son linge en vrac sur le bulgum et, les larmes aux yeux, se coucha de travers au fond de l'armoire à même les souliers.

*

Ludo crut punir sa mère en lui battant froid. Il ne cracha plus dans le café du jeudi matin, ne colla plus ses lèvres sur le bol où elle avait bu, bloqua sa respiration quand ils se croisaient. Son point d'honneur voulait que toute intimité fût désormais radiée de ces gestes par lesquels, chaque jour, il la servait.

Nicole affectait de ne rien remarquer. On eût dit que la brouille installée par son fils répondait à ses vœux. Sa froideur, à lui, n'avait d'autre avenir que la tristesse, il ne s'enfonçait dans l'hostilité que pour s'y résigner le plus tard possible. « T'as raison, disait Tatav à Ludo. Elle est niaise, ta mère. Moi je voulais pas que mon père se la marie. — Ah bon », répondait Ludo.

« Faut la mettre à bout, déclara Tatav un jour.

Faut qu'elle demande pardon. C'est la loi. » Il pouffa : « On va y coller des perce-oreilles dans ses affaires. Allez viens ! Toi tu surveilles l'escalier, moi je les mets. » Ludo fit la sentinelle. « Plus jamais qu'elle osera mettre sa culotte, exultait Tatav en sortant quelques instants plus tard. J'y en ai mis un régiment. Bon, moi je vais au sous-marin. »

Dès qu'il fut parti, Ludo se glissa chez Nicole et subtilisa les perce-oreilles épars dans son linge. « C'est une fine mouche, observa Tatav le lendemain sur le trajet de l'école. Elle a rien dit. Même qu'elle m'a fait la bise. Faut y mettre des boules puantes sous les draps. Quand elle va se coucher, ça va écraser les boules. Oh, la nuit qu'ils vont passer, les vieux ! » Ludo faillit se faire prendre en déminant la literie piégée par Tatav. « Moi, j'y comprends rien, s'énervait celui-ci. — Moi non plus, répondait Ludo. — J'ai une idée. Je me mets derrière elle à quatre pattes. Toi tu fonces dessus par-devant pour qu'elle recule et tombe sur moi. » Exécution. Mais à la seconde où Nicole allait buter en plein dans Tatav, Ludo s'écria : « Attention ! » et le piège échoua. Tatav s'en tira piteusement par un lacet qu'il renouait, mais commença de regarder Ludo d'un sale œil. « Ben quoi, j'ai eu peur... »

Les jours allongeaient. Les premières chaleurs libéraient le parfum des pins. L'air avait un goût de miel et d'océan, les cigales crissaient. La mer d'un bleu turbulent croustillait sur le rivage. Le soir, des vols de grues à la débandade égratignaient l'azur d'un bleu violet. Tatav et Ludo se baignaient. Le premier s'était fait passer pour nageant comme un poisson,

95

mais il savait tout juste barboter les pieds au fond, ce qui bluffa d'abord Ludo, puis l'étonna moins quand il s'aperçut qu'il pouvait en faire autant. Ce dernier s'immergeait sans difficulté dans l'eau froide. Tatav, lui, se mouillait avec parcimonie, et quand il arrivait aux cuisses, sa peau laiteuse de gros virait à la chair de poule : une raillerie de Ludo, et il abandonnait en disant qu'il était fâché.

Dans la tiédeur sucrée des longs crépuscules, les deux garçons jouaient au baby-foot jusqu'à la nuit. Tatav pilait Ludo grâce à des règles mouvantes lui donnant droit de rejouer tous les points que l'autre semblait avoir gagnés. Le chant nasillard de l'harmonium accompagnait les parties. Vers minuit Micho proposait une infusion. Tatav faisait bouillir l'eau ; Ludo mettait les sachets dans les tasses. « Vous ferez pas de bruit en montant pour pas réveiller votre mère », recommandait Micho. Sur le palier de la cuisine, Ludo lançait vers la nuit noire les sachets détrempés. Ils pendaient par dizaines aux branches du lilas planté dans la cour.

A l'école, on travaillait moins. L'été venant, le maître bavardait avec les élèves, les interrogeant sur leur avenir et les libérant avant l'heure. A la première indiscipline, il sévissait par une dictée. Ludo qui savait à peine griffonner quelques mots se bornait à rendre un dessin. *Nanette est toujours pas revenue... c'est quoi ton dessin pourquoi tu fais la main si noire... Tatav il a peur du noir c'est toujours moi qui vais chercher le cidre à la cave... moi j'aime bien quand il fait nuit...j'ai presque terminé mon niglou.*

Après un cours sur les Esquimaux, il avait creusé un *niglou* dans le sable, au fond du jardin. C'était un trou fermé par des branches de pins tissées d'algues. Un homme accroupi pouvait y loger.

Un matin, les mots *fête des mères* éveillèrent son attention... « ... Et donc, poursuivait l'instituteur, vous allez maintenant tresser, chacun pour sa maman, un vase en rotin. Je vais vous distribuer le matériel. » Le lendemain soir les quarante vases étaient finis, empaquetés, avec une étiquette en belle ronde annonçant : « Bonne Fête Maman ». Les écoliers repartaient fièrement chez eux, leur cadeau sous le bras. A la sortie, Maxime et Jésus, deux brutes, attendaient Ludo. « Ta mère elle est boche, faut pas y faire de cadeau. » Ludo fut molesté, son vase piétiné. Il rentra piteux, la mâchoire en compote. Nicole était au salon, découpant des photos dans des magazines féminins.

« Tu t'es encore battu ?... Eh bien c'est du propre ! La chemise est en charpie.

— C'est ça les gosses, intervint Micho qui s'évertuait sur le branchement d'un téléviseur d'occasion cédé par la paroisse.

— C'est un violent, oui ! ma mère disait bien qu'il était violent ! »

Depuis quelque temps, elle avait dans la voix des intonations ricanantes et pimentait d'ironie tous ses propos.

Ludo monta se nettoyer. Puis s'étant rhabillé, il se faufila chez Nicole, avisa le sac à main sur l'étagère et prit à l'intérieur au hasard une poignée d'argent. Il croisa Tatav en sortant.

« Qu'est-ce que tu foutais là ?

— Et toi ? » bafouilla-t-il en dévalant l'escalier.

Il quitta la maison par-derrière et courut au village

97

en petites foulées. Il arriva dégoulinant devant le Bazar de Paris. Sur lit d'étoiles de mer, au milieu des masques sous-marins, palmes, fusils, maillots bariolés, reposait un superbe couteau, lame au clair, près d'un étui noir. Le manche était travaillé, comme moulé par la main humaine. A la maison, Nicole se plaignait toujours que les couteaux ne valaient rien. Ludo poussa la porte. Une sonnerie tinta.

« C'est pour le couteau », dit-il à une dame entre deux âges, artificiellement bronzée.

Elle considéra l'enfant de la tête aux pieds, la mine écarlate, la chemisette en bataille, les culottes fripées godillant sur des jambes maigrichonnes.

« Quel couteau ?

— C'est dehors », dit-il en tournant les talons.

La dame le suivit, souriante, et le fit rentrer quand elle eut vu de quel article il s'agissait.

« Tu ne crois pas que c'est un peu grand pour toi ?... Choisis donc plutôt là. »

Sous un comptoir en verre était disposée toute une gamme de canifs aux lames nues.

« C'est l'autre que je veux, déclara Ludo.

— Pour toi ?

— Non. C'est un cadeau.

— Si c'est un cadeau, c'est différent », dit la marchande ; et elle retira le poignard de la vitrine pour le présenter sur ses deux mains ouvertes à Ludo.

« Il te plaît ?

— Oh oui, fit-il.

— C'est pour ton père ?

— Non.

— Pour ton grand frère ?

— Non, c'est pour ma mère. »

La dame sonda les yeux verts de l'enfant.

« Pour ta mère ? s'écria-t-elle, ahurie.

— Ben oui.

— Elle aime la chasse sous-marine, ta mère ?

— Et toi ? murmura Ludo.

— Qu'est-ce que tu dis ?

— C'est celui-là qu'elle veut, ma mère... même qu'elle me l'a dit. »

Elle hésitait à ranger le poignard mais visiblement, si jeunot fût-il, ce client semblait décidé.

« Sais-tu qu'il vaut très cher, ce couteau ? Il coûte cinquante nouveaux francs. »

Avec le plus grand sérieux, Ludo se retourna pour compter l'argent dérobé. Les chiffres s'embrouillaient.

« Je sais pas combien il y a », soupira-t-il, et faisant volte-face il tendit sa main pleine d'argent chiffonné.

« Tu n'as que quarante-sept francs, lui apprit la dame après avoir vérifié.

— C'est bien alors ? implora-t-il.

— Non... ce n'est pas tout à fait bien. Il manque trois francs. Tu es sûr que ta maman ne veut pas un couteau plus modeste, un couteau à découper ?

— Non, c'est celui-là qu'elle veut. »

Il était touchant, ce gosse, il avait dû briser sa tirelire pour la fête des mères.

« ... Allez d'accord, il est à toi. Je vais même te faire un joli paquet. Et si ta maman veut changer, dis-lui de passer. »

Quand il rentra, Nicole ne s'était pas encore aperçue du larcin. Il cacha d'abord le poignard dans son niglou, puis sous son oreiller, brûlant toute la nuit d'ouvrir le paquet.

Le lendemain matin, sitôt Micho parti travailler,

Ludo vint déposer le cadeau bien enveloppé sur les genoux maternels et se sauva sans dire un mot. Il descendit au jardin, fou d'émotion, et galopa jusqu'à l'ancienne gare où il se déchargea les nerfs en mimant locomotives et paquebots.

Passé quelques minutes, il fit demi-tour et, couché sous un pin, surveilla la maison. Pas un bruit. Elle devait pourtant le chercher. L'appeler. C'était le plus beau des couteaux. Il se redressa le cœur battant et se mit à marcher vers la cour. Arrivé sous la fenêtre de Nicole, il siffla le plus fort qu'il put mais en vain. Alors, il rentra dans la cuisine et trouva Tatav attablé devant son Banania.

« T'as pas vu ma mère ? demanda Ludo mine de rien.

— C'est une lèche-bottes, ta mère. Elle me cause que quand y a mon père. »

Il remonta l'escalier. Le corridor était silencieux ; il eut beau coller son oreille à la porte de Nicole, il ne perçut rien. Il faillit crier, entrer sans frapper, mais s'assit par terre à côté du chambranle, imaginant pour la centième fois les mains de Nicole ouvrant son beau cadeau, plus beau que tous les vases en rotin, et faisant surgir la merveille cachée. Il entendit alors le parquet craquer dans la chambre et regagna la sienne à pas de loup. Une voix morose lançait son nom. Il ne réagit qu'au troisième appel et se précipita chez sa mère. Elle essayait des souliers à hauts talons devant l'armoire à glace.

« Où étais-tu passé ?... Ça fait une heure que je crie après toi. »

Le couteau dégainé brillait sur le lit au milieu du paquet défait.

« Où t'as été chercher ça ?

— Au Bazar de Paris.

— Et pourquoi tu me l'as donné ? »

Ludo rougit.

« Tu dis toujours que les couteaux coupent pas. Celui-là, y coupe. »

Elle retournait le poignard entre ses mains.

« Mais ça, c'est pas pour manger... A quoi ça sert, d'ailleurs ? »

Elle semblait déconcertée.

« Celui-là, sûr qu'y coupe, dit encore Ludo.

— Et pourquoi tu me donnes ça aujourd'hui ?

— C'est dimanche », annonça-t-il.

Elle avait lâché le couteau sur l'édredon. Face au miroir, elle prenait des poses et regardait ses pieds chaussés de neuf. Apercevant Ludo derrière elle, un soupçon l'envahit.

« Et l'argent, dis donc, où tu l'as trouvé ? Ça doit coûter cher, un machin comme ça !

— Et toi ? murmura-t-il entre ses dents.

— C'est pas toi qui peux payer un machin comme ça. Où t'as eu l'argent ? »

Ludo ne répondait pas.

« C'est que tu serais peut-être bien capable de l'avoir volé, l'argent !

— Sûr qu'y coupe, répéta l'enfant d'un ton suppliant.

— Alors comme ça t'as volé l'argent... »

Elle parlait d'une voix soudain très lente et déroulée, presque lascive.

« A qui l'as-tu volé ?... A Micho ?... A Tatav ?... A qui ?... »

Les yeux verts n'exprimaient rien.

101

« Moi j'ai tout mon temps, tu sais. Si tu veux pas parler, c'est que t'es vraiment un voleur... Un sale petit voleur. »

Ludo s'entortillait les doigts, le regard fixé sur le poignard dont il restait content qu'il fût arrivé jusque-là. Sans doute allait-il repartir dans la vitrine, mais pour l'heure il brillait sur l'édredon, est-ce qu'elle voyait comme il brillait?...

« Alors, où t'as pris l'argent? Dans mon porte-monnaie? »

Elle avait crié.

« La dame a dit qu'elle rendrait les sous, fit-il sans quitter le poignard des yeux.

— Qui c'est, ça, la dame?

— La marchande. Elle a dit qu'on pouvait le rapporter, le couteau. Et qu'elle rendrait les sous.

— Mais toi, tu les as pris dans mon sac, c'est ça, dans le sac à ta mère que tu les as pris. »

Ludo frissonna.

« Un menteur et un voleur, c'est ça que tu es! hurla-t-elle après avoir retourné son sac vide. Ah ça, tu vas être puni. Je sais pas encore quoi, mais tu vas écoper. Si c'est pas une honte! C'est par les oreilles qu'il va t'y traîner, Micho, chez la marchande, et il va tout lui raconter... Voler l'argent à sa mère!... »

Il se réfugia, bouleversé, dans son niglou. Qu'allait penser Micho? Qu'allait penser Tatav? Qu'allait penser la dame? Il ne revint ni déjeuner ni dîner, s'endormit grelottant sous les branchages détrempés. Quand il reparut le matin suivant dans la maison, l'atmosphère était bizarre, mais nul ne lui reprocha rien. La veille au soir, annoncée par Madame Blanchard, la nouvelle de la mort de Nanette avait éludé l'affaire du couteau. On avait prié Tatav de n'en rien dire à Ludo.

Le corps fut rapatrié par train pour être enterré à Peilhac, le village natal. Le cortège funèbre était le reflet presque parfait du cortège nuptial ayant suivi Nicole et Micho l'hiver précédent. La boulangère houspillait sa fille en cheveux, pas même une voilette noire, et qui montrait des yeux secs en présence du caveau béant. Nicole avait la nausée. Elle regardait le goupillon d'argent, les mottes de terre sèche pleuvant sur le cercueil, les souliers bien lacés du recteur qui l'avait baptisée, l'azur torride et là, se signant au bord du trou, cet étranger presque vieux dont elle s'effrayait qu'il fût son mari. En appui sur sa pelle, Ange, le fossoyeur, attendait. « Alors, ça y est ?... y a plus personne ?... Je peux refermer ?... »

On se replia sur la boulangerie pour une collation. On joua aux boules dans la cour après les digestifs. Pendant ce temps-là, Nicole aidait sa mère à la vaisselle. En cachette elle monta voir son ancienne chambre et, parvenue sur le palier, considéra pensivement les marches bien cirées qui menaient au grenier. Elle eut ses premières larmes au retour en apercevant Ludo. « Faut que tu saches aussi pour Nanette. Elle est partie là-haut. Elle est claquée. Tu la reverras plus. »

V

A treize ans Tatav fut admis à Tivoli, pensionnat jésuite à Bordeaux. Ludo fit tout seul le trajet de l'école : il redoublait chaque année. Ne comprenant rien au réveille-matin prêté par Micho, qui chaque nuit sonnait pile à deux heures et quart, il arrivait tour à tour après la cloche ou bien avant l'aube, et jamais à temps.

Le car déposait Tatav le samedi midi. Ludo le guettait au portail, et faisait semblant d'être là par hasard. Le premier soin du pensionnaire, avant même de passer à table, était d'aller vérifier que nul n'avait touché l'aquarium aux globos. Cette formalité réglée, les deux garçons retombaient dans leur intimité chicanière.

Aux Buissonnets, de prime abord, la chambre de Ludo paraissait rangée, le lit bien fait. Mais l'ordre ne favorisait guère l'enfant. Il refoulait dans l'armoire un mélange de jouets et vêtements qu'il devait tasser à pieds joints. De ce magma sourdait un miasme dont Nicole attribuait l'origine à une souris morte. Ludo ne sentait rien.

Depuis le départ de Tatav il ne souillait plus ses

draps : il urinait sous son lit, et quand Micho lui montrait le parquet mouillé il disait : « Non, c'est pas moi, c'est la souris qui n'est pas morte. — Et ça, demandait alors Micho, c'est quoi ? » Il regardait au mur un curieux alignement de portraits grossièrement coloriés à même la tapisserie, tous identiques, cheveux rouges et long cou, les traits partiellement cachés derrière une grosse main. Des yeux noirs brillaient entre les doigts. « C'est un dessin, répondait Ludo comme s'il n'y était pour rien. — Et c'est quoi, sur ton dessin, on peut pas voir avec la main ? — C'est un dessin ! — D'accord, mignon, mais faut pas saloper les murs, ça se fait pas. Y a du papier spécial pour dessiner. »

Les dîners étaient animés par la télévision. Ludo raffolait de tous les programmes, avaleur d'images quel qu'en soit l'objet. Sa mère éteignait l'appareil au premier couple s'embrassant à l'écran, poussait un soupir excédé : « Tu dessers et tu montes te coucher. » Ludo se levait à contrecœur ; après son départ, elle rallumait.

Nicole, une nuit, se réveilla frissonnante :
« Il y a quelqu'un ? »
L'obscurité lui serrait les tempes, on n'y voyait rien. Elle avait senti quelque chose. Une présence. Un frôlement. Elle secoua Micho qui pour une fois ne ronflait pas.
« T'as fait un cauchemar, ça va passer.
— C'est pas vrai... Je dormais pas... Je suis sûre qu'il y a quelqu'un... »
Il alluma.

« Tu vois bien... Y a personne.

— Pourtant j'aurais juré..., murmura-t-elle. Mais c'est égal, y a une odeur. Une odeur que j'aime pas. »

*

Depuis l'affaire du poignard, Micho s'était laissé persuader que son beau-fils avait peut-être une fêlure au cerveau. Ce qui d'ailleurs ne gênait en rien ses rapports avec lui. « T'as l'air étonnée, disait-il à sa femme, moi je le savais quand je t'ai mariée. Tout le pays savait. Je m'attendais à pis. Même que je craignais rapport à Tatav. Mais tu sais, ton gosse, il est pas vraiment marteau. C'est plutôt qu'il est pas tout à fait comme nous autres. On devrait l'envoyer au docteur. »

Un jeudi, Nicole et son fils se présentèrent au cabinet du docteur Varembourg. « Tu réponds poliment aux questions. Et tu mets pas les mains dans tes poches. » Le docteur était un personnage grassouillet dont on avait l'impression qu'il poursuivait constamment deux idées à la fois reliées par des bon-bon-bon flottants.

« Comment t'appelles-tu jeune homme ?

— Il s'appelle Ludovic Bossard, docteur. Ah c'est pas gai, je vous assure. C'est un gosse... ah je sais pas comment dire. Il est pas bien docteur, y va pas dans sa tête.

— Mais qu'est-ce qui vous fait penser ça ? Bon bon bon. »

Par la fenêtre aux voilages à demi tirés, Ludo cherchait à voir la mer entre les pins. Le docteur Varembourg écouta poliment Nicole et, bon bon bon,

107

se mit en devoir d'examiner ça. Il fit tousser Ludo, testa son ouïe, sa vue, le mesura, le pesa, pour diagnostiquer à la fin qu'un tel cas ne ressortissait pas à la médecine générale et requérait des soins spéciaux. Nicole nota l'adresse d'un confrère, psychiatre à Bordeaux.

« Pour sûr, au moins, c'est que t'as la santé !

— C'est des jaloux », répondit Ludo.

Ce fut Micho qui les conduisit la semaine suivante à la ville. On en profiterait pour manger une glace dans un café.

« C'est quoi, son métier, psychiatre ?

— C'est la tête », déclara Nicole. Puis se tournant vers son fils assis derrière : « Tu vois un peu ce que tu nous obliges à faire !... »

Après un court entretien collectif, le praticien fit passer l'enfant dans une espèce de boudoir, magnifique de tapis et d'objets debout sur une table basse. Une odeur mâtinant la résine et la peinture fraîche flottait. Ludo s'assit sur un divan, l'autre derrière un bureau. Souriait-il, sa lèvre supérieure se démultipliait comme un postiche. Il cirait fréquemment son front chauve d'une paume alanguie. Il s'enquit affablement de mille indiscrétions : si Ludo se touchait la nuit, s'il avait déjà vu le pénis de son beau-père, s'il désirait sa mère, s'il était un enfant battu. Finalement, penchant vers lui sa calvitie miroitante, il l'avisa que la symbolique freudienne relative au phallus impliquait bel et bien les crânes rasés, « d'où l'ambiguïté du rapport aux clientes, voire aux clients... » La consultation coûta trois cents francs ; Nicole eut à noter l'adresse d'un autre confrère, plus directement spécialisé dans la « *dysfonctionnalité paranoïde* ».

« J'ai rien compris, dit Micho une fois installé au café.

— Il a qu'il est pas bien.

— C'est pas ça qui lui coupe l'appétit, dis donc ! »

La bouche cernée de chantilly, Ludo venait de finir avant tout le monde son café liégeois.

« T'en veux un autre, mignon ? »

Ludo approuva du menton. Un chewing-gum rosâtre était écrasé sur le siège, moulant une empreinte digitale qu'il remplaça par la sienne. Puis il décolla le chewing-gum et le mit furtivement dans sa bouche.

« Faut pas qu'y mange trop, ça donne des vers.

— C'est pas ça qui va lui donner des vers... Et ça veut dire quoi, le docteur, quand y dit qu'il est pas bien ?

— Il a donné l'adresse d'un spécialiste. Et c'est lui qui dira quoi faire.

— Ça coûte un paquet, dis donc, d'avoir un grain. Et à quoi ça servira quand on saura ?

— A rien. D'ailleurs on sait déjà. Quelle soif avec la glace. Je boirais bien un sauternes ou un martini. »

Nicole et Micho burent l'apéritif. Ludo, c'était la première fois qu'il venait en ville, regardait les passants défiler, tous ces visages, tous ces yeux, tous ces pas, tous ces gens qui entraient, sortaient, les serveurs criaient, des pièces tintaient, des manteaux s'enfilaient, des rires fusaient, des courants d'air brassaient les odeurs. Deux vieilles dames apparurent, l'une tenant par une ficelle un carton à pâtisserie. Ludo les vit s'installer confortablement sur une banquette, échancrer leurs fourrures, et faire un sort à d'énormes choux à la crème. Le jeu des mâchoires, étrangement latéral et tournant comme chez les bovins, s'accompagnait de coups de langue, d'infimes tremblements du menton, de brèves mimiques sourcilières et de fléchissements du cou faisant frémir les plumes de leurs chapeaux.

« Si c'est pas malheureux, un gosse comme ça, marmonnait Nicole.

— Et encore te plains pas. Il est gentil. T'en as qui sont méchants. »

Au moment de partir, Ludo recolla le chewing-gum sur le siège, et réimprima son pouce dedans comme un sceau.

*

Le brouillard d'hiver jeta son désarroi sur les couleurs et les âmes. L'après-midi, la nuit tombait vite et dans un paysage où les feux du port allumés d'avance amorçaient tôt la fin du jour.

Noël revint. Les Blanchard voulaient bien réveillonner pourvu que Ludo fût absent. Cette fois encore, Micho tint bon. « Sûr qu'y va rester, le gosse. Il a rien fait de mal, lui. Et j'en dirais pas autant pour tout le monde ! » Nicole gifla son mari, décommanda ses parents, s'enferma le soir de Noël, refusant même d'aller à la messe de minuit. Micho, Tatav et Ludo, sous un sapin chamarré qui n'avait plus aucun sens, réveillonnèrent dans la consternation ; Micho dormit sur le divan du bas.

Nicole ne reparut que deux jours plus tard à l'état cadavérique, et souhaita joyeux noël en déversant par terre, en pleine cuisine, un vase de nuit contenant des centaines de mégots.

Madame Blanchard montait plusieurs fois par semaine aux Buissonnets. « Alors ça va t'y ? Ton père y va pas en gagnant. Ça le prend tout dans le dos jusqu'en bas. C'est l'humidité, qu'y dit, le docteur. Mais l'humidité par chez nous, c'est comme le chiendent. Tu manges au moins ? T'es pas bien épaisse tu sais. Si tu veux faire un enfant à ton mari, faut te remplumer. Tiens l'autre jour, j'ai aperçue ton... enfin tu vois qui... l'autre idiot. C'est fou ce qu'il ressemble à... enfin tu vois... Faut pas qu'y soit là si t'es grosse. — Moi je veux pas d'enfant, s'énervait Nicole. C'est Micho. — J' dis pas, moi, j' dis qu'un idiot, faut pas le regarder quand on est enceinte. Faut pas croire, y a des maisons pour les idiots. Il serait bien là-bas. Et puis tu pourrais revoir ton père... — Le docteur dit qu'il a rien. — Qu'est-ce que tu veux qu'il trouve, le docteur, si quand t'as mal aux oreilles tu vas au dentiste ! Ah moi je te dis, tout ça, ça finira mal. »

Un jeudi matin, dans la chambre de Nicole, Ludo parut trébucher en déposant son plateau, le café brûlant se répandit sur sa mère : « Non seulement t'es idiot, mais en plus t'es dangereux... »

La fois suivante, il se leva tôt, revêtit ses habits du dimanche et descendit préparer le petit déjeuner. Le service était toujours parfait. La géométrie du couvert, le pain laqué de beurre, et même l'empilage harmonieux des sucres dans la soucoupe attestaient un soin maniaque.

Ludo remonta prudemment l'escalier. Juste avant de frapper au battant, il posa le plateau sur le sol avec précaution. Il tira de sa poche une épingle anglaise, et se perça le gras du pouce au-dessus du bol, regardant

111

les gouttes de sang vermeil s'unir au café fumant. Puis il referma l'épingle et frappa.

Nicole était d'humeur à converser.

« Tu n'oublieras pas d'encaustiquer en bas. Cet après-midi t'iras jouer dehors, ma mère vient. Si tu es sage, tu pourras regarder la télé ce soir. Qu'est-ce que tu vas faire maintenant ?

— Tatav y m'a prêté son train.

— Et tes devoirs ?

— J'ai tout fait.

— Alors ça va... Dis donc, c'est toi qui t'es lavé dans ma salle de bains, hier ?

— Non c'est pas moi.

— Pourtant ça sentait bien ton odeur, j'ai dû aérer. »

Ludo fit pivoter le rocking-chair pour la fixer dans les yeux.

« C'est mon père qui s'est lavé. »

Nicole se troubla.

« Micho tu veux dire, c'est bien ça ?...

— Qui c'est mon père ? » murmura-t-il en se détournant.

Nicole avait pâli.

« Qu'est-ce que tu racontes, imbécile ?

— Je raconte rien », dit-il alors d'une voix normale.

De plus en plus souvent Ludo faisait allusion à son père de façon larvée, jouant sur la confusion dans l'esprit des autres avec Micho. Un jour, il avait annoncé froidement que son père était venu le chercher à la sortie du catéchisme. Une autre fois, c'était une promenade en auto qu'il avait faite avec lui. De telles provocations glaçaient Nicole. « Ne joue pas les

112

petits malins, Ludo », grondait-elle, mais sans insister.

Elle s'était renfoncée dans les oreillers.

« Tu deviens sournois, c'est pas beau ça. Qu'est-ce qu'on t'apprend au catéchisme ?

— C'est les Romains avec Jésus. Et comment Ponce Pilate y s'est lavé les mains. Jésus y l'ont mis en croix qu'elle a dit. Au champ du crâne. Les pharisiens, ils étaient jaloux.

— T'en sais des choses, dis-moi... Mais j'espère aussi qu'on t'enseigne l'obéissance et le respect.

— Je sais pas.

— Et tes prières, tu les connais ?

— Y en a une, j'y arrive pas. C'est rasoir.

— Laquelle ?

— Le *Notre Père*.

— Ah tiens !... c'est une question de travail. Toi tu es plutôt du genre avec un poil dans la main. Et puis arrête ce balancement, ça me donne le vertige. »

Il immobilisa le rocking-chair et considéra l'intérieur de sa main sanglante avec un sourire énigmatique. Puis il s'absorba dans la contemplation des vitres où l'image de Nicole épousait la monotonie cadencée des pins.

« Si je sais le *Notre Père*, je pourrai jouer l'harmonium ?

— Si tu sais tout le reste, aussi, lire écrire sans fautes d'orthographe, et surtout compter. C'est pas un métier, l'harmonium. »

Micho s'était proposé d'enseigner la musique à son beau-fils et qui sait, de l'utiliser comme auxiliaire à l'église. La première leçon avait eu lieu un dimanche en fin de journée. Après une demi-heure, un verre de sauternes à la main, Nicole était venue leur annoncer qu'elle n'était pas la bonne d'un curé, sûrement non, que si lui Micho en était un, curé, c'était pas une raison pour faire de son fils à elle, parce que c'est mon fils pauvre petit ! pour en faire un sale curé. Et tout en baragouinant des menaces, elle avait rabattu le couvercle de l'instrument sur les doigts du novice. « Quelle idée j'ai eue d'épouser un vieux ! » Et Micho, les nerfs fauchés par ce trait perfide, avait capitulé sur-le-champ.

« Qu'est-ce que tu veux faire plus tard ? poursuivait Nicole.

— Chauffeur d'avions.

— Pourquoi tu dis ça ? »

Il ne répondit pas.

« Tu pourrais devenir matelot. C'est joli matelot. On a des beaux pantalons et des cols bleus. Et on voit du pays.

— C'est où ?

— C'est dans la marine, on voyage beaucoup. On porte un béret blanc avec un pompon rouge. »

Elle ricana :

« Evidemment, avec tes oreilles décollées... »

Ludo se renfrogna. Ses oreilles le torturaient. Depuis qu'il disposait de vrais miroirs, il passait des heures à détailler ce visage à la fois beau, grotesque, et parcouru d'expressions contraires aux humeurs qu'il éprouvait ; dans la cour, il veillait à présenter son profil aux filles, affectant constamment d'être attiré par des incidents latéraux. Une tentative de recollage à la glu s'était soldée l'espace d'une matinée par un faciès mongoloïde, puis par deux plaies vives à

114

l'envers des lobes qui avaient mis près d'un mois à cicatriser.

« Quel temps fait-il ?

— J'ai pas été voir.

— Eh bien vas-y crétin ! Non, pas à la fenêtre, va dehors, tu me diras s'il fait froid. »

Il descendit l'escalier, récita le *Je vous salue Marie* debout sur la dernière marche, compta jusqu'à dix et revint s'asseoir dans le rocking-chair.

« C'est un drôle de temps. Y fait moins froid qu'hier. En ce moment y pleut pas encore, et y a un peu de vent.

— Tu racontes toujours la même chose. Ce n'est pourtant pas compliqué de dire à sa mère si elle risque une angine ou non. Tu le fais sans doute exprès, hein, tu le fais exprès... »

Elle avait élevé la voix.

« ... T'es vraiment qu'un emmerdement, Ludo ! Tu causes pas, tu fais jamais ce qu'on te dit, tu te laves faut voir comment... Ne te retourne pas surtout. »

Dans la vitre, il voyait Nicole repousser les couvertures et s'étirer. *Maintenant t'es ma sœur de sang... même si t'es pas gentille on est mariés... Tatav il est mon frère et mon père à moi j'y mettrai du sang dans son café quand y reviendra... Micho c'est pas mon père alors j'y mets rien.*

*

Mi-février, Tatav eut son anniversaire et balaya d'un souffle ses quatorze bougies. Ludo se demandait s'il pourrait un jour, lui aussi, s'époumoner sur une génoise illuminée. Ignorant sa date de naissance, il croyait benoîtement son âge indexé sur le Nouvel An.

Nicole avait repoussé l'idée d'une petite fête annuelle en son honneur hasardée par Micho. « Tu sais l'anniversaire de quoi c'est, celui du bâtard ? Tu veux un dessin ? » Micho dédommageait son beau-fils comme il pouvait. Par un peu d'argent. Par des compliments sur ses bras musclés. C'était lui qui fournissait clandestinement les feutres et crayons de couleur permettant à Ludo d'extravaguer sur ses murs.

En classe il passait pour nul en dessin, barbouillant des nourrissons cornus et d'impossibles maisons dont il situait la porte au deuxième étage. Une fois, voulant représenter un christ, il avait peinturluré son obsession favorite : un visage de femme entrevu par les doigts écartés d'une main noire. Encore un zéro.

Le soir dans sa chambre il affinait l'invisible portrait, le caressait, lui parlait, l'injuriait, corrigeant inlassablement la puissance du regard entre les doigts dont le nombre par main variait de sept à neuf. L'aspect général ne changeait plus ; les cheveux étaient rouges, les yeux d'un bleu panique, le format légèrement supérieur au naturel. *Je sais bien qu'elle est pas claquée Nanette et qu'elle m'aurait dit si elle était partie là-haut... et quand elle reviendra je lui raconterai qu'avec ma mère on a le même sang... qu'est-ce qu'elle dirait ma mère si elle savait qu'on est mariés comme les Indiens.*

Aux approches de Pâques, Madame Blanchard dut espacer ses visites aux Buissonnets. Les Parisiens qui commencent à rappliquer. A neuf heures ce matin, t'avais plus une brioche. « Et puis avec les vacances, *il* va être là dans la journée. Je voudrais pas tomber sur

116

lui. Alors... quand c'est que vous le mettez en maison ? »

Nicole un après-midi triait du linge à la cuisine. Le ballot déployé par terre, elle séparait les couleurs et les blancs. Comme elle relevait machinalement la tête, elle aperçut Ludo qui l'épiait sans bouger depuis l'embrasure.

« Qu'est-ce que tu fiches ici ? lança-t-elle après un cri d'effroi.

— On est en vacances, fit-il avec un sourire étrange. Même que les cloches elles vont à Rome pour les œufs.

— Depuis quand t'étais là ?... J'en ai assez moi !... Pourquoi tu fais aucun bruit quand tu marches ?... T'es qu'un sale sournois tu sais ! T'es comme un espion ici. Je veux pas de ça, t'entends, si t'es maboul faut te soigner. »

Le soir, une fois couchée, elle refusa de se laisser toucher par Micho. « Ma mère a raison. Il est dangereux. Faut le mettre en maison. Moi je veux plus qu'y mange avec nous. J'ai peur quand il est là. »

Ludo, l'oreille à la porte, entendait tout.

Les jours suivants, il fut placé bénévolement chez un couple de vieux paysans des environs qu'il étonna par sa résistance au labeur, son appétit, sa voix parcimonieuse, et ses cris indifférents qu'il éparpillait à longueur de nuit comme des bouts de papier. Il passa dix jours à piquer des carottes, à désherber, ramasser des patates et butter des choux : il attifa sur une vieille fourche un épouvantail qui l'effraya lui-même et le fit mal dormir. Il revint bronzé, forci, désireux de raconter son séjour mais nul ne s'en informa. Tatav était reparti la veille au soir à Bordeaux, lui laissant en souvenir, épinglé sur l'oreiller, un poisson d'avril découpé dans une revue glorifiant l'éternel féminin. Ce nu piscimorphe bouleversa Ludo.

*

Plus le temps passait plus Nicole évitait son fils, et plus il cherchait à la voir. En semaine, elle s'arrangeait pour qu'il dînât seul et prenait un air excédé le dimanche, au déjeuner, quand il tendait son assiette en la fixant des yeux. Il n'avait d'ailleurs plus droit qu'aux bas morceaux. Micho faisait semblant d'ignorer la méchante part qui lui revenait.

La trêve intervenait les jeudis matin. *J'ai frappé à la porte elle était déjà réveillée bien coiffée dans son lit avec son châle autour des épaules... elle a souri et elle a bu le café et elle a dit ton café est toujours aussi bon Ludo... elle ne m'a pas demandé s'il faisait beau ses habits n'étaient pas sur la chaise et quand j'ai voulu m'asseoir elle m'a dit ce n'est pas la peine de rester je redescendrai le plateau... je suis sorti et après je l'ai vue partir avec Micho et elle est revenue par le car de midi elle avait son sac à main et le soir j'ai entendu qu'elle apprenait à conduire et qu'elle voulait une auto quand elle aurait son permis.*

A l'égard de Ludo, Tatav aussi commençait à changer. L'ironie primait dorénavant l'amitié. Il utilisait Ludo comme un roi son bouffon, pour se désennuyer et vider son fiel de loin en loin. Il aimait inspecter régulièrement son antre et satisfaire une curiosité devant ses murs constellés d'yeux. Entrouvrait-il un placard, c'était un fatras nauséabond. Risquait-il un œil dans le tiroir du bureau, il tombait sur des coquillages et des peaux de bananes semi-fossilisées camouflant livres scolaires et cahiers. « Un vrai garde-manger, ton bureau ! » Un samedi soir, devant Ludo saisi de honte, il extirpa triomphalement une espèce de chiffon rose qui, déplié, se révéla un soutien-gorge.

« C'est toi qui mets ça ?... » pouffa-t-il.

Ludo se mit à bégayer qu'il l'avait trouvé, oui, trouvé sur la route.

« C'est marrant, j'en trouve pas, moi, des soutiens-gorge, sur la route.

— C'est dans le couloir, alors, ça a dû tomber du linge à repasser...

— T'es qu'un menteur ! Mentir c'est un péché mortel. Ils m'ont tout raconté les jésuites. Si tu meurs avec un péché mortel, tu vas sûr en enfer. »

Puis appliquant le sous-vêtement contre son buste replet :

« C'est vrai qu'elle est bien roulée, ta mère... Allez avoue : c'est à elle que tu l'as piqué !

— C'est même pas vrai.

— Si c'est vrai. Et si tu veux pas aller en enfer, faut que t'ailles maintenant lui rendre en disant pardon. Et si t'y vas pas c'est moi qui vais. »

Ludo se mit à claquer des dents.

« Je vais le rapporter. Je vais le remettre où c'est qu'il était. »

Tatav retournait le linge entre ses mains comme s'il y cherchait la solution d'un épineux conflit moral.

« Ça peut marcher... d'accord. Mais faudra te confesser. »

Pour Ludo l'affaire en resta là. Il ne sut pas que Nicole avait pris peur à la vue du soutien-gorge aux bonnets mordillés, qu'un long séjour dans un bureau contenant des fruits pourris et du saucisson n'avait pas manqué de rendre sale et malodorant. Ce fut comme si l'on repêchait sa mémoire au fond d'un gouffre et que les souvenirs l'enlaçaient — les doigts grouillaient, les yeux verts de Will clignotaient, les respirations et les rires l'étouffaient, elle entendait se déchirer la robe indéfiniment, elle voyait se balancer l'ampoule jaune, elle voyait se figer une lumière de sang, et c'était elle indéfiniment qu'on déchirait : alors elle avait claqué le tiroir et tourné de l'œil en vomissant.

Elle ne raconta rien à son mari, mais de ce jour ne voulut plus rester à la maison seule avec son fils, refusant même qu'il s'occupât du petit déjeuner.

Juin fut si beau que Ludo préféra la mer à l'école et au catéchisme, encourant à la fin pour ses manies buissonnières un double renvoi qui lui laissa trois jours de bonheur avant qu'un avis ne parvienne aux Buissonnets. « Pourquoi t'as rien dit ? demanda Micho. — Je savais pas qu'il fallait dire. » Les tracas liés à ce beau-fils par trop nigaud finissaient par entamer sa patience. La nuit, Ludo s'avança dans le couloir et les entendit se tourmenter à cause de cet idiot qui rendait la vie impossible, et maintenant qu'il était renvoyé il allait faire son coq en pâte et Dieu sait quelles folies ! Ça ne pouvait plus durer, un idiot c'est capable de tout. Micho dut promettre une solution rapide. *J'aimerais les globos comme Tatav et l'aquarium... Nanette a dit je t'apporterai tout ça pour Noël mais comme elle est claquée j'ai rien eu d'ailleurs c'est pas vrai qu'elle est claquée... elle disait pas t'as les oreilles décollées elle disait pas t'as le singe elle disait t'as les plus beaux yeux verts du monde et moi j'ai pas le singe... à l'école ils s'embrassent avec leur mère à la sortie même avec leur père moi je voudrais pas l'embrasser ma mère... quand il sera revenu mon père il saura tout... ma mère elle dit tout à Micho moi je dirai tout à mon père et on sera frères de sang.*

*

L'été flamboyait. Un soir d'août, Tatav et Ludo dînaient tout seuls aux Buissonnets par une chaleur de plomb. L'orage au ciel moutonnait sans éclater, noir et cuivreux sur une mer exsangue oubliée du vent.

Micho s'était laissé convaincre de passer la journée chez ses beaux-parents. On parlera pas du gosse, avait promis Nicole. Et puis c'est malheureux d'être en brouille à cause d'un idiot.

Attablé sur la terrasse, une serviette-éponge autour du front, Tatav regardait la sueur emperler ses avant-bras.

« On a rendez-vous, ce soir, soupira-t-il en se versant un verre de limonade.

— Où ça ? demanda Ludo.

— Si tu veux tu viens aussi. C'est chez Milou... Peut-être bien qu'il va se passer des choses, annonça-t-il d'un ton mystérieux. Ses vieux sont de noce à Arcachon. »

Dix minutes plus tard, on entendait dehors un sifflement canaille.

« C'est Milou, taillons-nous avant qu'il pleuve ! »

121

Le sobriquet réel de Milou était Milou-le-planeur, ainsi dénommé pour avoir embrassé le décor avec une Vespa volée.

« Mais c'est le fou ! s'écria-t-il en apercevant Ludo.

— Il est pas méchant, ricana Tatav. Quand il mord c'est pour jouer. D'ailleurs j'ai sa muselière et sa laisse.

— T'as le stylo, au moins ?

— Mais oui je l'ai, répondit Tatav en exhibant un stylo bille à quatre couleurs dont il fit chatoyer les chromes... Tout à l'heure, mon pote ! déclara-t-il en voyant Milou tendre la main.

— Bon, on y va. Mais pas de bruit. La dernière fois, c'était moins une... »

Ils marchèrent cinq minutes sur la grand-route, obliquèrent vers la mer entre de hauts remblais que la pénombre montante emmitouflait, puis arrivèrent dans une cour de ferme où l'on voyait une longue maison blanche à deux étages. En bas, derrière une fenêtre éclairée, une silhouette allait et venait.

« Elle finit la vaisselle et après c'est bon », chuchota Milou. Courbé en deux, il faisait signe à ses complices de le suivre.

La nuit soudain tombait vite ; une obscurité lancinante et poisseuse émanant d'un ciel noir gorgé d'électricité.

A l'aile gauche de la ferme ils s'étaient postés sous le couvert d'une remorque à foin, surveillant la maison. Milou s'impatientait quand la lumière s'éteignit, pour se rallumer aussitôt, rouge, une fenêtre plus loin. « Ça y est, fit-il, voilà Gisèle. » On apercevait une jeune fille, la vingtaine, maillot de coton rose et jupe kaki, dénouant le foulard qui prenait ses cheveux roux. Elle ouvrit la fenêtre à deux battants, s'accouda sur l'appui, contemplant la chaleur et soupirant avec bruit. Alors, les trois voyeurs pétrifiés d'attente la virent ôter lentement son maillot, se reculer avec emphase, et paraître les seins nus juste sous la lumière du plafonnier. Puis un éclair plus fort sembla crever le ciel. La tornade en suspens fondit sur la nuit brûlante et Gisèle sombra dans une lueur cafouilleuse et diluée. Tatav, ruisselant, se sentait floué.

« T'as vu les nichons qu'elle a, quand même ! s'écria Milou.

— Tu m'avais dit qu'on verrait les poils, con !...

— Je les ai déjà vus, les poils, plaidait Milou, c'est moins bath que les nichons.

— Moi j'étais venu pour les poils, s'obstinait Tatav.

— On les verra la prochaine fois tes poils, fais pas chier. Allez passe-moi le stylo.

— Je te file pas un stylo comme ça pour des nichons ! »

La foudre interrompit ce dialogue hurlé.

« Ecoute, s'égosillait Milou, demain Berthou vient chez moi, c'est un vrai cageot mais tant pis. Je suis sûr qu'on peut lui voir les poils, à Berthou !

— Bon d'accord, à quelle heure ?

— Après manger. Rendez-vous au pressoir, si jamais mes vieux rentraient plus tôt. »

Le stylo changea de main, puis fut remis un peu plus tard à Gisèle qui marchandait ainsi sa vénusté, de mèche avec un frère dont l'indemnité consistait modestement en baisers sur la bouche.

Cette même nuit, Ludo se réveilla d'un sommeil

douloureux. Des visions l'obsédaient. Nicole au grenier ; Gisèle ôtant son maillot ; Nicole au petit déjeuner. Une onde irradia son corps par saccades, il roula vers le mur en chien de fusil puis se rendormit avec un sanglot.

Le lendemain soir, une mise au point saignante opposa Nicole et Micho. La veille, Ludo n'avait pas fermé les fenêtres du salon : les meubles étaient fichus.

« Et puis mon beau stylo bille, celui qu'on a eu par *Le Pèlerin*, il l'a volé.

— Alors comme ça, tu veux encore accuser ton fils sans rien savoir !

— Et comment j'irais pas l'accuser, même que Tatav l'a vu sortir de la chambre !... Y cesse pas de voler, d'espionner, y fouille dans mes affaires, c'est un maniaque... Dis donc, Micho, termina-t-elle en baissant la voix, tu te rappelles au moins ta promesse ?... Tu vas pas te défiler ?... »

L'autre leva les yeux au ciel.

« Mais oui, je me rappelle. Seulement, ça prend du temps. »

VI

Aux Buissonnets, Ludo vivait à présent comme à l'hôtel, sans plus rendre de comptes à personne, regrettant ses attributions du jeudi matin. Il croisait parfois sa mère qui le saluait sec, tel un voisin de palier. Le dimanche il n'allait plus à la messe, mais l'après-midi, souvent, il s'asseyait à l'église et faisait un somme. Tatav s'était amouraché d'une paysanne, il se parfumait et passait les journées dehors. Dès midi Ludo se retrouvait seul. Il furetait dans la maison, déployait des cacophonies à l'harmonium, puis il prenait des pommes et partait vadrouiller à l'océan.

Au mépris des barbelés et des têtes de mort, il se promenait sur le wharf : titanesque tout-à-l'égout domanial qui débouchait du continent et s'en allait à perte de vue rejeter les ordures au large. Ludo s'endormait souvent à l'ombre du gros tuyau bitumé qu'il s'était mis en tête d'explorer jusqu'au bout.

Il descendait rarement à la plage, effarouché par les baigneurs vautrés qui s'emparaient du site où lui vagabondait l'hiver en seigneur. Il préférait les coins déserts et dangereux, fermés au public, aimant s'affaler tout habillé dans une baïne au soleil, la tête au niveau des sablons frisés par le vent bourru, guettant la marée qui rendait les appuis mouvants, ne se repliant qu'après avoir eu peur de s'enliser. Il marchait le long du rivage ; il gravait au bâton sur le sable frais d'immenses dessins que les flammèches du ressac venaient défigurer. Il recommençait plus haut, déconcerté par l'ascension du courant qui se mêlait à nouveau d'abolir sa fresque. A flâner de la sorte, oublieux du soleil et des heures, mâchant des algues rôties, ramassant la valve éclatée d'une grenade au plâtre, imaginant que Nicole allait surgir, tiens, juste au détour du prochain monticule, apostrophant la mer en charabia ou se mettant à courir à perdre haleine, il atteignait parfois les zones de tir et se retrouvait au milieu des cibles dressées, avec des balles couinant à ses oreilles et des soldats lointains braquant leurs fusils vers lui. *C'est pour son bien qu'elle a dit... faut le soigner avant qu'il soit trop tard... il est malheureux parce qu'il fait tout à l'envers il est timbré quand y fait la vaisselle y casse les plats le pauvre... c'est pas vrai j'ai cassé qu'un plat et il était déjà fendu... on sait pas où il passe les journées il va encore nous attirer des histoires il voit bien qu'il est pas comme nous... maman dit qu'il est tombé tout seul... mais moi je veux pas faire un enfant avec un idiot à la maison faut qu'il habite ailleurs... moi je veux pas aller ailleurs et puis je suis pas timbré.* Il rentrait mû par le sentiment que le soleil penchait à l'ouest et qu'il était tout seul avec ses pas.

Un matin, vers midi, dans une anse à proximité du wharf, Ludo trouva sur le sable un baigneur mort que la marée venait d'échouer. Il n'avait jamais vu de cadavre auparavant. L'homme était jeune et bronzé. Il avait une alliance, un maillot vert, une montre où l'on apercevait la trotteuse en mouvement. Ludo s'assit près du mort dont l'œil gauche était grand ouvert et caressa la peau du bras chauffée par le soleil au zénith. L'homme était venu par la mer, la mer le remporterait. La mer était son niglou, sa cachette, il s'était perdu. Voyant les mouches envahir ses lèvres congestionnées, Ludo le reconduisit en eau profonde et satisfait regarda son mort dériver sur la houle. Il ne souffla mot de sa trouvaille à personne.

*

« Allez viens m'aider. Juste un petit coup de main pour rentrer la mob. Elle veut pas rouler droit, alors c'est moi qui la roule. »

Le soir tombait; Ludo venait de rencontrer Tatav ivre mort vacillant près du portail.

« Saloperie de gonzesses!... Elle m'a dit qu'elle couchait pas avec les gros. Et que j'étais gros. Et que j'étais pas beau. Et même que j'avais des boutons noirs sur le pif. Pourtant c'est un cageot Berthou. Un cageot et un gros, ça devrait marcher.

— Moi non plus je ne suis pas beau. Et puis moi... paraît que j'ai le singe.

— Et puis t'es juif aussi !

— Ah bon, répondit Ludo qui ne connaissait pas le mot.

— Ouais, un vrai salaud de juif et un vrai Boche ! Je sais plus si quand on est boche on est juif, ou si quand on est juif on n'est pas boche, mais sûr un vrai couillon, con !

— ... Un vrai couillon de juif, murmura Ludo ravi d'apprivoiser des mots inconnus.

127

— Ça fait quel effet ? »

Ludo le regarda surpris.

« Ouais, d'être juif... C'est vrai qu'on vous taille la biroute ?

— C'est même pas vrai.

— Moi je te dis que t'as une longueur de moins. D'ailleurs je m'en fous, ça m'empêche pas d'être gros.

— Y en a qui sont plus gros. Et puis t'es moins gros qu'avant.

— Te fatigue pas, ricana Tatav en se laissant choir sur la pelouse. Je les connais tous mes lardons, tout mon suif. C'est une maladie. Je fais de l'eau. Mes bourrelets, c'est de l'eau. Tu m'appelleras l'oasis, maintenant. Monsieur Loasis. Si ça continue, je vais pondre un palmier, con ! Le contraire du petit Jésus. Je bois du pinard et je fais de la flotte avec. Elle est où ta mère ?

— Je sais pas.

— ... Encore chez ses vieux, mais moi j'y crois pas. Le coup du pater qui la ramène le soir en bagnole, ça me fait marrer. Allez viens, on va la border.

— Qui ça ?

— Pas ta mère, conard ! On va border la fosse. Mademoiselle Lafosse. On est peinard, y a personne. Micho est au presbytère avec la chorale.

— J'ai pas envie.

— Mais si t'as envie. Et puis on va boire un coup tous les deux, tu bois pas assez pour ton âge.

— J'ai treize ans, répondit fièrement Ludo. Je mesure un mètre quatre-vingts.

— Ça fait un grand con, c'est tout », fit Tatav qui culminait dix centimètres au-dessous.

Ils traversèrent la maison, Ludo soutenant Tatav,

128

lequel voulut faire un crochet par la cave à liqueurs où, renversant des bouteilles, il prit à l'aveuglette un flacon d'alcool de banane. Ils sortirent par la cuisine, longèrent les ateliers silencieux que Tatav bourrait de coups de pied : « Ces chieries d'ateliers zauraient vraiment pu les mettre ailleurs. »

Une obscurité diaphane éclairait la campagne et mettait les astres à portée de main. Ils arrivèrent dans une friche où prospéraient des massifs d'orties.

« Terminus ! » fit Tatav en se pinçant les narines.

On apercevait dans l'herbe un rectangle en bois faisant trappe, avec au centre un couvercle de soupière à ramages. Tatav retourna le couvercle et la puanteur s'élança. Puis debout sur la trappe il entonna la bouteille d'alcool.

« A toi maintenant. »

Dès la première gorgée ce fut une révélation pour Ludo. La tête en arrière, il vit tourbillonner les mondes et fut certain de couler à pic dans un bol d'encre où gisait sa mémoire.

Tatav avait rabattu la trappe et paradait autour de la fosse.

« Où il est donc passé ? Je ne le vois pas, viens m'aider. »

Penché en avant, mains en appui sur les genoux, il inspectait le trou béant. Patrouillaient de grosses mouches droguées par les émanations.

« Tu vois pas quoi ?

— Le fantôme !... Par beau temps on arrive à le voir.

— C'est quoi un fantôme ?

— Tiens, je crois bien que c'est lui, regarde ! »

Déjà Tatav avait empoigné Ludo sur le bord de la

129

fosse et cherchait à l'y précipiter. Eperdu, voulant s'éloigner du bord, ce dernier glissa, et pour se rattraper bouscula Tatav qui se reçut mal et roula dans la fosse en hurlant.

« Tatav, Tatav, ça va Tatav ?

— Sors-moi de là, Lidio, vite, sors-moi de là... »

Ludo se mit à plat ventre et tendit un bras. Il pouvait presque toucher la main du méchant farceur qu'il commençait à distinguer.

« Je vais chercher le bâton, j'arrive.

— Me laisse pas seul, Lidio, je veux sortir, t'en va pas. »

Les cris de Tatav à ses trousses, Ludo galopa jusqu'aux ateliers. Pas de bâton. Il se souvint que Micho l'avait mis sous clé, râlant qu'il en avait assez d'avoir un vidangeur pour fils. *C'est sa faute à lui... c'est encore lui... c'est lui qui l'a tué... maman dit qu'il est tombé tout seul.* Il atteignit en courant la maison grande allumée. Personne. Il ne s'aperçut pas qu'il se cognait aux meubles et qu'un vase éclatait sur son passage. Il ressortit. Les appels de Tatav avaient cessé. Effrayé, il retourna là-bas jambes à son cou.

« Tatav, Tatav, t'es là ? »

Il était au-dessus du trou. On entendait seulement grésiller les mouches. Il fallait trouver Micho. Hagard il partit sur la route, enchifrené d'alcool et d'angoisse, fonçant vers la droite à cause d'un souvenir, un seul, qui plaçait l'église à droite en quittant la villa, c'est ça, et plus loin c'était Peilhac, et plus loin la dune et la mer, et plus loin... mais comment dénicher un souvenir parmi tant d'étoiles.

La salle du patronage apparut dans un mélange de lueurs et de flonflons. Les enfants de chœur au poil ras, les filles de la chorale, le recteur et Micho — fier comme un pilote aux commandes de l'harmonium — virent débouler un grand diable effaré qui, sans voir personne, les yeux fixés sur la voûte où se dandinaient les angelots de papier du dernier Noël, se mit à beugler : « C'est TATAV... TATAV EST TOMBÉ DANS LA FOSSE. »

Les pompiers casernés à Bordeaux ne furent là qu'après vingt minutes. A leur arrivée, Micho avait déjà repêché son fils au moyen d'une échelle et d'un camion-grue tout neuf qu'il avait en démonstration. Nu sur le gazon, grelottant, Tatav se remettait d'un évanouissement causé par les gaz méphitiques et la commotion.

Dès son réveil, il soutint que Ludo l'avait résolument poussé dans la fosse et qu'il se vengerait tôt ou tard.

Au brigadier venu pour le constat, Nicole adressait des yeux si doux qu'il s'émoustillait : « Une si gentille dame, hein Monsieur Bossard, alors quoi ! vous risquez des pépins, mettez-le en maison... » Le policier cuisina Ludo. L'enfant raconta qu'ils avaient bu de l'alcool de banane avec un fantôme, et que le fantôme avait fait tomber Tatav.

Le lendemain, ce dernier se rétracta mollement, déplorant que Nicole embrouillât tout sans rien savoir.

« T'as dit ou t'as pas dit qu'il t'avait poussé ?

— On voit pas bien quand y fait nuit...

— Tu veux pas qu'y soit puni, c'est ça !

— ... Laisse donc, intervint Micho, c'est pas si grave après tout.

131

— Toi tu seras content quand il y aura un drame, et ce sera bien fait. Bien fait pour lui, bien fait pour toi, bien fait pour tout le monde. Voilà où ça mène quand on a des fous chez soi. »

Le mécano finissait par douter à son tour. Et si le gosse était vraiment dangereux ?... S'il avait le singe et qu'il fallait pour de bon l'enfermer ?...

Ludo fut mis au pain sec mais Tatav le nourrit en douce, alternant les restes familiaux et d'anciens granulés à lapins que le puni prenait pour des biscuits.

*

Les jours suivants, Nicole brilla par son absence. « Oh c'est pas compliqué ! disait-elle à Micho. T'as qu'à prendre une décision pour l'idiot. C'est toi l'homme. — Mais quelle décision ?... — Tu sais très bien. T'as promis. » Le noyau familial se reformait le dimanche au déjeuner. Malgré les efforts de Micho, la tension montait.

Ludo fit la moisson. Il dormit dix jours dans une grange à foin, lia des bottes de paille et coltina des sacs de grains, captura un lièvre au plongeon, ne comprit pas les avances d'une saisonnière, étudiante en droit, qui venait tous les soirs le défier au bras de fer. Il avait treize ans. C'était un gaillard tanné par l'air marin. Le travail des champs et les corvées l'avaient sculpté. Son torse évasé tel celui d'un nageur était plutôt rentrant, comme s'il avait honte de respirer. Les jambes musclées en longueur bénéficiaient d'une vélocité féline. La force était ramassée vers l'encolure avec une abondance barbare annon-

132

çant mal ces traits mangés d'anxiété, cette bouche inquiète, et ce regard tragique aux lumières d'océan. Il était glabre, à la joie de Tatav qui massacrait au rasoir un duvet confidentiel.

Nicole obtint son permis de conduire au premier essai. Le boucher roulant en Mercedes, elle voulut une Floride blanche décapotable avec sièges en cuir, allume-cigares et radio. Elle disparut à Peilhac l'après-midi, fuyant l'harmonium de Micho, fuyant Tatav, fuyant Ludo qu'elle accablait sous les corvées.

« Ah c'est toi », disait Madame Blanchard. La mère et la fille installées dans l'arrière-boutique buvaient des cafés au lait jusqu'au soir. Elles n'avaient pas soif, elles étanchaient une amertume et se donnaient l'impression de partager une intimité. « Ah je reconnais que t'as pas eu de chance. D'abord l'histoire avec le... et maintenant un gosse idiot. Et ça vient pas de chez nous. Y a pas d'idiot chez nous. Ah t'es vraiment pas chanceuse... Dis donc... ça ferait plaisir à ton père si tu restais manger. » Madame Blanchard préparait la soupe, Nicole montait dans sa chambre et, le cœur battant, s'interdisait de retourner au grenier. Une fois, une seule fois, par délectation lugubre, elle osa se rendre là-haut. C'était un lieu damné qu'on laissait dériver dans l'oubli. L'odeur n'avait pas changé. Une odeur de chien mort corsée par le moisi. Le vent sifflait sous un carreau disjoint. Une émulsion verdâtre enneigeait et vallonnait le désordre intact laissé par le dernier occupant. Des vêtements gisaient devant l'armoire ouverte en un déballage informe. Le mirador de toile encombrait toujours les chevrons, fantomatique et pourri. La friteuse hygiénique, la cuvette à balancier, le landau,

133

le placard, la peur, les années, tous les souvenirs d'une enfance maudite étaient là, vivants et malins, remuant les dés du hasard qui l'avait perdue.

La mémoire à vif, Nicole attendait que se dissipe la vision, que les cris cessent, que sa peau déchirée n'ait plus mal, que la honte reflue — mais la honte s'acharnait, la réveillait la nuit telle une conscience ironique, et depuis treize ans ne désarmait que pour mieux la clouer.

Elle repartit aux Buissonnets sans une explication, manquant emboutir le fournil en manœuvrant dans la cour. Elle rentra le plus vite qu'elle put. Son fils n'était pas là. Elle but un sauternes, puis deux, puis lampa jusqu'au fond la bouteille à moitié pleine et descendit au jardin. Elle trouva Ludo blotti dans son niglou.

« Viens. On va faire un tour. »

C'était la première fois qu'il montait avec elle en Floride. Nicole érafla les montants de pierre en franchissant la sortie. Ils prirent la route de Peilhac à toute allure, longèrent la voie côtière desservant les plages, aperçurent le petit port encaissé derrière une flèche de sable, traversèrent le village en ralentissant à peine, et puis se rabattirent vers la dune, roulant à fond sur un terrain vague bosselé s'effondrant au bout par un escarpement pierreux. Nicole pila en arrivant au vide. Elle était hors d'haleine.

« Allez descends. »

Ludo s'approcha du bord. Sa mère le suivait, les bras frileusement croisés. On entendait le ressac battre la paroi sous leurs pieds.

« Tu étais déjà venu ?

— Non, répondit-il.

« — Avant, il n'y avait qu'un chemin pour les autos. Pour les piétons aussi d'ailleurs. Mais ils n'étaient pas fréquents. »

Ludo se taisait, plissant les yeux. Face à lui, plein ouest, le soleil du soir touchait l'horizon.

« Ce n'était pas un endroit très sûr, il y avait des forains... On y venait surtout pour voir les phares. Ils ne sont pas encore allumés d'ailleurs, nous sommes un peu tôt... Là-bas c'est Cordouan... Et juste à côté Saint-Pierre... Par bonne visibilité on aperçoit la bouée d'épave...

— Et là-bas, c'est quoi ? » demanda-t-il soudain, montrant vers la droite une clôture à plusieurs rangs, bien tirée sur des piquets rapprochés qui se perdaient dans les lointains brumeux. Nicole ne répondait pas. « C'est quoi ? » insista Ludo.

Elle soupira aigrement.

« C'est une base militaire, ça se voit non !...

— Y a même un drapeau français, s'écria-t-il la main tendue. Et des maisons blanches...

— Qu'est-ce que tu veux que ça me fasse !... trancha-t-elle d'une voix enrouée. Allez viens, j'ai froid. »

Ils remontèrent en voiture. Elle s'énervait sur les vitesses qu'elle n'avait jamais su manier en douceur et tambourinait sur le volant.

« J'ai soif. Allons boire quelque chose. Il y a un café pas très loin... sur le chenal, tu connais ?

— Qui ça ?

— C'est près du port, à cinq minutes d'ici. »

Ils rejoignaient la corniche aboutissant à Peilhac.

« On est bien dans une Floride, tu ne trouves pas ?...

135

— Moi j'ai conduit le tracteur à la ferme...

— Une fois, je sais. Tu as tourné si court que la roue arrière a soulevé la remorque et que tout le grain s'est répandu dans un fossé.

— C'est même pas vrai ! »

Le chenal faisait face au port, bâti sur un terre-plein poussiéreux servant l'été pour les beuveries et les bals. Elle ne rangea pas l'auto, se contenta de l'immobiliser en bataille devant l'entrée. Puis elle mit des lunettes de soleil et fit descendre Ludo.

« Quelle chaleur aujourd'hui !... »

La voix sonnait faux.

« Passe devant », dit-elle encore.

Ils arrivaient à la porte, elle avait enfoncé les mains dans les poches de son gilet. Elle se cachait derrière son fils et le pilotait à voix basse, survoltée par les souvenirs et comme étrangère à l'instant. Ils traversaient une grande salle où les tables étaient disposées sous les baies vitrées. Deux couples enlacés naviguaient sur la piste ; Gloria Lasso gémissait dans les haut-parleurs. Des jeunes gens avachis fumaient et buvaient, regardant machinalement ces deux inconnus s'installer. Nicole avait l'air d'exulter en passant la commande : « Un sauternes, une bière... » La serveuse, environ soixante ans, était boucanée tel un vieil Indien. Des sonneries criaient dans les flippers ; le bowling martyrisait les tympans. Par la fenêtre on voyait les bateaux rentrer du large et venir à quai. Nicole, une main sur la bouche, observait Ludo. Il était gêné par les lunettes noires où les yeux semblaient absents. La serveuse apporta les consommations.

« La bière, c'est pour toi, fit Nicole avec entrain. Je sais que tu aimes ça. »

Ludo n'en avait jamais bu. Il se força pour venir à bout de ce breuvage amer qui le faisait tousser. Elle avait séché son vin blanc d'un trait.

« La disposition a changé ici. Avant il n'y avait pas tous ces appareils, ni tout ce chahut. On pouvait parler sans crier. Ça te plaît cet endroit ?...

— C'est bien, répondit Ludo distrait par les chansons.

— C'est la mère du patron qui sert. Elle n'a pas vieilli. Tout le monde avait peur d'elle autrefois. Elle mettait les ivrognes à la porte, et personne ne rouspétait. Moi elle m'aimait bien. Elle m'appelait son " soleil ". Je ne venais pas souvent pourtant, sauf l'été, après la plage. On buvait des grenadines-limonades, ils appellent ça des diabolos maintenant. Et puis mes parents la connaissaient. Quand il y avait bal ou noces, j'avais le droit d'aller faire un tour avec Marie-Jo...

— Qui c'est, Marie-Jo ? » demanda brusquement Ludo.

Nicole se tut comme à l'apparition d'un fantôme.

« ... Je t'avais oublié, reprit-elle d'une voix désenchantée, je pensais t'avoir oublié... Il fait un peu chaud ici. »

Elle recommanda pour eux deux la même chose et se mit à fumer.

« J'avais trois ans qu'on jouait ensemble. Elle me disait que j'avais de vilaines mains parce qu'elle était jalouse de mes cheveux...

— C'est des jaloux, murmura Ludo que charmait la voix lointaine de sa mère.

— Elle a toujours été jalouse. On avait plus d'argent qu'eux. Son père faisait manœuvre au chantier naval. Moi j'avais des belles robes, des belles chaussures, et ça l'énervait. Elle avait deux ans de plus que moi, mais elle était moins grande, et ça aussi ça l'énervait. Elle voulait toujours m'imiter. Elle se coiffait comme moi, elle parlait comme moi, elle faisait tout comme moi. Si je mettais des barrettes roses, elle en mettait. Si je prenais un sac à main pour la messe, elle en prenait un. Elle disait aux garçons qu'on était deux sœurs, mais ils se moquaient d'elle... En fait on ne se ressemblait pas du tout. »

Nicole éteignait les cigarettes à peine entamées, tirait d'interminables bouffées, parlait, se taisait, regardant nerveusement sur les côtés. Alangui par l'alcool, Ludo souriait à sa mère et commençait à s'assoupir.

« ... Puis je suis partie en pension, et on ne s'est plus vues qu'aux vacances, avec ma copine. On allait à la plage ensemble, on se donnait rendez-vous au Chenal. C'est d'ailleurs ici qu'on l'a rencontré, Marie-Jo et moi... la table à côté du bowling, il nous faisait rire avec son accent...

— Qui ça ? demanda Ludo sans y penser.

— ... Mais voyons... mais l'Américain », lâcha Nicole d'une voix brisée.

Les lunettes noires brillaient malgré la fumée qui montait du cendrier plein. Elle sortit son rouge à lèvres et se remaquilla posément. Le charme entre eux s'était figé. Sentant l'invisible regard peser sur lui, Ludo voulut sourire à nouveau. Nicole semblait paralysée. C'est alors qu'un frémissement tira la commissure des lèvres fardées et que deux larmes

138

apparurent sous les lunettes, roulant doucement le long des joues. Bouleversé, il avançait la main vers sa mère quand elle se rejeta violemment en arrière, envoyant promener la chaise.

« Ne me touche pas, salaud », hurla-t-elle d'une voix folle, et titubante elle gagna la sortie.

VII

L'été fini, Tatav repartit en pension. Ludo passa
l'automne en travaux manuels que Micho lui prescri-
vait jour après jour. Il dessoucha des racines, rem-
blaya un fossé, creusa une tranchée pour le passage
d'un fil électrique, gratta les volets, les repeignit puis
recommença — la couleur n'avait pas plu. Le curé fit
appel à ses bras musclés pour consolider sa toiture qui
menaçait ruine et faisait passoire à la première eau.
L'excellence du résultat le convainquit d'embaucher à
d'autres menus ouvrages ce gaillard aussi fort qu'il
était bon marché. Pour salaire, Ludo fut invité à la
cure à partager une omelette vespérale avec lui. « Il a
vraiment pas l'air méchant, rapporta le prêtre à
Micho. Ni même idiot. On dirait plutôt qu'il a peur. »
Nicole s'irrita maintes fois contre lui mais sans
vraie passion, comme si le divorce avec son fils était
consommé, l'abcès vidé, et qu'il ne valait même plus
qu'on s'emportât. La nuit, elle fermait sa porte à clé.

En octobre il eut mal aux dents, n'osa rien dire, et
c'est Micho qui voyant sa mine enflée le conduisit au
dispensaire de Bordeaux. Il avait une douzaine de

caries, certaines vieilles de huit ans. Le traitement dura deux mois. Ludo souffrait aussi de brûlures d'estomac dont il ne disait mot. *Berthou voulait qu'on fasse un bout de chemin dans la campagne mais sa copine elle voulait pas elle disait non pas avec celui-là c'est le dingo... c'est même pas vrai que je suis dingo même que je sais lire et compter... je me rappelle tout bien avec ma mémoire et les filles elles ont rigolé quand j'ai récité le Je vous salue Marie jusqu'au bout... tu vois qu'il est dingo il vient toujours espionner devant l'école d'ailleurs sa mère elle en veut plus.*

Une nuit, entendant les voix de Nicole et Micho, Ludo se leva pour écouter.

« J'ai envie, disait Micho. Je peux pas dormir quand j'ai envie.

— Moi j'ai pas envie. Et tant qu'il sera là, j'aurai plus envie.

— Alors t'as pas envie.

— Sûrement pas ! C'est toi qui les as les cauchemars ? Toute la nuit parfois. Et j'ai l'impression que je dors pas. Que je suis bien réveillée. Je vois des yeux verts qui se mettent à grossir comme des ballons, et dans chaque ballon t'as l'idiot, t'as l'idiot avec ses yeux verts qui se mettent à tourner, toute la nuit. »

On entendit Micho soupirer.

« J'ai peut-être une idée, fit-il après un long silence.

— T'as toujours des idées.

— C'est ma cousine, oh ça fait une paye qu'on s'est pas vus. Elle travaille dans un asile... enfin, c'est pas vraiment un asile. C'est pour les gosses de riches, ceux qui ont le singe.

— Pourquoi elle n'est pas venue au mariage, si c'est vraiment ta cousine ?

— C'est toi qui voulais personne. »

La voix de Nicole se fit coquette.

« Et pourquoi t'as rien dit avant?

— J'y pensais plus. Je croyais qu'il allait s'arranger, le gosse. Je vais y écrire un mot, à ma cousine, et puis on verra bien.

— C'est tout vu, Micho.

— On le reprendra le dimanche et aux vacances, il sera pas malheureux.

— Et puis ça reste en famille. Ça fera moins de frais. »

On n'entendit plus rien pendant quelques instants, puis elle reprit d'une voix chuchotée :

« C'est une maison de fous, quoi !...

— C'est pas des fous c'est des simplets. Et puis c'est privé. La cousine elle est infirmière. Paraît qu'elle était à la colle avec le directeur avant qu'y soit mort... y sera bien le gosse, là-bas.

— C'est vraiment une bonne idée, Micho, une très bonne idée. Allez viens si t'as envie. »

*

Tatav arriva mi-décembre en congé pour Noël. Le vingt-quatre, après un déjeuner en tête à tête avec Ludo, il lui dit d'un ton rusé :

« J'ai une proposition à te faire.

— C'est quoi une proposition?

— Un petit tour à la fosse. Pour fêter Noël... D'accord? »

Ludo refusa, prétextant qu'il avait le couvert à mettre et des pois à écosser.

« T'as la trouille, ouais, voilà ce que t'as. Mais je te préviens, si tu vas pas à Lagardère... »

Il lui lança un clin d'œil finaud, but un grand verre de bière et disparut tout l'après-midi.

Le soir, les grands-parents Blanchard s'étaient laissé fléchir pour le réveillon — étant bien sûr entendu que le bâtard n'en serait pas. Or Tatav avait rajouté son couvert d'autorité. « Moi j'en ai marre, je veux qu'il soit là ! » Après la messe, il était allé tirer Ludo d'un sommeil comateux causé par le gardénal que sa mère lui administrait massivement pour festoyer en paix. « T'as pas voulu m'accompagner à la fosse, ricanait-il en arrachant ses draps, mais maintenant debout ! C'est Noël, j'ai une surprise pour toi... »

La dinde était brûlée, le boudin blanc mal cuit, Nicole d'humeur massacrante. « Ah ma fille, tu serais plus dégourdie si tu m'avais écoutée autrefois, au lieu de faire la jument ! — Fiche-moi la paix, maman. — Allons, c'est Noël ! tempérait Micho. — Et Noël c'est Noël », soupirait Monsieur Blanchard qui veillait à ne pas croiser les yeux du bâtard, dont il s'était pourtant bien juré qu'il ne le verrait plus jamais, celui-là !

Le sapin décoré par Micho clignotait bleu-vert contre l'harmonium, ce qui tapait sur les nerfs de Nicole et sur les souvenirs : les phares aussi clignotaient sur la mer, ils clignotaient dans sa tête à longueur de mémoire, elle détestait les phares, les sapins, les souvenirs.

Au dessert, Micho partagea la bûche apportée par Monsieur Blanchard ; on sabla le champagne et l'on échangea les étrennes : Tatav eut une vedette à moteur téléguidée, un bocal de chewing-gums d'un type nouveau : les Malabars, une Bible de Jérusalem, et une enveloppe qu'il s'empressa d'ouvrir — pour voir combien il y avait.

Entre les adultes un peu détendus par les libations ce fut un bruissant déballage, une canne à pêche pour Monsieur Blanchard, un portefeuille en lézard pour Nicole, une Winchester pour Micho — Tatav réclama soudain le tour de son frère.

Le mécano, pour la forme, avait rempaqueté vaguement le guignol qu'il avait offert à son beau-fils dans la soirée « de la part de toute la famille » — baissant la voix pour que Nicole n'entendît rien. Ludo prit possession du guignol une seconde fois.

« Voilà mon cadeau, fanfaronna Tatav, ça peut se manger... je dis bien : ça peut... »

Hilare il présentait une jolie boîte à ruban lamé suggérant un chocolatier bourgeois. Puis il déclencha sa machine-à-rire en apostrophant Ludo : « Souviens-toi du vase de Soissons ! »

A peine eut-il ouvert que Ludo reconnut l'odeur de la fosse, hideuse, et son cœur chavira. Le miasme tentaculaire infiltrait longuement les fumets du fromage et des vins, ceux plus sucrés des eaux de toilette, médusant les dîneurs.

« Qu'est-ce t'as foutu, sacré die », jura Micho d'une voix sourde.

Sur un lit d'immondices, au fond de la boîte, grimaçait l'éternel petit squelette blanc que Ludo connaissait trop bien.

« C'est ma vengeance, bouffonnait Tatav. De la crotte au chocolat sans chocolat, du pur fosse... »

Nicole était tremblante et se mordait les lèvres en regardant son fils abruti de gardénal, d'injustice, la

manche du pyjama traînant dans l'assiette à dessert :
lui qui tout à l'heure avait déposé devant sa porte une
brassée de fougères liée par du chiendent.

« Du pur fosse », répétait Tatav en s'esclaffant.

Une formidable gifle à trois doigts s'abattit sur lui.
Micho se leva soudain frémissant de rage et balaya la
tablée du regard : « Foutez-moi le camp, tous ! »
proféra-t-il d'une voix caverneuse, et ce fut lui qui
sortit.

*

Dans la nuit close une pâleur se cherchait. Ludo
s'enfonça pieds nus dans le corridor, sûr d'avoir
entendu Nicole et Micho discutailler. Plus loin c'était
Tatav et ce ronflement bien huilé qu'il avait depuis
Noël dernier : mimétisme nasal impliquant la vedette
à moteur qu'il tenait embrassée la nuit comme un
nounours.

« C'est pas ma faute à moi, si la lettre est revenue.

— Mais pourquoi t'as dit que tu l'avais envoyée ?

— J'étais bien sûr pourtant, ah ça j'étais sûr...

— Mens pas, Micho. Je l'ai retrouvée dans la
poche de ton veston. T'avais même pas changé
l'adresse.

— Bon bon, j'y posterai demain. »

Il y eut un froissement de literie chamboulée, puis
Nicole reprit plus bas :

« C'est quoi déjà son nom ?

— Dis donc, j'ai sommeil, moi. C'est Poupette.
Enfin Poupette, c'est pas son vrai nom. Elle a un nom
pas commun : Rakoff... Hélène Rakoff.

— Ça fait russe, ça, elle est coco ? »

146

Micho bâilla.

« C'est son grand-père, ou le grand-père à son grand-père, ou pire encore. Il est resté en France après je ne sais plus quelle guerre, il faisait montreur d'ours à Bordeaux.

— Tu verras qu'y sera bien là-bas. On ira le voir le dimanche, on le reprendra pour les vacances. C'est pas une vie pour lui d'être ici. »

En entendant les respirations dégénérer en ronflements Ludo regagna sa chambre, crayonna quelque temps sur le mur, puis il s'enfouit dans les draps. *J'ai pas le singe... je m'appelle pas Lidio mais Ludo je sais lire les étiquettes et même écrire un peu... j'ai la mémoire aussi... un café de caractère en provenance des meilleurs pays producteurs du monde les arabicas supérieurs font un mélange au goût subtil et racé six sardines à l'huile et aux anchois trois ampoules par vingt-quatre heures à prendre dans un peu d'eau avant les repas favorisent la reconstitution des fibres musculaires et Jésus le fruit de vos entrailles est béni dans une terrine mélanger la farine et le reste de sucre ajouter les œufs entiers et les zestes d'oranges délayés avec du lait vous obtenez une pâte épaisse... quand j'ai trop faim je vais à la pique aux pommes chez la voisine... j'aurai un métier moi aussi une maison je sais grimper dans les arbres et fabriquer des lance-pierres c'est moi qui fais le mieux les ricochets dans la mare et qui envoie les molards le plus loin l'autre jour je suis monté sur une vache elle a rué quand Tatav l'a chatouillée derrière avec un bâton je sais couper le bois pas Tatav et suifer une lame de scie je sais aiguiser la faux pour la luzerne et comme elle a dit ma mère que j'étais dangereux j'ai plus le droit... j'ai pas envie de partir de la maison... j'ai pas envie d'aller où ils causent la nuit... Tatav a dit c'est pas sa faute s'il est idiot.*

Un matin, la réponse d'Hélène Rakoff arriva :

Centre Saint-Paul, 11 février 1961.

Cher Michel,

Aujourd'hui, Notre-Dame de Lourdes. Ta lettre m'arrive et c'est une joie. C'est à peine si je me rappelais avoir un cousin si proche de moi géographiquement. C'est vrai qu'à Saint-Paul nous vivons reclus, dans notre monde à nous qui est celui de l'innocence et de l'amitié. Au Centre, il n'y a pas comme tu l'écris de « demeurés », quelle horreur ! Si Dieu a créé les innocents, ce n'est pas pour que nous les traitions de demeurés. Il n'y a donc ici que les enfants, quel que soit leur âge. Le Centre leur appartient, tout comme j'appartiens aux enfants. L'Esprit-Saint veille sur nous. Peux-tu me communiquer le dossier médical de l'enfant que tu m'as signalé et me mettre en rapport avec sa famille ? Est-il baptisé ? Ci-joint, un imprimé concernant les formalités d'admission. Tiens-tu toujours l'harmonium de la paroisse comme autrefois ? D'anciens missels ou des livrets de cantiques me seraient précieux. Bien des choses à vous tous et à l'enfant. Dieu vous ait dans sa très sainte garde.

Ta cousine,
Hélène Rakoff.

« Vise un peu ça, dit Micho, prenant sa femme à témoin : " Dieu vous ait dans sa très sainte garde... " Elle a sacrément changé, Poupette. De mon temps c'était une cavaleuse. »

La nuit suivante, Ludo surprit cette conversation :

« Je suis pas la mère, puisque c'était un accident.

— C'est peut-être moi, la mère, ou Tatav ! Moi je dis qu'il faut lui dire à Poupette.

— On lui donne la carte d'identité avec ton nom, et ça suffit.

— Elle veut aussi le livret de famille et un carnet de santé.

— Mais pourquoi tu lui racontes pas tout, tant que t'y es. Trois qu'ils étaient sur ta femme !

— Tais-toi !

— Toute la nuit, t'entends ? Les trois, toute la nuit !

— Tais-toi j'ai dit !

— Et dis-lui aussi tout ce qu'y m'ont fait, hein ! et tout ce que j'ai dû faire... »

Il y eut le bruit mat d'un coup suivi d'un cri. Ludo s'éclipsa.

Le lendemain matin, sa mère l'appela de bonne heure. Elle était debout près de la fenêtre, en chemise de nuit. De l'ongle elle écaillait son vieux vernis, lèvres pincées, scrutant ses doigts comme des tarots.

« J'ai faim. Fais-moi à manger. Bien fort le café. Il fait beau ou pas ?

— Y fait froid, répondit-il au hasard.

— J'en étais sûre. »

Ludo contemplait sa mère, ses cheveux déroulés, ce bel or épars que déjà veinaient des fils blancs. Elle avait des poches sous les yeux ; sur la lèvre inférieure un bouton saillait.

« Qu'est-ce que tu regardes ?

— Je regarde rien.

— C'est mon bouton, menteur. C'est un bouton de fièvre. Ça part comme ça vient, t'as compris ?... Et toi, tu t'es vu, avec tes oreilles ?... Allez dépêche-toi, maintenant ! »

Mon père il conduit le car il a un pistolet mon père il conduit aussi les avions... même les bateaux de guerre il peut les conduire et quand il me demande de l'aider c'est moi qui conduis mais moi je conduis un peu moins bien que lui... la Floride, il en veut pas mon père... j'ai vu des avions à la télé c'est lui qui les conduisait... ma mère elle savait bien d'ailleurs que c'était lui... Tatav dit qu'un avion c'est plus gros qu'un tracteur et même plus gros qu'une moissonneuse... je sais pas où il est mon père... oh mais si je sais bien... il a pas le temps de s'arrêter il s'arrêtera bien un jour et moi je ferai tout pareil comme lui. En remontant le petit déjeuner, il la retrouva vautrée dans son lit. Le goulot d'une bouteille émergeait derrière l'oreiller.

« Assieds-toi. J'ai à te parler. C'est pour ton bien tu sais. C'est pas souvent qu'on cause ensemble, mais moi j'y suis pour rien. Enfin... t'as quand même le droit de savoir la vérité... Voilà. Faut bien commencer par le début. Quand j'avais quatre ans j'ai chanté au radio-crochet d'Yquem. Ça n'a rien à voir mais c'est quand même important. J'ai même gagné une pati-nette... Une fois Nanette m'a emmenée au cinéma à Bordeaux. Tu te rappelles qui c'est, Nanette ?... Elle est claquée maintenant. J'ai dormi tout le film et j'ai mangé une glace à l'entracte. Un cornexqui... Je n'ai jamais voulu accompagner mon père à la pêche. Ça m'embêtait, chacun ses goûts... On jouait à la mar-quise avec Marie-Jo... J'avais dix ans quand le cerisier a gelé, il s'est fendu c'était dangereux. Papa a mis du

150

ciment dans la fente et je n'ai plus jamais voulu manger les cerises. Je disais qu'elles avaient un goût de ciment. Comme ton café. T'entends ?... Il a un goût de ciment ton café ! J'aime plus le café. T'as fait exprès de faire un mauvais café. Tu fais exprès d'être méchant et de pas mettre assez de beurre sur le pain ! D'ailleurs t'écoutes même pas quand je cause. T'es un sans-cœur, Ludo, c'est tout ce que t'es, un sans-cœur, tu seras content quand tu m'auras fait crever ! »

*

Les Buissonnets, 23 février 1961.
Ma chère Poupette,
  Moi j'aime mieux que tu saches tout. Comme on dit sur le journal, Nicole, enfin ma femme, elle a été maltraitée par des mauvais garçons quand elle était jeune fille et tu vois le topo avec le gosse après. Il s'appelle Ludovic, mais nous on l'appelle Ludo. C'est bizarre, c'est le nom du sablier sur lequel on avait fait un tour en mer quand Mauricette a eu l'accident. Comme quoi, son père, et bien il en a pas. On l'a emmené plus d'une fois aux docteurs, et chaque fois c'est pas le même topo, c'est des mots à coucher dehors. Disons qu'il est pas très causant. On sait pas bien ce qu'il a dans le ciboulot, mais il est gentil. Pour Nicole c'est pas une vie. Et puis ça lui travaille les souvenirs. Bon, je te mets un chèque d'avance et si tu pouvais me dire quand je t'envoie Ludo ce serait bien. Nicole et moi on te donne la bise.

Ton cousin,
Micho

Hélène Rakoff répondit par retour.

Saint-Paul, 27 février 1961.
Chers Nicole et Micho,
Saint Honorine, jour de liesse. Le ciel est bleu ce matin sur Saint-Paul. Notre-Seigneur offre aux enfants cette belle journée. Nous voudrions la partager avec vous. J'ai déjà annoncé aux enfants l'arrivée d'un nouvel enfant. Je les ai fait prier pour qu'il soit vite parmi nous. Il me tarde déjà de connaître Ludo. Nous nous passerons du certificat, voilà tout. Les docteurs ne sont pas toujours clairvoyants concernant l'innocence, et sur ce point, je me fie davantage à mon jugement qu'au leur.

A Saint-Paul nous avons d'ailleurs un merveilleux psychiatre qui vient chaque mois et qui nous dira très sincèrement ce qu'il en est pour Ludo. Nous verrons si Dieu le destine au milieu social, ou si dans l'avenir sa vraie place est parmi nous. L'innocence est d'ailleurs un don que les gens soi-disant normaux n'auraient pas tort d'envier. L'arrivée de Ludo, c'est à vous d'en fixer la date. Le mieux serait fin mars, car actuellement beaucoup d'enfants sont en vacances dans les familles. Je veux qu'ils soient tous là pour accueillir leur nouveau petit frère. Dieu vous ait dans sa très sainte garde.

Votre cousine et amie,
Hélène Rakoff.
P.-S. : Merci pour la provision.

*

Le départ de son bouc émissaire ne laissait pas Tatav indifférent, mais on lui cachait la vérité. On mettait sous clé la correspondance avec Hélène

Rakoff. On se gardait bien d'évoquer l'oubliette psychiatrique où Nicole avait résolu d'envoyer son fils. Le dimanche, au déjeuner, il était parfois question d'un internat. D'un internat comme tous les internats. Ludo serait plus heureux là-bas. Il s'instruirait, se disciplinerait, se ferait des amis. Et le dimanche, bien sûr, peut-être pas au début, il rentrerait à la maison. Ou on lui rendrait visite, hein Ludo. Tête basse, l'intéressé gardait un silence inquiet. *Tatav avait promis qu'on irait au port la nuit et qu'on monterait sur les bateaux des pêcheurs amarrés au quai c'était des sabliers tout noirs... qu'est-ce que ça craquait... le vent soufflait... Tatav a montré un grand sablier et il a défait les cordages à l'avant et à l'arrière et il m'a dit celui-là c'est le Ludovic c'est le plus long du port regarde bien Ludo il fait comme toi il part et assis sur le quai Tatav repoussait le sablier avec ses deux pieds... je m'y suis mis aussi avec mes deux pieds le vent a pris dans la mâture et le bateau s'est éloigné on l'a entendu taper contre un autre et il a disparu dans la nuit... ce matin les gendarmes ont demandé si c'était Tatav qui larguait les bateaux la nuit et Tatav a dit c'est peut-être Ludo alors Nicole a répondu ne vous inquiétez pas il part en maison donc j'aurai une maison.*

Micho ne dormait plus. Accablé d'insomnie, de mauvaise conscience et de chantage aux rapports sexuels, il se torturait la nuit quant à son beau-fils. Peut-être bien qu'il a le singe, et peut-être aussi qu'il l'a pas. Et s'il a pas le singe faut pas l'envoyer chez Poupette, une vieille peau qui s'est toquée du bon Dieu pour qu'il aille pas lui présenter une note trop salée. Il mourait d'envie de prendre Nicole, excédé qu'elle pût dormir si profondément sans même qu'on l'entendît respirer.

Un jour, il s'avisa négligemment que Ludo ne dérangeait plus, qu'on pouvait attendre pour l'expédier là-bas. « T'es qu'un vieux qui comprend rien à rien. Je vais en prendre un plus jeune. Je vais pas passer ma vie avec un vieux qui sait même pas la chance qu'il a. D'ailleurs je suis enceinte et cette fois je vais aller chez les Suisses pour l'avortement ! » Micho vit rouge, étant de ces géniteurs que fanatise l'annonce d'un héritier. « Qu'est-ce que t'irais trafiquer chez les Suisses ? Tu vas faire le gosse, oui, comme tout le monde ! » Elle vociféra que la présence de Ludo lui coupait tous ses appétits maternels et qu'elle irait en Suisse à pied s'il le fallait.

Le lendemain le mécano confirma par écrit l'arrivée de l'enfant à Saint-Paul.

*

S'ouvrit pour Nicole une phase épuisante. Il allait partir. L'inconscient ligoté par l'orgueil se fendillait. Jamais elle n'avait tant rêvé. Des visages de noyés affleuraient à la surface d'une mer étale. Elle voyait les yeux verts s'ouvrir et se refermer comme les valves lentes d'un coquillage entre deux eaux. Le sommeil emportait ces faces de gisants.

Elle se mit à compter les jours. A les rayer ostensiblement sur le calendrier mural de l'entrée, persuadée que le départ de Ludo lui revaudrait sa jeunesse massacrée. La vie reprendrait son cours normal. La brouille avec ses parents finirait. Ses nerfs ne la tourmenteraient plus. Elle oserait ravoir des amis, les inviter à la maison. Peut-être même renouerait-elle avec Marie-Jo... Micho ronflait par trop fort, elle ferait chambre à part. Lui s'installerait dans la pièce libérée qu'on ferait désinfecter, repeindre à neuf, sans les fresques hideuses qui défiguraient les murs. Même chose à Peilhac avec le grenier. Et le dimanche, Ludo pourrait dormir chez Tatav ou sur le divan du bas.

Encore vingt jours à tirer... Heureusement qu'elle avait la Floride pour se défouler. Elle allait voir ses parents ou passait la journée à Bordeaux, rêvassant à la terrasse du café Le Régent, affinant par des martinis la contemplation d'une foule éperdue d'instants creux, de morosité piaillante, avec un regard parfois qui s'en détachait comme une bulle et venait crever quelque part à ses pieds. Parfois un appétit l'aiguillonnait. Elle commandait une choucroute ou un croque-monsieur qu'en définitive elle ne touchait pas. Ou bien louait une chambre à l'hôtel, allumait les lumières, tirait les persiennes, et s'enfermait à double tour avec ses démons, fumant cigarette sur cigarette, esquivant sa mémoire et la pourchassant, butant sur des images qui l'effaraient, se revoyant à treize ans — cadavre ensanglanté sous une lampe jaune ; puis elle écartait la chimère en se déshabillant devant la glace, et goûtait l'âcre plaisir d'abominer son corps prématurément fané. Comme si la chair désertée par les sens n'avait plus qu'à périr.

Dans ses fantasmes, il arrivait aussi qu'elle et son fils ne soient plus qu'un seul être, et qu'elle fût obligée de se tuer pour l'oublier.

« Tu vas avec un autre ou quoi ? » se plaignait Micho lors de ses retours à la nuit tombée. « Et pourquoi j'irais avec un autre, puisque j'ai pas envie ! » Et c'était vrai que l'amateur d'imprévu se risquant à l'aborder tombait mal. Le regard de Nicole était si vide et glaçant que nul n'osait insister. Au

Régent que fréquentait surtout la clientèle huppée, elle était repérée comme la bourgeoise à la Floride. Le ballet des alcools, repas intouchés, siestes solitaires faisait jaser. A la voir aussi morne, apprêtée, radine en dépit des gros billets dont elle aimait faire étalage, les serveurs imaginaient quelque veuve en chasse alarmée par le qu'en-dira-t-on.

*

Ludo ne savait pas quand il partait ni d'ailleurs où. Personne ne lui disait rien. Il attendait. Il se levait chaque nuit pour espionner, mais Nicole et Micho parlaient de plus en plus bas. C'était quoi l'internat qu'on lui réservait ? C'était qui la cousine de Micho ? Il n'avait pas le singe, lui. Qu'avait-il donc de si différent qu'on le mît toujours à part ? Un dimanche, il vint à l'atelier trouver Micho.

« Quand c'est que je m'en vais ? » demanda-t-il de but en blanc.

Le mécano bataillait sous un tracteur en révision.

« Quoi, quand c'est que tu t'en vas ! éluda-t-il. Et qu'est-ce que tu fous là, d'abord, si ta mère t'attrape, sûr que ça va barder ! »

Micho le regardait d'en bas. Tombant du moteur, un long filet d'huile noire ouvrit une estafilade à travers sa joue. Il se mit debout, se massa les reins en grimaçant, torcha l'huile avec un chiffon.

« Voilà que tu me fais boire de l'huile avec tes questions. Tu m'emmerdes, hein Ludo ! »

Il rassemblait ses clés sur la terre battue.

« Remarque bien, je ne t'en veux pas, reprit-il en s'amadouant. C'est le bon Dieu qui est après moi. »

156

Puis évitant le regard du garçon et besognant sur l'établi :

« D'ailleurs comment tu le sais que tu pars bientôt ?

— C'est la nuit. Quand vous causez.

— Ah bon, fit Micho, c'est la nuit... » Il masqua sa gêne en soufflant par la lèvre inférieure sur une mèche pendante. « Je vais te dire, moi, Lidio, commença-t-il avec un chat dans la voix. Moi je t'aime bien. Moi je voudrais pas qu'on t'envoie là-bas... tu comprends ?

— Ben oui », répondit Ludo qui ne comprenait rien.

Le mécano se retourna vers lui.

« Moi j'aurais voulu qu'elle vienne avec toi chez nous, et puis Tatav et toi c'était pareil, on passait l'éponge, tu comprends ?... Et même si t'es zéro pour l'école, on s'arrangeait, tu faisais apprenti avec moi. Et puis ça va pas, non ! Ça va pas comme ça. Elle dit que t'as le singe... Et peut-être aussi que tu l'as un peu. Mais c'est pas grave, tu sais, on t'envoie pas longtemps. Et peut-être aussi qu'on est heureux là-bas, tu seras bien soigné, faut voir. Et puis ta mère sera plus après toi.

— Ben oui, murmura Ludo le gosier serré. Et je pars quand ? »

Micho grimaça un sourire.

« C'est pas sûr Lidio, et moi je voudrais pas. »

Loin de sa femme il essayait de recouvrer son empire sur les affaires d'un foyer qu'elle régissait en satrape, indifférente à ses rébellions creuses. D'ici Pâques, il aurait arrangé les choses, il était né pour arranger, il rafistolait bien des pompes au fil de fer, bricolait n'importe quoi, il avait encore le temps de remettre en état le sort du gamin.

« Et c'est quoi, là-bas, où je vais ? demanda Ludo.

— C'est pas sûr... mais comme qui dirait, c'est un Centre. »

Il hocha la tête et poursuivit doucement :

« Un Centre avec des enfants.

— Mais moi je suis plus un enfant.

— Ça non, pas toi ! Toi t'es déjà un grand poulain. C'est les autres...

— C'est des jaloux, murmura Ludo. Et je pourrai revenir ?

— Cette question ! badina Micho. Si tu reviens pas, moi je vais te chercher.

— Et tu viendras me voir ?

— Pour sûr que je viendrai ! J'attendrai pas la saint-glinglin, et Tatav aussi. »

Je vais me cacher dans mon niglou comme ça je partirai pas ou je me cacherai sur le tuyau du wharf et je mangerai les œufs pour pas mourir mais sûr que les mouettes elles me mangeront... c'est quoi un Centre avec des enfants et puis qui c'est Glinglin.

Ce soir-là Nicole rentra vers minuit. Ludo était couché depuis peu. Pareil à ces condamnés ignorant l'échéance du verdict ou à ces vieillards lassés d'attendre la mort, il reprenait plaisir à vivre et s'interdisait de penser au futur. Il entendit la Floride arriver de loin, piler à grand bruit, la portière claquer, le crochet du portail racler sur le gravier, puis le moteur s'emballer et la tôle grincer contre les montants de granit : Nicole une fois de plus avait trop bu — sa voiture était une guimbarde. Il s'enfouit dans les draps quand elle se mit à crier son nom du rez-de-chaussée, ne cessant de brailler tout en montant l'escalier.

« Ludo ! »

Elle était là, sur le seuil, la respiration sifflante, se découpant dans la lumière du corridor.

« Ludo !... je voudrais que tu disparaisses. »

On entendit alors Micho protester mollement, Nicole tempêter et l'envoyer au diable, puis un piétinement décroître et cet ordre tombant au loin d'une voix désemparée :

« Demain, Ludo, demain t'apportes le café à ta mère. T'oublies pas surtout. »

Y a du vent sur le wharf je sais pas si j'arriverai jusqu'au bout quand on se retourne on voit plus la côte et les mouettes elles attaquent... elles aiment pas qu'on écrase les nids mais moi faut que j'avance... au-dessous y a la mer elle est grise et elle fait un vilain bruit sur les piliers je mets un sac à patates sur ma tête avec des trous pour voir je mets des chiffons sous ma chemise et autour des mains et ça va... je voudrais arriver au bout du tuyau personne est jamais allé au bout paraît qu'y a des poissons géants qui viennent manger les ordures à la sortie même des baleines et des requins... c'est pas vrai les chats-crabes et le sous-marin non plus... ma mère elle me croirait pas si je disais j'ai vu des baleines au bout du wharf là où les cargos sont tous à la queue leu leu sur l'horizon... avec ma mère on est mariés.

*

Ludo posa le plateau sur le guéridon. Une douceur glacée nimbait la femme aux yeux mi-clos qui le regardait agir, les traits lissés par l'insomnie.

« Assieds-toi maintenant. Mais non, godiche, face à moi, quelle importance à présent. »

Ludo fit pivoter le rocking-chair vers le lit.

« Eh bien... n'aie pas peur, voyons... »

Il leva la tête, étonné par la douceur de la voix. Nicole aujourd'hui ne cillait pas ; comme si les yeux verts ne faisaient plus grincer sa mémoire.

« Tu pars après-demain pour le Centre Saint-Paul. C'est une pension pour les enfants... difficiles. Micho te conduira. Voilà. Je suppose que tu es assez grand pour comprendre. Ce n'était plus possible ici. Là-bas tu seras bien. C'est d'ailleurs une personne de la famille qui s'occupera de toi. De la famille de Micho. »

Il ne bronchait pas, les yeux toujours fixés sur elle. Nicole arrangeait ses oreillers.

« C'est pour ton bien, tu sais. Nous avons pris cette décision sans plaisir. Ce genre d'établissement coûte cher. Ils sont spécialisés, tu seras bien soigné. Pauvre petit, va... Je ne sais même pas si tu te rends compte à quel point tu es malade. »

Elle rejeta la tête en arrière et le ton se fit plus dur.

« Enfin quoi ! Ce n'est pas une vie un enfant comme toi. Renvoyé de partout, menteur, voleur, fouineur, on ne sait pas ce que tu penses... Jamais tu ne m'as appelée maman. Tu le sais au moins, que c'est moi, ta mère ?... Et même si tu le sais tu t'en fiches !... »

Elle avait presque crié ; d'une main tremblante elle alluma une cigarette, le regard agité comme un oiseau qui ne sait où se poser.

« Passe-moi le plateau avant que ça refroidisse. »

Il obéit.

« Evidemment le café est froid maintenant, c'est

malin ! Et toi comme d'habitude, tu ne dis rien... Tu n'emporteras que le strict minimum, ils te donneront des vêtements là-bas. C'est à une heure de voiture. Ensuite il y a un car à prendre, enfin tu verras bien. Quelqu'un du Centre viendra te chercher. Tâche d'être poli au moins. De toute façon tu retrouveras tes affaires le week-end. Je ne sais pas encore comment tout ça va s'organiser, mais je t'assure bien que ça ne m'amuse pas. »

Elle examinait les tartines avec réprobation.

« Tu ne mets jamais assez de beurre, dit-elle en plongeant le pain dans le café qui fit des vagues et déborda. Chez moi j'avais des croissants frais tous les matins, et de la gelée de mûres préparée par ma mère. »

Il avait entendu cent fois l'apologie du bon vieux temps. Cent fois il l'avait vue changer sa tartine en éponge avant de la porter, dégoulinante, à sa bouche, et cent fois il avait éprouvé la honte de ce petit déjeuner qu'elle faisait exprès d'avaler salement pour l'avilir, parfois même elle s'oubliait comme s'il n'existait pas.

« Tu m'écoutes au moins ?... » Elle s'énervait à nouveau. « Je te parle, Ludo, tu m'écoutes ?

— Oui, fit-il.

— Oui maman, Ludo. »

La tartine oubliée dans le bol s'effondra mollement sur le napperon. Ludo ne répondait pas.

« Et bien quoi, c'est vrai, ça. Quand on est poli on dit : oui maman... Qu'est-ce que t'attends ?... Dis maman, Ludo. »

Les yeux au plancher, Ludo serrait les dents.

« Jamais, reprit Nicole d'une voix blanche, hein

161

Ludo, jamais tu n'as dit maman. Pourquoi ? Alors idiot vas-y..., dis-le !... vas-y pour une fois !... Dis maman à ta mère, rien qu'une fois, dis-le ! »

Elle s'emportait, blême de rage, en regardant son fils qui se tassait sur la chaise et frissonnait sans rien dire.

« ... T'as raison alors ! C'est toi qu'as raison. Si tu veux pas parler, c'est que je suis pas ta mère. Et ça c'est vrai Ludo, c'est pas moi ta mère... Ah tu veux rien dire ! Eh bien tu vas voir ! C'est un accident ta mère, t'entends, c'est comme si c'était toi, t'entends ?... Chaque fois que je te vois, chaque fois, je les vois, tous les trois, je les entends, sous la lampe jaune, chaque fois que je te vois c'est les trois saloperies que je vois, c'est comme si c'était toi qui m'avais battue, violée, c'est pas moi ta mère t'entends !... Ta mère c'est les trois saloperies. »

La voix était rauque, empoisonnée de haine.

« Maintenant fous le camp salaud, fous le camp de ma vie », brailla-t-elle encore en se redressant si violemment que le bol chavira dans les draps.

Il sortit comme un automate. Il prit l'escalier au hasard, rata une marche et dégringola jusqu'en bas sur le dos sans rien sentir. Il se dit qu'il avait soif. Dans la cuisine, il ouvrit les deux robinets, regarda l'eau s'iriser en spirale au fond de l'évier, puis referma, perplexe, incapable de remémorer sa première intention. Salaud, salaud, son cœur martelait l'injure, il se frappait les tempes à poings fermés, répétant salaud, salaud, un aveuglement rouge devant les yeux. Il se retrouva sur la terrasse. Le silence grésillait au soleil. A l'angle du mur il se tapa la tête contre la pierre, au tranchant, tu vas sortir, salaud ! Et quand le sang gicla Ludo se sentit mieux, continuant de taper à grands coups, de taper à mort comme on écrase avec ivresse un serpent.

Ils sont trois ils ont des haches et ils commencent par les bras... ils taillent des rondins sous la lampe jaune de petits rondins comme les bûches de Noël... ils taillent jusqu'aux épaules et puis ils taillent les jambes ils taillent le corps mais les bûches de Noël redeviennent des bras et des jambes et les trois sous la lampe jaune recommencent à tailler avec les haches et la tête qu'ils ne taillent pas les regarde faire... ils sont trois ils ont des haches. Ludo reprit connaissance une heure plus tard. La Floride était partie. L'idée que Nicole aurait pu le secourir ne l'effleura pas. Dans le miroir de la salle de bains, il nota complaisamment qu'il ne s'était pas raté. Le visage était noir de sang. Une vilaine entaille barrait verticalement son front, sa chemise était comme soudée à la peau. Il ne se lava pas et se laissa glisser par terre adossé au mur. *C'est pas vrai j'ai pas trois pères... mais si c'est vrai faut leur dire où je suis faut qu'ils viennent me chercher... Tatav dit qu'ils sont boches et juifs mais moi j'ai rien fait de mal moi j'y suis pour rien moi je suis pas né tout seul dans son ventre à elle... d'ailleurs c'est pas vrai j'y suis pas né... le froid qu'il doit faire là-dedans... j'aurais pas pu m'y cacher dans son niglou.*

Quand il rentra dans la soirée, Micho fut peiné de trouver la maison vide une fois de plus. Nicole avait beau être enceinte, on ne la voyait jamais. Elle avait réclamé une auto ?... Va pour une auto. Mais la Floride lui servait d'abord à déserter son foyer. Un jour on allait la retrouver dans un fossé, c'en serait fait du bébé. Une femme enceinte, elle se repose, elle vadrouille pas sur la route après la tombée du soleil. Etait-elle vraiment enceinte?... Il joua sur l'harmonium les premières mesures du *Veni Creator*, puis abandonna : même son plus cher passe-temps finissait par le lasser.

A tout hasard il mit le couvert pour deux. Si jamais elle arrivait à temps pour dîner. Il faillit ajouter une troisième assiette, songeant à Ludo qui partait le surlendemain, mais il valait mieux ne pas l'exposer à de nouvelles chicanes. D'ailleurs le gamin devait préférer sa tranquillité. Il se monterait comme d'habitude un bout de fromage dans sa chambre et passerait des heures à délirer sur les murs. C'était ainsi. Quelques jours encore et tout s'arrangerait. Bientôt Nicole aurait un autre enfant, c'était ça qu'il lui fallait, un enfant bien dans sa tête, bien à elle, et pas un pauvre idiot qui n'était pas méchant, ça non, mais qui vous avait son singe au plafond qu'on n'y pouvait rien. Même Tatav s'entendait moins bien avec lui depuis quelque temps.

Son infériorité dans les pugilats oratoires avec sa femme avait aigri peu à peu Micho. Il se garait prudemment des affaires de son beau-fils, source des avanies qu'il endurait en ménage, lui tenant inconsciemment rigueur de sa propre lâcheté. Et puis quand même, il était spécial. Un peu trop spécial. Il avait bien sûr pensé l'engager comme apprenti, mais qu'est-ce que les gens auraient dit? Déjà que certains clients l'avaient lâché depuis son mariage avec la fille Blanchard. Même que des paroissiens avaient changé d'église et que d'autres s'étaient plaints.

Vers neuf heures il alluma la télévision, fit réchauffer une boîte de cassoulet, dîna sans plaisir, regardant négligemment les images défiler sur un écran dont il n'avait pas mis le son pour mieux guetter la voiture. Il avait toujours peur d'un accident quand elle rentrait tard. Il tardait à finir, voulant donner à Nicole une dernière chance de lui tenir compagnie. Elle arriva comme il finissait de peler sa pomme.

« Ah te voilà, lui lança-t-il en se levant pour l'embrasser.

— Dimanche, on mange à la boulangerie, claironna-t-elle de loin. Faudra pas traîner pour conduire Ludo. Je suis épuisée...

— Et où t'étais encore? ne put-il s'empêcher d'interroger.

— J'étais où je veux, fiche-moi la paix. D'ailleurs j'ai pas faim, tu peux ranger. Allez bonsoir, je vais dormir. »

Elle avait jeté son manteau sur le divan, tourné les talons après un baiser vague envoyé du bout des doigts. Il restait là, planté, son quartier de pomme à la main, ravalant son désarroi. Il entendit ses pas dans l'escalier, puis le long du corridor, puis la porte s'ouvrir — et soudain ce fut un hurlement qui lui fit lâcher sa pomme et bondir au premier. La lumière était grande allumée. Les poings sur les tempes, Nicole hurlait toujours devant sa chambre. Il la repoussa et resta cloué sur le seuil à la vue de Ludo couché dans leur lit la tête en sang.

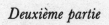

Deuxième partie

VIII

Le Centre Saint-Paul était sis en pleine forêt. Le silence, les ronciers et les pins clôturaient les abords. Un chemin sablonneux le raccordait à la route, un kilomètre au sud. Le portail en fer forgé d'allure mauresque ouvrait sur une allée gravillonnée qui filait droit au manoir, un ancien pavillon de chasse étiré sur les ailes. Un étage et les combles, un toit neuf en ardoise, une façade encline à se lézarder. Quarante pièces en tout, dont un réfectoire doté d'une immense cheminée qui n'avait pas servi depuis ces temps réputés immémoriaux. Deux entrées donnaient sur une terrasse en mâchefer faisant crier les pas.

En aval, s'étendait jusqu'à la rivière un parc en friche équipé d'un tennis hors d'usage. Au fond du court, la Versailles du colonel de Moissac, fondateur du Centre, était montée sur cales auprès d'une baignoire chavirée. Un vieux chat nommé Clochy logeait sous l'auto.

Dans ce domaine au bois dormant vivaient « *les enfants* »; la benjamine était majeure, le doyen quinquagénaire.

Enfants ils l'étaient par l'esprit. Simples d'esprit.

Ils incarnaient l'innocence édénique, l'espoir lilial du rachat, ils étaient les pur-sang d'une béatitude enseignée par le Christ ; un jour ils sauveraient la fin du monde : ainsi parlait le colonel en son temps.

Au Centre, on ne disait jamais « une fille, un garçon », on disait toujours « un enfant » — mais une ségrégation pointilleuse entravait la mixité.

Tous venaient de familles aisées, capables d'assumer à longueur de vie les frais d'une pension complète en milieu protégé. Les parents leur prodiguaient une adoration mélancolique, et se donnaient pour devoir de régler à fonds communs les cas d'abandon.

Les aliénés violents étaient renvoyés dans leurs foyers ou transférés à l'hôpital psychiatrique de Valmignac.

C'était Mademoiselle Rakoff, l'infirmière, qui avait repris la direction du Centre à la mort du colonel. Adolphine et Doudou, les deux employés, se partageaient les servitudes ménagères et la nuit surveillaient les dortoirs, celui des filles et celui des garçons que séparait la salle à manger.

Selon leur degré d'aliénation, les pensionnaires assuraient différents services afin d'alléger l'effort du personnel.

Le dimanche, un vieux confesseur de l'hospice arrivait à bicyclette, épouillait les âmes, disait la messe et déjeunait au Centre avec les familles. L'après-midi, suivant la saison, Mademoiselle Rakoff le retenait pour jouer aux dominos ou au croquet.

*

Ludo était arrivé depuis un mois. Il était parti des Buissonnets le jour fixé, contre l'avis du docteur venu

170

recoudre sa plaie. Nicole avait refusé des adieux qu'elle estimait hors de mise, invectivant son mari qui la suppliait : « Y part pas en prison. J'y dirai au revoir le prochain coup. » Tatav lui avait remis une lourde chaussette fermée par un nœud : « Planque-la bien, c'est mes économies... Allez salut!... » Les économies, toutes en pièces de cinq francs, provenaient d'un chalet-tirelire appartenant à Nicole; des boulons remplaçaient l'argent volé.

Micho l'avait accompagné en voiture à l'entrée du chemin forestier menant au Centre Saint-Paul, une heure de trajet sans desserrer les dents. Une grosse femme les attendait. « C'est un vrai labyrinthe, avait-elle dit. Faut bien connaître... Alors c'est lui ! » Micho soudain regardait sa montre et se dandinait. « C'est que j'ai de la route encore... Et puis tu connais ta mère!... » Il avait embrassé Ludo, promis de venir le dimanche suivant ou celui d'après, et bien sûr on le ramènerait à la maison pour les vacances. La voiture avait disparu.

« Allez viens, avait dit la dame en faisant demi-tour vers les bois. Ça fait une trotte jusqu'au manoir, mais t'as de grandes jambes, toi. On m'appelle Fine. Les enfants m'aiment bien. Je fais la cuisine et le ménage, et d'ailleurs tout ce qu'on veut. Faut s'y donner mais ça va. Mademoiselle Rakoff elle veut que ça tourne rond. Et toi... comment c'est ton petit nom ?

— Ludo, répondit-il.

— Pourquoi pas... Tu t'y feras tu sais. C'est un peu drôle au début, mais finalement c'est vous les plus heureux. Pas de soucis, pas de comptes à rendre, pas d'histoires avec personne, rien. Des petits oiseaux.

171

Des petits oiseaux qu'on leur tient bien chaud... c'est quoi ta maladie ?...

— C'est les autres... Y disent que j'ai le singe. »

La fièvre engourdissait Ludo, le chemin se dérobait sous ses pas. *Elle m'a pas dit au revoir mais moi j'ai bien vu qu'elle regardait par la fenêtre et moi j'y ai pas donné son cadeau... comme ça j'ai gagné.*

« Et qu'est-ce tu t'es fait sur la tête ?... »

Il raconta qu'il s'était battu.

« C'est pas beau ça, va falloir te calmer si tu veux pas d'histoires.

— C'est elle qui m'avait cherché.

— Avec une fille en plus, hé ben c'est du joli !...

— C'est pas une fille, c'est ma mère. »

Fine hocha la tête avec réprobation.

« Faut pas se battre avec sa mère, ça fait du malheur... Tu sais, je vois bien comme tu regardes après moi. J'ai l'air d'une vieille hein !... Forcément quand t'as trimé. J'en avais à peine vingt quand je suis arrivée au Centre, vingt ans. Aujourd'hui ça m'en fait quarante, et même un peu plus, et tout des cheveux blancs. Je m'en rappelle comme si c'était hier. La Rakoff était pas encore là. Je pensais pas rester d'ailleurs. Le temps de me retourner que je disais au colonel. Le pauvre il est mort et je me suis toujours pas retournée. »

Fine était rougeaude et joufflue. Des peignes pointaient sous un fichu délavé rose. De grosses veines ligotaient les mains jointes sur un sac noir en simili cuir. Elle était lourde et fanée, mais un charme survivait dans ce corps à l'abandon qui fleurait vaguement la sueur et l'évier.

« ... Du balai, putain ! qu'on m'avait dit chez moi.

172

Le trottoir ou la plonge, et pas un sou pour croûter...
On choisit pas toujours dans la vie !... D'ailleurs les
hommes y sont tous gentils. Plus tard j'ai trouvé la
plonge et ça fait un bail que j'y suis. Au début c'était
le colonel et sa femme qui dirigeaient les enfants. Tu
verras leurs jumeaux, les quillards qu'on les
appelle !... »

Elle eut un rire usé.

« M'en font baver ces deux-là... Jamais vu un
appétit pareil. Toujours à vous rôdailler dans les
pieds, à chiper du pain quand c'est pas les plats que
j'ai mis à refroidir !... T'inquiète pas si t'as faim, tu
mangeras un bout en arrivant. D'ailleurs on est
presque rendu... »

Ludo touchait délicatement sa plaie sur le front.
Micho il a dit que je reviendrai bientôt aux Buissonnets...
Peut-être que mon père il va revenir aussi mais c'est pas vrai
j'ai pas trois pères et c'est pas les trois saloperies... Elle a dit
ça pour de faux... Pour me faire partir... Elle a dit c'est pour
ton bien moi j'en veux pas de mon bien je veux pas qu'elle
retrouve mon père quand je suis pas là je veux pas qu'elle lui
dise il avait le singe alors on l'a mis en maison.

*

Ils étaient une vingtaine, debout sur les marches du
perron. Ils jubilaient en regardant Ludo s'approcher,
déployant une euphorie gazouillante et l'examinant
sans bouger de la tête aux pieds. C'était comme les
oiseaux bigarrés dont Tatav classait les photos dans
un album, un rutilant coloriage où l'œil accrochait des
casquettes et des nœuds papillon qui semblaient
vivants. Un étroit couloir divisait garçons et filles ;

173

celles-ci, nu-tête, embaumaient l'eau de Cologne et baissaient les yeux. Il y eut des applaudissements et des vivats quand Fine leur présenta Ludo. L'un d'eux, presque un nain, bizarrement accoutré d'une veste rouge, sortit alors des rangs et vint lui présenter sa main telle une raquette, heureux de l'accueillir à Saint-Paul au nom de tous les enfants. C'était le marquis Odilon d'Aigremont, cinquante ans, doyen, pur blason nantais.

Un coup de sifflet brisa net la joyeuse animation. Hélène Rakoff apparut derrière eux, souriante elle aussi, mais l'air sévère et sanglée dans un tailleur gris.

« Voici donc notre ami Ludovic, déclara-t-elle. Approche un peu, mon garçon. »

Ludo monta les marches du perron, serrant des mains au hasard, ahuri par tant d'effusions.

« Mais tu es grand, dis donc !... Nous étions très impatients. Et toi aussi j'espère... C'est une fête, ici, l'arrivée d'un nouvel enfant. Tu verras vite que le Centre Saint-Paul, ta nouvelle famille, est une auberge d'harmonie. »

Les enfants, toujours babillants, s'étaient rassemblés autour d'eux ; Ludo les entendait rire et chuchoter.

« Allons ne prenez pas froid, leur dit Mademoiselle Rakoff en tapant dans ses mains. Vous ferez plus ample connaissance avec Ludovic dans la soirée. Je dois à présent le mettre au courant de sa nouvelle existence. Pendant ce temps vous accompagnerez Fine en promenade.

— ... pagnerez Fine en promenade, appuya le marquis d'Aigremont sur un mode emphatique.

— Et toi Ludovic, tu viens avec moi. »

174

L'esprit vague, il se retrouva au premier étage du manoir, dans une petite pièce ou régnait à la fois l'ordre tatillon d'un cabinet de travail et le fouillis d'un débarras. Ses jambes ne le portaient plus. Il regardait avec envie le parquet bien ciré, n'osant pas s'y coucher.

Souveraine à son bureau méticuleusement rangé, Mademoiselle Rakoff le passait au crible d'un regard martial.

« Tu ne te sens pas bien ?...

— Mon nom c'est Ludovic Bossard, fit-il d'une voix en coton. Je mesure un mètre quatre-vingts, mais je suis pas dingo, c'est ma mère qui...

— Allons ne mélange pas tout, s'il te plaît... Parle-moi plutôt de cette blessure au front.

— C'est ma mère, bafouilla Ludo. Non c'est Nanette ! Maintenant elle est claquée... D'ailleurs c'est même pas vrai.

— Je vois... Tu m'appelleras désormais Mademoiselle Rakoff... Compris ? »

Il aquiesça du menton.

« Oui : mademoiselle Rakoff, dit-elle agacée.

— Oui, mademoiselle Roff...

— Ra-koff, si ça ne te fait rien. Mademoiselle Rakoff. »

Elle devait avoir cinquante ans, le cheveu grisonnant mais dru, coupé court à l'aviateur, les traits épais sur un faciès chevalin, l'œil gris et perçant, la silhouette au carré dans un tailleur qu'une chaînette fermait symboliquement au niveau des seins. Un sourire onctueux amorçait tous ses propos.

« Tu connais déjà Fine. Tout à l'heure je te

présenterai Doudou, notre plus vieil employé... un Noir.

— Et toi ? murmura Ludo.

— Et bien sûr moi », s'empressa Mademoiselle Rakoff d'un ton compatissant.

Il remarqua soudain la grosse pierre à facettes ornant comme un troisième œil le majeur de sa main gauche. On eût dit un sérum rosâtre enfermant des filaments de sang caillé.

« ... Salmordine, énonça l'infirmière en imposant les mains sur le bureau. Elle appartenait au colonel de Moissac, le fondateur du Centre. Il me l'a donnée quelques jours avant sa mort. Il paraît qu'elle est magique. Un bijou très rare en tout cas... mais revenons-en à toi. D'après Micho tu es un garçon solide, eh bien nous allons voir. Fine te réveillera le matin. Tu l'aideras à préparer le chocolat des enfants. Après le petit déjeuner tu participeras comme tout le monde aux divers ateliers. »

Sur ses lèvres les mots germaient au ralenti, mélodieux et soudain pincés d'accents nasillards. Elle tripotait le sifflet qui pendait à son cou dans une lanière de cuir. Epuisé Ludo n'écoutait plus ; sur sa droite, à travers les micas d'une salamandre en fonte, un feu semblait mâcher l'anthracite avec un bruit d'ossements pilés. *D'ailleurs Micho il a dit qu'il viendrait dimanche avec Nicole et Tatav et il a dit qu'après c'est moi qui retournerai là-bas... mais moi c'est pas pareil moi je suis pas un enfant moi j'ai conduit le tracteur à la ferme et même que je sais conduire la voiture à ma mère... elle sait pas changer les vitesses ma mère elle va griller la boîte.*

« Quelques mots du règlement. Tu dois faire ton lit

176

chaque matin. Si tu sais tant mieux, sinon Fine te montrera.

— Si, je sais ! » trancha-t-il âprement.

Elle le regarda, surprise, et poursuivit :

« Tu as un grand parc à ta disposition, mais il est interdit d'en sortir, d'ailleurs c'est dangereux. Il est également interdit de courir, interdit de se cacher, interdit de s'approcher du bâtiment des filles, interdit de paresser au lit et de s'allonger dans la journée. A part ça tu es ici chez toi et tu verras qu'on y est heureux. Est-ce que tu as des questions à poser ?

— Non, répondit Ludo... Qu'est-ce qu'on mange ?

— Eh bien ça dépend des jours... Mais le dimanche il y a des gâteaux pour le dessert.

— Chez moi j'avais des croissants et de la confiture tous les matins, murmura-t-il.

— Ah bon ?...

— Ma mère elle m'apportait mon petit déjeuner au lit... »

Mademoiselle Rakoff sourit avec malice, et prit doucement le relais comme si Ludo ne lui apprenait rien.

« ... Et les jours de fête elle te cuisinait des lentilles farcies.

— ... Avec de la farce à l'orange...

— C'est surtout toi le farceur !... Et c'est tout ce que tu voulais dire ?

— C'est quoi les enfants ? »

Le visage de l'infirmière s'éclaira.

« Enfin une bonne question, fit-elle en se tapotant les cheveux. Les enfants sont des êtres que le bon Dieu met sur la terre... pour donner l'exemple. Quel exemple ?... Eh bien la pureté, la sincérité, la simpli-

177

cité, et bien sûr l'innocence... Tu as été choisi pour donner l'exemple. »

Ludo la vit se multiplier dans une vision déformée par la fièvre.

« C'est des jaloux tout ça, lança-t-il. Les pharisiens ils étaient jaloux. Et puis moi j'ai quinze ans. Même que Tatav a dit qu'ils étaient marteaux, je suis pas marteau.

— Mais qu'est-ce que tu racontes avec ce Tatav ?... C'est surtout lui qui m'a l'air jaloux !... Allons ne t'en fais pas, tout ça n'est plus bien grave à présent. Viens plutôt voir la belle chambre que nous t'avons préparée. »

Il descendit l'escalier, suivant Mademoiselle Rakoff à travers une grande salle où l'on voyait des bols et des cuillers de bois sur des tables alignées ; tout au fond, l'âtre d'une cheminée colossale abritait une crèche de Noël.

« C'est la conscience, annonça-t-elle sans s'arrêter. Je t'expliquerai ce soir en présence des enfants. »

Un détail avait alerté Ludo. Sous les plis tuyautés d'une étoffe peinte où des pastilles dorées imitaient les constellations, s'empressaient non pas les rois mages, mais un troupeau de moutons grossièrement façonnés.

Ils avançaient à présent le long d'un couloir où les pas rendaient un son caoutchouteux.

« Nous sommes ici chez les garçons. Les filles sont de l'autre côté. »

Elle ouvrit une porte ornée d'un papier-vitrail.

« ... La salle de jeux. Là-bas, avec la croix rouge, c'est l'infirmerie. Doudou est juste en face. Et maintenant, ta chambre, elle donne sur le parc. »

178

Elle entra dans une pièce aux murs clairs. Rideaux droits, mobilier classique : une armoire, une table, un tabouret, un lit. Il y avait un paquet fantaisie sur l'oreiller.

« Eh bien, n'aie pas peur, ouvre !... C'est de la part de tous les enfants. »

A l'intérieur, protégée par des chiffons, Ludo trouva une figurine en laine et carton bouilli, un mouton pareil à ceux de la crèche, un mouton de la grosseur d'un rat. Son prénom en lettres gothiques était gravé sur une petite plaque de bois sertie.

« C'est quoi ? » demanda-t-il méfiant.

Une douceur angélique illumina l'infirmière.

« Les enfants sont les gardiens de la pureté, susurra-t-elle. L'agneau symbolise la pureté, c'est tout... Mais tu comprendras ce soir. N'oublie pas d'apporter ton agneau pour le dîner... Dernière chose : ta fenêtre ne s'ouvre pas. La porte, elle, est toujours ouverte, même la nuit. En revanche, après le couvre-feu, celle du couloir est fermée jusqu'au lendemain matin. Je te laisse à présent. Tu as une armoire et des coffres sous ton lit, je ne veux rien voir traîner. Et puis dépêche-toi, il y a séance de musique à la chapelle. C'est le bâtiment qu'on aperçoit dehors.

— C'est à quelle heure ? »

Mademoiselle Rakoff partit d'un rire en fusée.

« L'heure ?... Et où te crois-tu, mon garçon ? Il n'y a pas d'heure à Saint-Paul, tu ne verras jamais une montre ici, pour quoi faire ?... C'est moi qui par un coup de sifflet donne le signal des activités... Voilà ! tu n'as rien d'autre à demander ?...

— Elle est où la mer ?

— Mais voyons tu n'es pas à la mer, ici, la mer est

très loin. Tu vois bien que nous sommes en pleine forêt.

— C'est même pas vrai », fit Ludo.

Mademoiselle Rakoff plissa les yeux.

« Je te prierai d'être poli, proféra-t-elle d'une voix cinglante. N'oublie tout de même pas que tu es un privilégié, à Saint-Paul. Tes parents auraient aussi bien pu t'envoyer en hôpital psychiatrique... Et je te signale que ça te pend au nez si tu fais le malin. »

Elle sortit sans tirer la porte.

La fièvre dansait dans le corps de Ludo. Son regard exténué découvrait la pièce. Un crucifix était peint sur le mur au-dessus du lit. La courtepointe était bleue, les parois blanc crème ; le plancher dégageait une odeur amie. Il se revoyait aux Buissonnets lissant le beurre des tartines avec le plat d'un couteau mouillé. Il respirait l'odeur du café, des draps, du sommeil de sa mère. Elle avait dû profiter du beau temps pour aller sur la côte en voiture, elle rentrerait tard, elle adorait rentrer tard, ce soir il ne l'entendrait pas.

Il crut apercevoir une face hilare au carreau sous un bonnet vert.

Il ouvrit son sac et le déversa dans l'armoire comme une poubelle. C'était Micho qui l'avait préparé la veille, ajoutant aux effets personnels des provisions de bouche et des feutres à dessin.

Ludo restait debout, chancelant et désemparé. Alors il retira doucement de sa poche un collier de moules et bigorneaux qu'il baisa les yeux fermés. Il avait mis des mois à choisir les coquillages, à les harmoniser, les ébarber, les rincer, les percer, les enfiler sur un élastique et les vernir ; il avait essayé sur lui cette parure océanique, certain d'éblouir enfin sa mère et d'obtenir son pardon.

Il cacha le collier sous le matelas ; il cacha de même la photo maternelle volée dans un album et la chaussette pleine d'argent. Puis sentant monter un vertige il se pelotonna sur le sol, et bras autour de la tête il sombra. *Mais non il n'est pas idiot regarde un peu les yeux vivants qu'il a... maman dit qu'il est tombé tout seul... on n'entend pas la mer comme au grenier mais c'est à cause qu'elle est basse... des fois ça cognait sur le mur fallait s'appuyer pour pas qu'il tombe... moi j'y causais dans le mur et je grattais avec le clou pour la faire entrer mais je savais pas qui c'était... je demanderai à Fine où c'est qu'on peut la voir.*

*

La tempête avait fini par engloutir le wharf, dispersant les œufs des mouettes aux quatre coins du vent, fauchant Ludo comme il arrivait au bout. Il était ballotté si fort par les lames qu'il ouvrit les yeux. La face de la mouette était contre la sienne, elle allait frapper : reconnaissant le marquis d'Aigremont, il retint son cri.

« C'est interdit de s'allonger, fit une voix flûtée... Moi je ne dirai rien, mais les autres... Enfin, vous avez raté une bien belle séance de musique... A présent nous allons dîner, tout le monde vous attend au réfectoire. »

Il faisait nuit, la lumière était allumée.

« N'oubliez surtout pas votre mouton. »

Leur entrée fut saluée par les applaudissements des enfants attablés. Sur les patères, les casquettes avaient l'air d'oiseaux perchés. Des lumignons enguirlan-

181

daient la crèche, un Noir bedonnant poussait une roulante où fumaient des plats.

« Moi c'est Doudou, dit-il avec un sourire immense. Et toi ? »

Regard juvénile et cheveux gris. Le nombril en relief pointait sous le maillot comme un bout de sein.

« Moi c'est Ludo. »

Il serra presque effrayé la main du Noir, le premier qu'il vît de près.

Les enfants se dévissaient le cou pour mieux voir Ludo. D'un geste pompeux, le marquis lui désigna la place libre à son côté.

« Je m'appelle Odilon. A votre gauche... eh bien c'est Gratien. Il n'est pas bavard mais nous l'aimons beaucoup. »

Ludo se tourna vers un personnage mélancolique au front mansardé par d'épais sourcils noirs.

« Gratien est privé de casquette », lui glissa le marquis dans l'oreille.

Il y eut alors un léger coup de sifflet. A la table des filles, côté crèche, Mademoiselle Rakoff s'était levée ; tout le monde se tut.

« Vous connaissez maintenant Ludovic, notre nouveau compagnon. Je vais lui demander de bien vouloir s'approcher avec son mouton... »

Tremblant de fièvre et d'anxiété, Ludo quitta sa place et rejoignit l'infirmière devant la crèche. Au passage, il avait croisé le regard d'une adolescente aux cheveux noirs qui s'était mise à rougir. Elle avait de jolis traits, mais une vilaine cicatrice à la bouche.

Ludo voyait un Jésus potelé, l'âne et le bœuf, et toute une procession d'agneaux pareils au sien.

« Regardez bien, mes enfants, déclara l'infirmière. Comme vous tous Ludo possède une âme. »

Elle brandissait le fétiche à la ronde ainsi qu'un ostensoir. Un murmure approbateur monta des tablées.

« Pour fêter son arrivée, je place aujourd'hui Ludo tout près du petit Jésus. Il est avec Myvonne et Rosalie, juste derrière Odilon. Voilà douze ans qu'elles occupent la même place. Espérons que Ludo fera aussi bien. »

Myvonne et Rosalie étaient deux pauvres filles si bien robotisées que plus un atome de liberté n'infiltrait leurs habitudes ; elles éprouvaient la même indifférence aveugle à n'importe quoi.

« Et maintenant je vais remettre à Ludo sa casquette... A Saint-Paul, chaque enfant a sa casquette. »

Elle répéta plus fort :

« Chaque enfant a sa casquette, et chaque enfant son mouton... »

A ces derniers mots un brouhaha courut dans la salle.

« ... Mais oui mes enfants, sauf Gratien. Gratien a pris son mouton dans la crèche, il a volé son âme au bon Dieu, il ne verra jamais le petit Jésus. »

Certes il était arriéré, Gratien, dévasté par l'aberration chromosomique, mais dans son brouillard des lueurs prévalaient soudain. Son mouton figurait toujours en dernier. Il avait beau faire et le câliner, le placer en catimini devant Myvonne et Rosalie, le mouton retournait tous les matins à la queue. Puis un jour l'animal disparut, et l'affaire ne fut jamais éclaircie. Gratien l'avait caché dans un nid d'oiseau désaffecté, sous la tutelle d'un mini-Jésus gagné en

183

tirant les rois. Il avait lié fève et mouton par une ficelle, et son âme ainsi garrottée contre Dieu ne risquait plus rien.

« ... A moins que Gratien ne nous dise enfin la vérité... »

Tous les regards s'étaient portés vers le garçon mélancolique aux sourcils touffus, qui paraissait contempler avec adoration sa cuiller en bois.

« Alors, tu n'as rien à dire ? »

Il ne leva même pas les yeux. Il n'avait jamais avoué son larcin mystique, et d'ailleurs l'avait oublié sitôt commis. Il rendait machinalement visite à un mouton qui n'existait plus, dilué par les intempéries, rafistolait à la mie de pain le nid déglingué, protégeant farouchement un secret dont lui-même ne se souvenait pas.

« Eh bien tant pis pour toi !... Pas d'aveu, pas de casquette. »

Gratien se rattrapait la nuit, coiffant clandestinement pour dormir une casquette rouge trouvée dans la chapelle.

« Il ne me reste plus qu'à remettre la sienne à Ludo, et nous pourrons dîner. »

Et faisant apparaître alors comme un diadème un couvre-chef à pompon jaune, elle en ceignit avec solennité le front du nouveau venu.

Garçons et filles de se mettre à chanter en chœur au signal, cependant que Ludo cramoisi de honte regagnait sa place.

Le repas se déroula pour lui dans l'hébétude. Il avala d'abord comme les autres un cachet blanc. A jeun depuis l'aube, il n'avait pas faim. Le bagou serineur du marquis d'Aigremont l'abrutissait ; le mortifiaient, les regards et les rires des autres convives attentifs à tous ses gestes. *Il est en maison maintenant... c'était ça qu'il avait besoin... c'était ça qu'il méritait... c'est pour son bien qu'on l'a mis... y cassera plus la vaisselle maintenant... y poussera plus de cris... il écoutera plus aux portes... en sortant du docteur elle disait c'est tous des trouillards pour le certificat mais t'es zinzin Ludo tu sais bien que t'es zinzin... c'est pas vrai moi je sais pas.*

Au dessert un coup de sifflet libéra les enfants.

« A présent, déclara Mademoiselle Rakoff, vite à la chapelle avec Fine ! Je vous rejoins tout de suite après pour la prière. »

Chaque soir elle redisposait la crèche à son humeur, attribuant tous les rangs à la baisse, à la honte, et c'était le repli des uns qui frayait le progrès des autres. Et tous les matins ils venaient découvrir leur position du jour vis-à-vis du Très-Haut. Dominer les enfants la réconciliait avec son destin. Elle avait été la maîtresse du colonel de Moissac autrefois. Elle y pensait jour et nuit, comme on garde un feu, pour se venger indéfiniment sur sa mémoire de la solitude où il l'avait réduite en mourant. L'avait-il jamais aimée ?... Peut-être, au début... Ah s'il parlait beau quand il venait la chercher en voiture à l'hôpital d'Angoulême... Il désirait l'épouser. Du moka dans la voix. Elle avait quarante ans, lui soixante, il voulait refaire sa vie. Bien sûr il était déjà marié. Une erreur de jeunesse qu'il avait d'ailleurs payée trop cher, deux fils anormaux. C'était d'elle à présent qu'il désirait un enfant. Mais ni précipitation, ni scandale, autant procéder en douceur et ne pas ébruiter leur amour : elle pourrait s'occuper des malades au Centre Saint-Paul en attendant que tout soit réglé avec son épouse.

Elle avait marché. Elle avait aimé. Elle avait tout donné, tout abandonné, tirant des plans sur la comète et rendant avec impertinence à l'Etat son tablier d'infirmière en chef.

Dire qu'elle l'avait cru!...

Quatre ans plus tard Madame la colonelle de Moissac mourait d'embolie, et son époux désespéré se tirait au pistolet dans la bouche — un carnage dont elle avait eu la primeur.

Les nuits atroces qu'elle avait alors passées. Les sens la tiraillaient. La chair se lamentait dans son corps. Une bête affamée. Elle se réveillait trempée, brûlante, son amant l'étreignait, la suppliait, puis elle revoyait le cadavre en pièces et l'imagination tournait au délire ; elle partait marcher.

Elle dormait depuis lumière allumée.

... Et ce studio-photos qu'il avait à la cave, une garçonnière en fait ; avec un lit pliant sous les établis. Elle avait toujours peur de voir la colonelle entrer.

Vieux lâche!... Une balle dans la peau plutôt qu'honorer ses promesses. Fin stratège avec ça, il n'avait pas raté son affaire : se ménager à domicile, oh pas même une liaison, un dessert hygiénique à l'épreuve des ragots. Elle avait été le dessert d'un monsieur qui prenait son plaisir en vieillard — pour mieux dormir.

Après sa mort elle était bien restée deux ans sans aller chez son coiffeur, à Mérignac. Jusqu'au jour où saisie d'une soif de jouvence, elle avait téléphoné au salon et pris rendez-vous avec Ivan, le bel éphèbe au crâne rasé qui s'occupait d'elle autrefois. Elle y retournait depuis chaque semaine, le samedi après-midi. Quel bonheur de se faire ainsi laver la tête par des mains masculines, et les yeux clos, l'esprit délivré, d'inventer le mariage qu'elle n'avait pas eu, les dîners à la Préfecture, les jalousies d'une ex-femme et tous les glorieux soucis d'une existence haut placée.

IX

Ludo ne fit jamais la différence clinique entre les autistes, les délirants, les mélancoliques ou les hallucinés — d'ailleurs nul ne l'en instruisit. A Saint-Paul, le mal qualifiait exclusivement les bobos solubles à bon marché : carie, foulure ou torticolis ; les enfants étaient fiers d'arborer le jouet d'un gros pansement qui permettait d'affirmer sans détour : « je suis malade », formule magique abolissant passagèrement l'abîme où la raison volait en éclats.

Le temps glissait invisible sur eux, ni futur ni passé, touchant du même âge enfantin les aînés et leurs cadets, leur épargnant la mémoire et la mort. Ils grisonnaient d'ailleurs sans vieillir, sans autre avenir que l'instant même, parfois en butte aux fulgurances du doute.

Ludo connut par leurs noms Gratien, Myvonne et Rosalie, Lise la silencieuse, Maxence, Antoine, les deux jumeaux Bernard et Barnabé qui pillaient la nourriture et chantaient la messe comme des rossignols. Mais certains enfants étaient si effacés qu'ils semblaient épouser la couleur des murs, silencieux et fermés tels d'anciens colis que nul ne songeait plus à ouvrir. C'était le cas de plusieurs filles dont Ludo ne sut jamais vraiment laquelle était Nadine, Angélique ou Mireille et qu'il évitait par superstition. Elles avaient l'art de se mettre en boule et de couler à pic au fond d'une silhouette absente où l'œil ne les cherchait pas.

Il avait un faible pour Antoine, une manière d'ermite ombrageux. Ce dernier paraissait toujours seul même en société. Dans les yeux miroitait un pleur noyé qui pouvait déborder sur les joues sans motif apparent. Il se rasait le côté droit, l'autre était barbu, se lavait les dents supérieures, jamais celles du bas, ne se douchait qu'avec répulsion. Mademoiselle Rakoff et Doudou voulurent un jour le raser des deux bords et le toiletter par force. Il se changea en bête fauve, mordit l'infirmière au sang, et le projet fut ajourné. Il était coutumier d'un suicide inoffensif par pendaison. Il montait sur un tabouret, reliait mollement sa cravate au crochet d'une patère et, debout dans le noir, attendait patiemment qu'un tel gibet fît son effet. Ce commerce avec l'au-delà, même simulé, lui confé-rait auprès des autres un magnétisme funéraire que le nain jalousait.

Il y avait aussi Lucien qui lisait du matin au soir *Le Comte Kostia* de Victor Cherbuliez. « C'est pour de faux, lui dit un jour Ludo, tu sais pas lire... » Il se mit à déclamer à toute allure et Ludo repartit vexé. Mais là s'arrêtait la prouesse : Lucien ne comprenait ni les mots ni l'histoire, et depuis dix ans rabâchait le même roman tel un abbé son bréviaire.

Odilon était le chef clandestin des enfants qu'il vouvoyait ostensiblement par condescendance. Il devait à sa taille infime l'arrogance d'un tribun. Il était d'une pâleur tuberculeuse. La face imitait un gros navet clairsemé de longs poils torses, et fendu par un sourire astucieux si pincé qu'il semblait une ride. Il était passionné de musique et disait avoir eu Cortot pour professeur — il ne savait plus de quel instrument. Il se croyait l'intime de Mademoiselle Rakoff qui trouvait en lui le plus fourbe et le plus zélé des informateurs. Il mouchardait par amour des compliments, fanfaronnant devant elle avec des grâces de vieux dindon. Sa hantise était les filles qui selon lui le haïssaient. Jamais il ne s'aventurait seul dans les allées du parc, certain qu'elles l'attendaient pour le mettre en pièces. Il faisait chanter ceux qui les abordaient.

Au demeurant filles et garçons pouvaient se parler sur la terrasse avant les repas, mais bornés par les interdits et l'angoisse ils ne savaient comment faire usage de cette liberté.

Ludo, lui, dès le premier jour, montra son collier maritime à Lise.

« C'est moi qui l'a fait. C'est pour ma mère. On est mariés comme les Indiens. J'y ai mis du sang dans le café. »

Sans répondre elle avait caressé les coquillages un à un comme des talismans. On la disait anorexique, elle avait dix-huit ans. Elle était à Saint-Paul de son plein gré, ne supportant ni la liberté ni sa famille. Un bec-de-lièvre abîmait sa bouche, exaltant une lèvre inférieure au dessin parfait. Elle gardait toujours les mains dans les poches d'une blouse vague estompant sa féminité. Au fond des poches elle écrasait des miettes ou serrait les poings.

« Quand je serai chez moi, reprit-il, je t'en ferai un

pour toi. C'est plein de coquillages sous les piliers du wharf. Et moi je suis presque arrivé au bout. »

Le sifflet retentit, Ludo gagna sa place au réfectoire auprès du nain qui boudait. « Je ne veux pas que vous parliez à celle-là, lui dit-il au dessert. Elle est mauvaise... D'ailleurs elles sont toutes mauvaises. »

A longueur de journée le sifflet de Mademoiselle Rakoff tenait lieu d'horloge et partageait l'emploi du temps.

Les activités de plein air occupaient la matinée. L'après-midi commençait par une sortie digestive en rangs, puis les enfants se rendaient aux ateliers derrière la chapelle : poterie, dessin, tissage ou courrier, selon les jours. Les plus doués envoyaient à leurs familles de petits mots illustrés qui leur donnaient le sentiment de la correspondance et de la création. Le soir il y avait musique et cinéma : un montage audiovisuel unissant un opéra de Mozart ou Mahler à des vues célébrant la Genèse et donc l'innocence — la mer immaculée des premiers jours, la candeur du désert. Suivait la douche obligatoire avant de passer à table, avec la priorité aux garçons. Ludo vit ces derniers tout nus, chairs flasques, ventres d'un blanc cireux.

Le repas fini, la prière et les chants collectifs, à ciel ouvert l'été, rétablissaient l'unanimité séraphique. Et l'enfant pouvait alors regagner sa chambre ou la salle commune en attendant le couvre-feu.

Un thème édifiant parrainait chaque jour, et se retrouvait d'une semaine à l'autre afin de roder la mémoire. Lundi, jour de calme, on favorisait la sérénité par l'adoration. Mardi, jour de bonté, voulait qu'on se dévouât au prochain. Mercredi, jour d'espoir, on rendait grâce à Jésus, père de l'innocence et doux vainqueur du Malin. Jeudi : contrition collective. On rencontrait par les allées des enfants rougissants, éveillés à d'infimes délits consistant à voler des biscuits ou manger gloutonnement. Vendredi s'écoulait en prières au bénéfice des *étrangers*. Samedi fêtait la joie. Tous affichaient une allégresse en violation des sentiments intimes.

« C'est quoi la joie ? demanda Ludo.

— C'est d'être ici tous ensemble à l'abri des étrangers... Aurais-tu quelque chose à te reprocher ?

— J'en sais rien, moi, je m'en rappelle jamais.

— Je te prierais quand même en un pareil jour de faire meilleure mine vis-à-vis des autres... »

Le dimanche appartenait aux parents. Ils arrivaient de bon matin pour la messe, garant leurs autos sur le tennis entre la baignoire et la Versailles du colonel. Jusqu'au soir ils dérivaient dans les allées du parc avec les enfants. Ceux-ci racontaient mille choses ou ne disaient rien, c'était égal, c'était leur lot, la chance était mal tombée. La nuit venait. Les maris devaient souvent batailler pour qu'*elles* tolèrent une fois de plus cet arrachement : laisser la fille ou le fils comme un banni sur une planète en quarantaine.

*

« C'est interdit de dessiner sur le mur, fit le nain sur un ton policier... Evidemment, je ne dirai rien à Mademoiselle Rakoff... Mais elle inspecte les chambres, et puis il y a les mauvaises langues... D'ailleurs je venais seulement vous dire bonsoir.

— Moi c'est pas pareil, riposta Ludo méchamment. Moi j'ai pas le singe et je vais pas rester ici. »

Six jours de centre avaient déjà ravagé ses nerfs. Il avait passé l'après-midi à jouer aux pingouins, des joujoux en celluloïd aux tons délavés. Le jeu consistait en principe à coiffer la bestiole avec des volants. Mais à Saint-Paul, que la cible fût ou non touchée ne comptait pas, les volants volaient au hasard, les enfants ramassaient, babillaient, somnolaient, capitonnés d'hébétude et fermés à l'ennui.

« Quel dommage, tout le monde est si content de vous avoir... On ne sait jamais d'ailleurs !... Vous avez vu ?... Je suis toujours le premier dans la crèche. »

Il plastronnait dans sa veste rouge.

« Encore aujourd'hui, vous avez parlé à cette... Lise. C'est la plus mauvaise de toutes, Mademoiselle Rakoff la déteste... Je peux m'asseoir ? »

Devançant la réponse, il se posa en tailleur sur le lit.

« ... Remarquez, vous dessinez bien, et je m'y connais ! Je collectionnais tous les prix, toutes les médailles, je faisais tous les concours d'équitation. J'aime beaucoup vos fleurs noires.

— C'est pas des fleurs, fit Ludo vexé. C'est une main.

— C'est une main noire, et je m'y connais !... Et derrière ce sont des fleurs. J'aime beaucoup les fleurs, surtout les roses.

— C'est pas des fleurs, c'est des cheveux.

— Oui mais ils sont rouges, bravo ! Comme le feu !... C'est ça qui compte, la couleur du feu. »

Ludo, langue entre les dents, s'était remis à dessiner.

« C'est où la mer ? » demanda-t-il doucement.

Le nain parut sidéré.

« La mer ?... Mais je ne sais pas moi, sûrement très

loin... D'ailleurs ça n'a pas d'importance, pensez plutôt à mes conseils. Vous avez tort de parler aux filles, d'ailleurs c'est interdit. Elles sont dangereuses, croyez-moi. Vous n'avez pas vu les regards qu'elles me jettent ?... »

Ludo n'avait rien vu.

« Eh bien faites attention désormais. On n'est jamais trop prudent avec elles, regardez Gratien !...

— Celui qui n'a pas de casquette ?

— Et pas de mouton. »

Odilon dissimula un rire avec son poing.

« C'est cocasse... vous avez un épi dans les cheveux. »

Survint Maxence un carton à dessin sous le bras ; il rougit à la vue du nain.

« Bonsoir, fit-il en s'excusant. Je voulais juste montrer mes aquarelles à Ludovic. Mais je vous dérange... »

Maxence était un jeune homme blond d'aspect romantique. Sa voix n'était qu'un filet ; son pyjama paraissait l'accabler.

« Mais non, répondit Odilon d'un ton supérieur. Entrez maintenant que vous êtes là. »

Puis baissant la voix :

« Que fait Doudou ?

— Je crois qu'il dort, j'ai bien écouté.

— Parfait, j'ai quelque chose à vous montrer tout à l'heure... je le sais par mon appareil. »

Odilon possédait un baromètre de marine qu'il appelait son appareil et sondait comme une boule de cristal, lui prêtant des vertus divinatrices.

Maxence était tombé en arrêt devant le mur de Ludo.

« C'est une main n'est-ce pas... Mais derrière, il y a bien quelqu'un ?...

— C'est une main noire, intervint Odilon, avec des fleurs.

— C'est pas des fleurs, corrigea Ludo, c'est des cheveux. »

Maxence caressait la cloison du bout des doigts, répétant d'une voix lasse et résignée :

« Il y a quelqu'un derrière... moi c'est saint Michel qui tue le dragon. Je...

— Moi aussi je peins, l'interrompit Odilon, mes dessins sont tous affichés au réfectoire. »

Maxence avait ouvert son classeur sur le bureau. Les feuilles qu'il retournait avec amour étaient vierges ou sauvagement barbouillées et griffées de coups de crayons furieux. Au bas de chacune apparaissait la même légende avec la même faute : *Saint Michel terrassant la dragon*. Puis venait le prénom de l'auteur en capitales démesurées.

« Et maintenant écoutez-moi, fit le nain d'un air important. Nous avons des choses à voir tous les trois, et n'oubliez pas que je suis votre gardien. »

Une grosse clé apparut dans sa main. Sa peur viscérale des filles faisait de lui le plus sûr des geôliers ; il était chargé de vérifier tous les soirs après Doudou que la porte du couloir était dûment fermée.

« Mais c'est dangereux, se plaignit Maxence. Si Mademoiselle nous surprenait...

— Vous n'êtes qu'un peureux Maxence, et vous n'irez jamais loin ! »

Il sauta sur ses pieds, entrouvrit la porte et fit signe aux deux autres de le suivre. Des bruits lointains émaillaient l'obscurité. Au bout du corridor, il glissa la clé dans la serrure, et le réfectoire apparut devant eux. Sur les tables brillaient les bols aux reflets argentés. Les baies changées en vitraux par la nuit lunaire diffusaient un rayonnement fantomatique.

Maxence leur avait faussé compagnie.

« Tant pis pour lui », murmura Odilon. Une lampe de poche à la main, il se faufila comme un poisson parmi les tables et les bancs noyés d'obscurité. Ludo le rejoignit sous la cheminée logeant la crèche. Le pinceau lumineux balaya la caverne en papier, l'âne et le bœuf, le petit Jésus et tous les moutons à la queue leu leu.

« Comme c'est beau ! dit le nain avec extase. Vous avez vu, c'est bien moi le premier. Je suis toujours premier. Remarquez, nous sommes voisins... »

Il ne put contenir une exclamation.

« ... Ma parole, mais vous avez reculé depuis hier !... Vous avez perdu six places, c'est très grave !... C'est sûrement parce que vous parlez à Lise. »

Il continuait de passer la crèche en revue, commentant les rangs à voix basse : « C'est vrai qu'Antoine ne l'a pas volé... Mais pourquoi mettre toujours Myriam devant les quillards ?... Encore une fois les filles sont mieux servies !... Tiens ! Maxence est bien placé... Trop bien même... » Il émit un gloussement, tendit son bras vers le mouton, parut hésiter, puis le saisissant délicatement telle une pièce aux échecs le fit passer loin derrière.

Ludo retourna se coucher déprimé. *Micho il a dit qu'il viendrait dimanche ça fait encore deux jours ici avec les singes, les moutons, les pingouins... moi je veux pas de ça... les arabicas supérieurs font un mélange au goût subtil et racé six sardines à l'huile et aux anchois trois ampoules à prendre par*

*vingt-quatre heures avant les repas dans un peu d'eau favorisent
la reconstitution des fibres musculaires et Jésus le fruit de vos
entrailles est béni.*

*

Le premier dimanche arriva. Ludo s'était comme
enivré d'insomnie. Fine lui apporta dans sa chambre à
sept heures un complet-veston pris sur un lot d'affaires usagées données par les familles.

« Il est pas tout jeune, mais il est pas si vieux. La
cravate est dans la poche. T'en fais pas pour le nœud,
y a un élastique. »

Ludo jeta qu'il savait faire tous les nœuds, même
les nœuds marins, et qu'aux Buissonnets il mettait des
cravates tous les jours.

Le costume fleurait l'antimites. Les pantalons
étaient courts, les revers immenses, la coupe suran-
née, mais il se trouvait grandiose et, ravi, titillait la
rosette rouge oubliée par Fine à la boutonnière. Il
évitait simplement de regarder ses chaussures, de
vieux godillots genre après-ski, anciennement à
Micho. C'était la première fois qu'il s'habillait en
Monsieur comme Tatav les jours fériés. Il ne doutait
plus que sa mère allait venir et s'émerveiller. Il mit
fièrement le collier dans une poche intérieure avant de
sortir, et se rendit au réfectoire.

« T'en as mis du temps, lui dit Fine. Y a tout qui
refroidit... Les enfants vont arriver... »

Puis avisant la rosette :

« T'es médaillé toi dis donc !... Mais t'as rien fait
pour... »

Et sans lui demander son avis elle reprit la décoration.

Vexé, Ludo porta les bassines de cacao sur la roulante, avala un demi-bol de lait chaud, grignota une tartine, et sans prévenir courut se poster en sentinelle à l'entrée du parc, voulant guetter l'arrivée des premiers parents.

Vers dix heures il y eut une auto noire avec un couple à bord qui lui demanda son nom. Il dissimula sa casquette et répondit sèchement que lui c'était pas comme les autres, et que d'ailleurs son père allait venir le chercher.

Puis au loin dans la poussière il aperçut une Floride bleu ciel, reconnut le bruit du moteur et sentit son cœur fondre, il se dit les voilà, c'est eux, se jura que l'auto devenait blanche en approchant, qu'il les voyait à l'intérieur faisant de grands signes radieux, qu'il les touchait...

... C'était une femme âgée dans une Floride obstinément bleue. Elle lui dit avec un fort accent qu'il allait attraper mal à rester dehors par ce froid.

Jusqu'à midi ce fut l'arrivage ininterrompu des parents, grands-parents, frères et sœurs que les enfants accueillaient avec cérémonie sur la terrasse, puis entraînaient au réfectoire où les attendait un buffet froid tenu par Fine. Mademoiselle Rakoff faisait la tournée des convives et câlinait ses protégés, rapportant à leur sujet des scènes attendrissantes.

Odilon puis Doudou, dépêchés par l'infirmière, vinrent chercher Ludo qui refusait de rentrer déjeuner.

Dans la soirée, quand la nuit décida les visiteurs à s'en aller et que les premières autos suivies par les enfants roulèrent au pas vers la sortie, Ludo n'avait pas bougé du portail, buté, furieux, telle une vigie qui s'attend d'une seconde à l'autre à voir l'Amérique.

« Voilà un bon moyen de s'enrhumer, lui dit Mademoiselle Rakoff.

— Ça fait vingt fois qu'on lui répète, appuya Doudou. Il est têtu pire qu'un mulet.

— Je suis pas un mulet, s'énervait Ludo. D'ailleurs ils vont arriver. Peut-être qu'ils ont crevé. Ma mère un jour elle a crevé, c'est moi qui ai changé la roue. »

La Floride bleue venait de s'arrêter à leur hauteur.

« Vous avez engagé un sémaphore, plaisanta la femme à l'accent rocailleux. Il a grande allure. J'espère le revoir dimanche prochain. »

Il ne toucha pas au dîner.

« T'as rien mangé, toi ! » gronda Fine en voyant son assiette pleine de purée. Puis elle éclata de rire : « C'est à cause que ta mère est pas venue ?... Mais t'en verras d'autres, tu sais. Moi ça fait trente ans que je l'ai pas vue, ma mère, et je m'en porte pas plus mal pour ça... Tu la verras un de ces jours, t'en fais pas. Des fois elles viennent pas pendant des mois... Allez mange un coup ça ira mieux...

— Nous sommes pareils vous et moi, lui dit alors Odilon. Personne ne nous rend visite, et ce n'est d'ailleurs pas plus mal. Tous ces étrangers m'épuisent. »

Au dessert Ludo récita machinalement la prière collective et n'écouta rien du discours de Mademoiselle Rakoff félicitant les enfants de s'être si bien tenus.

Il la croisa comme il retournait au dortoir.

200

« C'est une bonne chose que tes parents ne soient pas venus aujourd'hui, ça t'oblige à réfléchir... »

Elle parlait d'une voix douce et confidentielle, les yeux dans les yeux.

« Tu as l'air tout malheureux, mon Ludo... C'est fou ce que tu es sensible et délicat... N'hésite pas à venir me parler quand ça ne va pas... Et rappelle-toi que nous sommes ta famille, à présent, ta vraie famille.

— C'est même pas vrai », bafouilla-t-il hargneusement.

Et sentant une main toucher la sienne il tourna les talons.

Dans sa chambre il fut accueilli par un vacarme d'applaudissements, de rires et de cris : les quillards braillaient la messe couchés dans son lit, Lucien déclamait son roman à tue-tête, Gratien ricanait, Maxence regardait sans rien faire, et battant la mesure de ses petits bras nerveux, Odilon semblait le maître de chœur de cette ribouldingue.

« Ils vous attendaient, hurla-t-il. C'est pour fêter votre premier dimanche au Centre. Regardez comme ils sont contents. »

Ludo poussa un tel cri que le chahut cessa net.

« C'est fini, maintenant, s'étrangla-t-il, les larmes aux yeux. Vous êtes tous des jaloux, mais moi c'est pas vrai, je suis pas jaloux, et je veux pas de ça, vous entendez, je veux pas qu'on vienne dans ma chambre quand ma mère est pas là, je veux pas vous voir alors partez... »

Les enfants ouvraient sur lui des yeux ronds d'épouvante.

Odilon, furieux, sauta sur le lit et se rengorgea :

« Eh bien puisque c'est ainsi, puisque vous êtes, je dirai, le cerveau de l'affaire, c'est ça, nous n'avons plus qu'à prendre congé... »

La porte se referma.

Ludo prit sa veste et l'ôta par le cou tel un chandail, à l'arraché, la transformant en bouchon qu'il lança dans la fenêtre.

Il se jeta sur le lit défait, puis il vint à sa table et sortit du tiroir un cahier de brouillon.

T'es ma mère alors je t'écris parce que la dame elle m'a obligé. Et aussi parce que t'es pas venue. Micho il m'avait dit qu'il viendrait avec Tatav. Et toi aussi t'avais dit j'y dirai au revoir au prochain coup, j'avais entendu à la porte. Alors pourquoi t'es pas venue? Faut que tu viennes. J'avais fabriqué un collier avec des moules et des bigorneaux et c'est moi qui l'ai verni. Mais si tu viens pas je peux pas te le donner. Mademoiselle Rakoff elle a dit que ça sert à rien si je suis ici. C'est plus la peine que j'aille au docteur pour voir. Moi je peux faire apprenti avec Micho. Si je sais réparer la Floride ça coûtera moins cher pour changer les pneus. Moi je vois bien comment c'est les singes, avant j'en n'avais pas vu. Je suis pas pareil comme eux. C'est pas qu'ils sont méchants, même qu'ils sont gentils. Ils ont des yeux comme les mulets qu'on pêche avec Tatav. Aujourd'hui j'avais une cravate comme celle à Micho même que je sais faire le nœud.

Ludo.

X

Un soir par mois les enfants dessinaient *les étrangers*. C'était le monde extérieur, la gravitation d'une engeance maléfique autour du Centre Saint-Paul dont on explorait indéfiniment les avatars. Les travaux des plus imaginatifs étaient placardés autour de la crèche.

Ludo, lâché sur ce thème, composa son habituel portrait ; Mademoiselle Rakoff parut éblouie.

« Voici donc pour toi l'étranger modèle... Très intéressant... et que voit-on derrière la main ?

— Je sais pas, répondit-il.

— Et puis dis donc... tu as vu ? il ne peut pas respirer comme ça, la main bouche le nez. Pourquoi ?

— Je sais pas, dit encore Ludo comme s'il voyait son dessin pour la première fois. Ce matin le facteur il avait plein de lettres...

— Oui mais rien pour toi. Tu m'as déjà posé la question.

— Si ma mère elle m'écrit, marmonna-t-il, faut me donner la lettre à moi, faut pas la donner aux enfants. »

Mademoiselle Rakoff lui saisit vivement le menton.

« Tu ne voudrais quand même pas déjà une

réponse, non ?... Et puis si tes parents viennent dimanche, ils n'ont pas besoin d'écrire... L'important c'est que tu nous aies fait un bel étranger... Un étranger comme j'en ai rarement vu. »

Elle donna un petit coup de sifflet qui fit lever les têtes autour d'eux.

« Allons mes enfants, rendez-moi vos ouvrages, il est temps d'aller à la douche... »

Et d'ajouter d'une voix pompeuse :

« Ludovic nous a fait un bien bel étranger ce soir... »

Les enfants sortis, elle examina de nouveau cette allégorie du malheur : la main comme une gifle au néant, les cheveux laqués rouges pareils à du vrai sang.

Du sang.

Elle fit immédiatement rappeler Ludo par Doudou.

« Je voulais t'annoncer que j'allais exposer ton œuvre au réfectoire... C'est une réussite.

— Et toi ? fit-il distraitement.

— Les cheveux, dis-moi... c'est quoi ? »

Elle regardait sa blessure au front, pourtant bien refermée semblait-il.

« C'est mon nez. Quand je pense très fort, ça me fait saigner. »

Dimanche elle va venir... j'y donnerai pas le collier j'y parlerai même pas elle avait qu'à venir la fois d'avant... elle avait qu'à répondre à ma lettre et si j'en ai une aujourd'hui j'y donnerai le collier... je m'en fiche moi qu'elle vient pas et je vais y faire encore une lettre et j'y dirai qu'elle est pas obligée de venir... j'y dirai que moi je demande rien j'y dirai que je suis assez grand pour aller tout seul aux Buissonnets... j'y dirai

204

d'aller à Peilhac où c'est qu'on était dans un café sur le bord de la mer quand t'avais renversé ton verre devant tout le monde.

« ... Eh bien réponds quand je te parle, au lieu de t'arracher les sourcils. A quoi penses-tu donc ? »

Elle avait soudain l'impression de parler dans le désert d'une attention factice.

« Avec Tatav on allait aux bousiers. Ma mère elle voulait pas qu'on prenne les cuillers du buffet.

— En attendant, coupa Mademoiselle Rakoff, j'aimerais bien que tu n'utilises plus ton nez pour tes peintures... J'ai ouï dire aussi que tu exerçais ton talent sur les murs de la chambre. Je te conseille de ne pas recommencer. Encore une chose... il paraît que tu t'intéresses à... Lise... »

Les mains jointes, elle veloutait sa voix.

« ... Méfie-toi d'elle... Et d'ailleurs méfie-toi des filles en général. »

Ce harem intact et pur de tout désir conscient la fascinait. Toutes vierges. Elle y pensait jour et nuit. La blancheur des sens. Toutes vierges et condamnées comme la mer aux flux du sang régulier, le seul qui brisât leur ventre et leur fît monter aux yeux des lueurs de péché.

Un sourire étrange épanouit alors ses traits.

« Tu la trouves donc si belle... cette Lise ?... Tu n'as pas remarqué que sa bouche est tordue ?...

— Et ma mère, intervint-il brusquement. Pourquoi vous voulez pas lui parler ?

— Mais qu'est-ce que tu me chantes... Je veux bien lui parler, à ta mère. Elle n'a qu'à se déplacer !... »

*

Le dimanche suivant, personne ne vint voir Ludo. Il récrivit aux Buissonnets.

> *Mon père il est venu l'autre jour. Il va revenir dimanche qui vient. Alors faut venir aussi. Il m'a dit qu'il voulait te parler pour que je fasse apprenti. La dame du Centre elle a dit aussi qu'elle voulait te parler. C'est moi qui fais les plus beaux dessins. Et comme j'écris des lettres, ça veut dire que je sais écrire. La cuisinière elle va me montrer comment on fait la confiture, comme ça je pourrai faire de la confiture de mûres aux Buissonnets. Et puis moi j'ai vu un Noir j'y croyais pas quand Tatav me disait que c'était vrai.*
>
> *Ludo*

Quinze jours plus tard il était toujours sans nouvelles des siens. Mademoiselle Rakoff lui disait de ne pas s'inquiéter. Odilon lisait dans son baromètre qu'il ne verrait plus jamais ses parents, et l'assurait en échange de son amitié. Puis un vendredi soir, à la tombée du jour, Ludo fut convoqué au parloir : Tatav et Micho venaient d'arriver. Il les aperçut de loin par la porte ouverte et se précipita.

« Tout vient à point qui sait attendre », claironna l'infirmière.

Sans l'écouter, Ludo s'était rué dans la pièce.

« Et ma mère elle est où ? », lança-t-il à Micho de but en blanc.

Celui-ci vint l'embrasser gauchement.

« Ah ben ça fait drôlement plaisir de te voir !... Je peux te dire qu'avec Tatav, on est drôlement contents. Pas vrai Tatav ?...

— Sauf que ça fait du chemin... J'ai eu mal au

cœur en voiture. Et puis on s'est paumé dans les bois... »

Quand Ludo voulut l'embrasser, il lui tendit sa main molle.

« Ça fait drôle de te voir ici. Je pensais pas que c'était comme ça les singes. Et puis y a une drôle d'odeur.

— Vraiment ça fait plaisir, insistait Micho. On t'a apporté des petites douceurs aussi. »

Il montrait un sac rebondi.

« T'as un pâté de lapin et de la grenadine... Toute une bouteille... Et puis des godasses aussi. Paraît que les tiennes sont foutues... Ah ça fait plaisir !... »

Son regard voyageait de sa cousine à Ludo.

« On voulait déjà venir la semaine dernière et puis l'autre avant... et puis ta mère elle était malade... Ah non rien de grave, t'inquiète pas !... Elle était pas bien quoi !... Maintenant ça va mieux.

— Et pourquoi qu'elle est pas venue ? réitéra Ludo.

— ... Ça va mieux... mais c'est pas encore ça ! »

Micho lui tapa jovialement sur l'épaule.

« Elle viendra le prochain coup, t'inquiète pas. D'ailleurs elle a dit de... de bien te donner le bonjour... Enfin la bise quoi !...

— C'est même pas vrai », murmura Ludo.

Il regardait Tatav dont la mise affichait les caprices d'une mode en parfait désaccord avec sa morphologie : pantalon noir, chemise noire, et bottines assorties.

« Qui c'est qu'est mort ? » demanda-t-il inquiet.

Micho pouffa.

« Ça t'as raison ! Il a l'air d'un croque-mort le

Tatav... Ça plaît aux filles qu'il paraît. A part ça tout le monde va bien. »

Mademoiselle Rakoff rit à son tour avec bonne humeur et s'excusa d'avoir à les quitter : en semaine elle n'avait pas un instant. « Allez, mon Ludo !... Montre-leur le parc tant qu'il fait clair. Et ta chambre aussi. Et surtout ne sois pas en retard pour le dîner... »

« Ils sont où les singes ? ricana Tatav après qu'elle fut sortie.

— A la douche... Et puis c'est pas des singes ! Y en a qui savent lire et écrire. Y en a même un... c'est un marquis.

— Dis donc, t'as encore grandi, faisait Micho se méprenant sur la maigreur de son beau-fils. T'as grandi mais t'es pâlichon... Bon... si on voyait ton parc... »

Ils ne rencontrèrent personne en descendant l'escalier.

Le cœur serré Ludo cherchait en vain les mots qu'il préparait depuis un mois, jour et nuit, les mots pour qu'on le reprenne aux Buissonnets.

Micho considérait la façade imposante du manoir allongé par l'ombre montante.

« Ils ont de la galette ici, dis donc !

— Le dimanche y a des gâteaux, mais y sont pas bons.

— Et de sacrés beaux arbres aussi, aussi beaux que par chez nous... Et comment t'es logé ?

— Y a pas assez de place, que la dame a dit. Mais maintenant que vous êtes là... je peux rentrer à la maison. »

Micho le regarda surpris.

« Comment ça tu peux rentrer ?...

— Ben oui, je vais rentrer avec vous... moi je savais bien qu'on viendrait me chercher. »

L'autre ne répondit pas tout de suite.

« Ecoute, mignon, finit-il par déclarer... Ça fait même un sacré plaisir de te voir ! Pour sûr qu'on va venir te chercher, même que c'est promis. Mais tu vois, faut attendre encore un peu... T'apprends des choses ici, t'es bien soigné, y a de la compagnie, dans le fond t'es pas malheureux. »

Ludo serra les poings.

« Je peux faire apprenti, bougonna-t-il. La dame a dit que je pouvais faire apprenti.

— Tiens ! Vous jouez à la pétanque, éluda Micho, désignant l'aire à leurs pieds.

— C'est pour attraper les pingouins. »

Ludo vit Tatav se détourner en grimaçant.

« Et qu'est-ce qu'il y a à voir par là ? reprenait le mécano tourné vers le parc.

— Y a un tennis pour les autos.

— Un tennis pour les autos, ça s'appelle un garage », grinça Tatav entre haut et bas.

Ils suivirent la grande allée qui s'enfonçait au milieu des pins assombris. Le silence émanant du sous-bois feutrait leur cheminement d'une intimité qui les gênait. Un crachin picotait l'air soudain plus frais. Le court apparut, défoncé, brumeux, avec la guimbarde et la baignoire chavirée telle une barcasse.

« C'est ta salle de bains ? » ricana Tatav.

Ils se tenaient à la lisière du terrain, sans avancer, comme au bord d'un lac.

« Et qu'est-ce que tu racontes de beau ? fit alors Micho d'un ton faussement enjoué.

— Quand c'est qu'on va venir me chercher ?

— Ah ça faut voir... Faut voir avec ma cousine... et puis aussi avec euh... »

Il substitua un long soupir au dernier mot.

« Hou là, ça commence à cailler », ronchonna Tatav en s'agitant.

Ils revinrent sur leurs pas.

« Et pourquoi qu'on n'a pas répondu à mes lettres ? »

Micho jura ne les avoir jamais vues. « C'est qu'elle aura oublié de me les montrer... Elle a pas fait exprès mais elle a oublié... Elle a changé tu sais !... »

Autour d'eux la nuit semblait s'abattre d'un coup, duveteuse, épaissie de brume et de froid. Ils arrivaient hors du sous-bois, le mâchefer de la cour se remit à couiner. Devant eux brillaient mollement les lumières du réfectoire et du perron.

« C'est qu'avant de partir, on aimerait bien voir comment t'es logé...

— Moi je veux pas voir les singes », maugréa Tatav.

Comme ils gravissaient les marches, Odilon sanglé de rouge vint les accueillir en châtelain.

« Soyez les bienvenus, messieurs, déclama-t-il avec des courbettes. Ludovic nous a beaucoup parlé de vous. »

Massée à l'entrée du réfectoire, une grappe d'enfants intimidés lorgnait les visiteurs passionnément.

« C'est le marquis d'Aigremont », souffla Ludo.

Tatav ignora la main tendue.

210

« Ah tu barbouilles encore les murs, fit le mécano dans la chambre de Ludo. A part ça... c'est plutôt gentil chez toi!... »

Il affirma bruyamment que le lit était bon, qu'on se serait cru à l'hôtel, et qu'il aurait bien passé quelques jours ici pour se refaire une santé. Puis lançant un clin d'œil paillard : « Et où c'est qu'il est, l'évêché ? »

C'était sa plaisanterie pour parler des vécés.

« C'est dehors... Mais si je fais apprenti, je peux gagner des sous, je dérangerai pas. Alors pourquoi qu'elle est pas venue ? »

Il y eut dans le couloir des cavalcades et des rires suivis d'un long coup de sifflet. Assis sur le lit, Micho regardait par terre.

« Pourquoi qu'elle est pas venue, répétait-il le front soucieux. Tu parles de ta mère au moins ?... C'est vrai ça !... C'est même bien vrai !... C'est qu'elle a bien failli venir, tu sais, bien failli. D'ailleurs, on va tout bien lui raconter comment ça se passe...

— J'ai pas le singe », murmura Ludo.

Tatav, debout les bras croisés, émit alors un toussotement blagueur. L'autre allait réagir quand Mademoiselle Rakoff entra.

« Nous passons à table... Est-ce que vous restez manger avec les enfants ?

— Ma foi c'est pas de refus, s'empressa Micho. Qu'est-ce t'en penses, Tatav, si on restait manger ?

— J'ai pas faim. Et puis on a dit à Nicole qu'on ferait vite.

— Et alors ! riposta Micho d'une voix bourrue, je fais ce que je veux, moi !... Non mais c'est pas encore aujourd'hui que je vais me laisser commander par un jupon !... Remarque bien... t'as pas tort... C'est vrai

211

qu'elle pourrait s'inquiéter. Elle a peur, toute seule. Eh oui. Et puis y a de la route. C'est pas grave... On restera manger le prochain coup. »

L'esprit soudain perdu, Ludo les raccompagna sans réagir, oublieux des mots qu'il fallait prononcer, désuni et tiré par un courant dont il ne faisait plus rien pour s'échapper. Ils traversèrent le réfectoire où les enfants attablés applaudirent sur leur passage. Odilon se leva soi-disant pour allumer la terrasse. Dehors tombait une pluie venteuse ; ils se turent jusqu'au portail près duquel était garée l'auto.

« Mais c'est la voiture à ma mère, s'écria Ludo en s'élançant.

— Ça t'as raison, dit Micho. Elle est cabossée mais elle va vite. »

Les adieux furent brefs, écourtés par une ondée serrée. Tandis que les deux autres s'installaient, Ludo caressait la tôle ruisselante et les pneus. Puis Micho lança le moteur et l'éventail des phares ouvrit l'obscurité.

« Et sûr qu'on revient dimanche, assura-t-il par la vitre baissée. On est bien contents de t'avoir vu ! »

Claquant des dents, Ludo s'accrochait des deux mains à la portière et tâchait d'entrer sa tête à l'intérieur.

« Les essuie-glaces font toujours le même bruit, gémit-il. Faudrait les réparer. Moi je pourrais apprendre...

— Sûr que tu pourrais, mignon... Et sûr qu'on vient dimanche et qu'on va tout raconter à ta mère... Allez t'en fais pas mignon... »

Micho remontait doucement sa vitre.

« Attends, s'écria Ludo... T'y donneras ça en rentrant. »

Il tendait son collier.

« T'y diras que c'est moi qui l'ai fait, c'est pour le dimanche à la messe. »

Il ne vit pas l'air éberlué du mécano.

« J'y donnerai, bafouilla celui-ci. Ça va lui faire drôlement plaisir. »

La vitre était fermée, Tatav agitait vaguement la main, Micho parlait encore et Ludo n'entendait plus rien. Il avait lâché l'auto qui s'était mise à rouler en cahotant sur le sable. A la vue des feux rouges il comprit qu'il allait rester seul et voulut courir pour la rattraper, voulut crier qu'on l'oubliait, qu'il n'était pas fou, puis une accélération fit soudain passer la Floride dans un autre monde et les feux disparurent.

*

« Nous en sommes au dessert », lui jeta Mademoiselle Rakoff aigrement quand il entra.

Sans répondre il gagna sa place à côté du nain.

« C'est interdit d'arriver en retard, pontifia celui-ci.

— Je m'en fous, dit Ludo si fort que l'infirmière entendit.

— Tu n'es qu'un grossier personnage, et tu seras privé de crème à la vanille pour la peine... Et puisque tes parents te mettent dans un état pareil, je leur écrirai dès ce soir pour qu'ils ne viennent plus jusqu'à nouvel ordre. »

Un silence angoissé plana sur les tablées ; on entendait seulement Gratien laper son bol à grand bruit.

« Et puis c'est interdit de répondre à Mademoiselle », fit encore Odilon d'une voix sentencieuse.

Ludo vit alors dépasser de la pochette rouge une moitié de photo qu'il reconnut d'instinct : celle de Nicole, celle qu'il pensait bien à l'abri sous son matelas. Il se rua sur le nain qui dégringola par terre en appelant au secours. Alerté par le sifflet, le Noir dut presque assommer Ludo pour lui faire lâcher prise.

« A cause de toi, écumait l'infirmière, je vais être obligée de leur administrer double ration de calmants. Ils sont commotionnés pour des mois maintenant. »

Odilon sanglotait dans un énorme mouchoir à carreaux.

« Ça suffit... Monsieur le marquis ! Ludo va vous faire publiquement des excuses et puis il ira se coucher sans dîner.

— Il avait volé ma photo, protestait Ludo gêné par l'avant-bras du Noir autour de son cou.

— Lâchez-le Doudou... Quelle photo ? »

Il déplia un cliché trempé de sueur montrant Nicole en première communiante, un bouquet de fleurs à la main.

« C'est ma mère, annonça-t-il fièrement. Elle est belle ma mère !... »

Il regardait Mademoiselle Rakoff avec défi.

« En attendant, elle n'est pas venue te voir... Et puis j'aimerais bien être sûre que c'est vrai. »

Odilon qui n'en finissait pas de rajuster ses atours malmenés se mit alors à tempêter :

« C'est une honte ! C'est ma photo !... Et d'ailleurs voici la preuve... Ne suis-je pas le premier dans la crèche ?

— T'es qu'un voleur », cria Ludo, et le Noir dut le ceinturer à nouveau.

« Sais-tu, lui dit Mademoiselle Rakoff d'un ton murmurant, que tu n'as pas à élever la voix dans ces lieux. Je vais donc punir ta voix qui fait injure au silence... et qui peut-être ment. Tu ne parleras pas pendant six jours. Et personne ne te parlera. Et puisque vous n'êtes pas d'accord pour la photo, c'est moi qui la garde...

— Mais c'est ma mère », hurla-t-il encore, puis l'avant-bras du Noir lui coupa la respiration.

Elle enveloppa l'adolescent d'un regard angélique.

« ... La photo est toute fripée, tu sais !... Et puis même si c'est ta mère, quelle importance ?... J'espère aussi que tu l'as dans le cœur, son image, et c'est la seule chose qui compte. »

*

Ludo ne dormait pas. Il avait rejeté draps et pyjama, et prit contre lui l'oreiller dont il suçait l'un des coins. Les yeux ouverts il voyait le marcheur inconnu donner la main sous un ciel noir à la première communiante de la photo, tous deux foulant légers et lointains des chemins bleus comme la mer, et lui derrière eux peinait pour les rattraper, s'enlisait dans la boue, suppliait qu'on l'attende, arrivant toujours trop tard quand les feux rouges de la Floride s'effaçaient au bout du wharf. Il entendait aussi le bruit d'un clou sur le mur, mais ce n'était pas un mur, c'était la peau d'un mouton mort sur la plage, et plus il grattait le flanc du mouton, plus le sable s'envolait, plus la nuit fraîchissait. Alors il collait son œil sur la plaie vive, et c'était de nouveau comme au télescope l'homme et la communiante emportés sur des pas

215

d'écume à travers l'océan. Il avait l'impression s'il fermait les yeux qu'allait mourir cette apparition, que plus jamais ne marcherait dans son regard un homme inconnu dont il eût suffi qu'il se retournât pour lui sauver la vie. *Elle est pas venue ma mère elle avait dit de bien m'embrasser... elle avait dit t'es gentil Ludo quand j'y avais mis la bruyère sur le plateau... elle a jamais dit qui c'était mon père et puis c'est pas vrai tout ça... même qu'elle a dû dire à Micho faut pas y aller même qu'elle a dit faut faire vite et qu'ils ont dû se faire engueuler... Tatav y me regardait comme si j'étais un vrai dingo mais les dingos ils pourraient pas réparer les essuie-glaces à Nicole et moi je sais qu'il faut changer les balais en caoutchouc mais tintin j'y dirai pas... peut-être qu'ils sont arrivés aux Buissonnets et qu'elle a demandé comment j'allais... surtout que Micho y a donné mon collier sûrement qu'elle l'a mis pour essayer et qu'elle viendra me voir le prochain coup... mais quand c'est qu'ils vont venir me chercher pour de bon.*

Il s'éveilla. C'était dehors que des pas vivants avançaient, précautionneux, à peine audibles, avec de longs arrêts. Il imagina le nain rendant clandestinement visite à la crèche et son cœur lui battit les tempes. Le nain. Le voleur. Sa mère. Il bondit tout nu vers le couloir : personne. La veilleuse orangée tremblotait. Les respirations tramaient paisiblement l'obscurité. Il enfila son pantalon, se rendit au bout du corridor et passa la main sur la porte fermée qui l'emprisonnait, hésitant à se jeter sur le panneau. Puis sa main rencontra la poignée qui céda sans effort et la nuit plus bleue du réfectoire inonda Ludo.

La pluie avait dû cesser. Prenant garde aux tables il atteignit l'entrée, reconnut l'ombre de l'escalier qui menait chez Mademoiselle Rakoff et juste à côté la double porte à grilles ouvrant sur le parc. Il tourna la clé et sortit. Un froid vif d'avril cingla son torse nu. Mais à peine eut-il fait quelques pas vers la forêt qu'il dut s'arrêter. Dans la torpeur de la nuit le mâchefer lançait des échos stridents, Ludo rebroussa chemin. Il trouva contre la façade une ancienne plate-bande et put longer le manoir en silence, sourdement heureux de se confondre à l'obscurité comme un animal des bois.

Au nord, un croissant de lune achevait lentement sa course et touchait l'horizon d'une lueur de moire, des volutes blanchâtres voguaient sur la pinède. Il parvint sous une fenêtre ouverte et se mit sur la pointe des pieds pour regarder à l'intérieur. On n'y voyait rien. Il allait s'éclipser quand un dernier rayon lunaire ensoleilla la pièce et Fine apparut dans un carnage de literie, l'ombre d'un sein nu pendant vers le côté ; de l'autre bord, la peau noire et comme platinée dormait Doudou. Bouleversé Ludo retomba sur ses talons. Il se sentait triste et perdu. Oubliant toute prudence, il franchit la terrasse au plus court et s'engagea dans les bois par la grande allée. Son pyjama était trempé. Ses pieds nus lui faisaient mal, il avait dû s'écorcher mais il ressentait la douleur comme une volupté. Il arriva au tennis, fit le tour de la Versailles, ouvrit les portières et s'assit au volant. Une odeur de pourri flottait ; les ressorts lui meurtrissaient l'échine. Il passa les vitesses, enfonça les pédales, imita l'avertisseur et tripota les voyants du tableau de bord avec l'espoir de démarrer. *Elle serait bien attrapée si qu'elle me voyait arriver dans une auto plus grosse que la sienne...*

d'ailleurs ma mère elle avait qu'à pas se faire couper ses
cheveux puis des fois elle a un bouton sur la bouche.

Il descendit et s'approcha de la baignoire chavirée.
Elle était remplie d'eau ; des miroitements huileux
frissonnaient à la surface. Aux Buissonnets, jamais il
n'avait eu le droit de se laver dans la baignoire,
d'ailleurs Nicole en interdisait l'usage à quiconque. Il
enjamba le rebord et s'immergea doucement jusqu'au
cou. Il suffoquait, les muscles changés en pierre, des
flèches glacées aiguillonnaient sa peau, les larmes
l'aveuglaient. Puis il se sentit mieux. Dégageant du
pourtour ses avant-bras engourdis, il plaqua les mains
tout au fond dans une gadoue qui lui parut tiède.
Alors il reprit confiance et fermant les yeux, bloquant
la respiration, il se laissa couler tout à fait la tête sous
l'eau. Il attendit. Le sang remontait dans les yeux, des
vagues s'abattaient sur le sable rouge, des vagues
rouges, une voix criait, des coups tonnaient. *Peut-être*
aussi qu'elle a raison... peut-être que je suis dingo... j'y ai
jamais dit qu'elle avait raison... c'est ça qu'il fallait... si j'y
disais tout s'arrangerait... je retournerai à la maison... et puis
ça serait pas grave que je suis dingo... Micho ça le gênait pas...
je vais y écrire qu'elle a raison... Il allait tomber en
syncope lorsque cette résolution lui sauva la vie. Il
souleva sa tête délirante à l'air libre et le ciel déferla
dans ses poumons.

Nu sur le tennis, à bout de forces, il cherchait ses
esprits comme des clés égarées. Il faillit se perdre en
retournant au manoir et recouvra pour de bon
connaissance à la vue d'une lumière au premier
étage : Mademoiselle Rakoff ne dormait pas. Il traversa le mâchefer les yeux fixés sur la fenêtre éclairée,
s'attendant à des appels, à un drame, mais rien

218

n'arriva. Et s'étant prudemment essuyé les pieds à l'entrée du manoir, il retrouva sa chambre ni vu ni connu.

*

Il resta couché six jours avec une fièvre de cheval qui le faisait délirer. Il cassa le thermomètre que Fine voulut lui placer à l'anus et répondit des folies aux questions qu'on lui posait. « C'est un petit malin, décrétait Mademoiselle Rakoff, il a dû manger son dentifrice, ou un savon... » Il se tortillait et n'en pouvait plus d'hilarité quand elle cherchait des ganglions à l'aine et sous les bras ; il se blottissait lorsque Doudou venait l'aider à changer son pyjama trempé de sueur.

Les enfants lui faisaient des signes à travers le carreau. Lise posait les mains sur la vitre et souriait. Un soir, Maxence entra pour lui remettre en cachette une fleur de sa part, un œillet chipé dans un vase du bureau. Ludo, troublé, le cacha sous son matelas ; la fleur chiffonnée rappelait la bouche de Lise.

L'après-midi, Mademoiselle Rakoff passait à son chevet de longs moments, lui prenant la main. « Connais-tu la belle histoire de saint Martin partageant son manteau avec un étranger ?... » C'était plusieurs fois par jour que saint Martin partageait son manteau, sainte Blandine amadouait les fauves, saint François flagornait les poissons. Ludo se prêtait de bonne grâce à cette hagiographie ronronnante : excellent moyen de couper aux conversations. Un soir il piqua du nez tandis que sainte Chantal fondait le Couvent des Visitandines et l'infirmière se vexa :

« Que la vie des bienheureux t'ennuie, c'est consternant mon cher garçon !... »

Il se leva le sixième jour, épuisé mais guéri, et dans un état second prit son petit déjeuner avec Fine.

« Alors, comment t'as dormi ? »

Elle taillait du pain contre son giron. A l'insu de Mademoiselle Rakoff, elle réservait à Ludo de splendides tartines à la crème fraîche.

« Et réponds-moi quand je cause.

— J'ai pas le droit de causer. Je suis puni.

— Avec Fine on peut toujours causer. Alors... qu'est-ce qui te chagrine ? »

Ludo lui lança un regard de biais puis replongea le nez dans son bol. C'est vrai qu'il avait du chagrin. Comme au grenier quand il regardait par les trous du plancher.

« Pourquoi qu'elle est pas mariée Mademoiselle Rakoff ? »

Fine haussa les épaules et continua de touiller les bassines de chocolat sur les fourneaux.

« C'est comme ça dans la vie, chacun son rang... Pour se marier, faut un mari !

— Et toi, pourquoi t'es pas mariée ?

— Dis donc... t'es drôlement curieux pour un malade !... On choisit pas toujours... Maintenant je suis vieille et je connais la musique, ah si je la connais !... L'amour et les rats !... La jeunesse pour l'amour, et la vieille pour les rats !... »

Il aida Fine à porter les récipients sur le chariot.

« Alors tu vas pas épouser Doudou ?...

— Pourquoi tu dis ça ? » répondit-elle en se raidissant.

Il hochait la tête, incrédule. Il ne retrouvait pas

dans la lourde servante au chignon sévèrement arrimé sur la nuque la femme nue qu'il avait surprise avec Doudou.

« Alors... vous aurez pas d'enfants avec Doudou ?

— Tu commences à m'embêter avec tes sacrées questions. Ah elle savait drôlement ce qu'elle faisait, la patronne, en t'empêchant de causer ! »

Passé quelques instants, Ludo reprit d'une voix neutre à la manière du détective apparemment détaché :

« Et Mademoiselle Rakoff, elle a pas d'enfants ?

— Ça non qu'elle en a pas ! Sauf qu'elle a tous les enfants du Centre, et que ça fait une sacrée nichée.

— Et où qu'elle va le samedi après-midi ?

— Comment tu sais qu'elle s'en va ?

— J'entends la voiture...

— Elle va où c'est qu'elle veut. Elle a à faire chez les fournisseurs. Et puis assez causé maintenant. »

Il passa la journée sans rien faire, toujours puni. Les enfants respectaient son mutisme forcé mais venaient gentiment lui serrer la main. Même Odilon se confondit en amabilités poisseuses, et Ludo put sceller un pacte avec lui concernant la photo volée.

Le printemps encore indécis prolongeait les après-midi sans les réchauffer. Les lumières rasantes assiégeaient les murs du réfectoire, emmêlant leurs faisceaux, croisillonnant d'or la pénombre montante et métamorphosant le moindre bol en apparition ; on pouvait presque suivre à l'œil nu l'invasion du soir par la nuit.

Après dîner, Mademoiselle Rakoff le fit appeler à son bureau par le nain qui semblait jubiler. Elle commença par le laisser debout, sans un regard, sans

221

un mot. Un reflet bleuté parcourait sa chevelure aux ondulations grises qu'elle flattait constamment du bout des doigts. Ses ongles polis reluisaient. Puis elle parut découvrir Ludo et s'illumina : « Je sais que tu n'as pas le droit de parler jusqu'à demain soir et je ne vais pas te mettre au supplice par un long discours. Mais enfin je ne voudrais pas te laisser dans l'ignorance de certains faits. J'ai écrit à tes parents. Rassure-toi, je n'ai rien dit de tes extravagances de l'autre soir avec ce pauvre marquis. Mais je leur demande quand même de remettre à fin juin leur prochaine visite. Tu es beaucoup trop tourné vers l'extérieur, Ludovic. Un peu de repli sur toi-même favorisera ton adaptation. Ce n'est jamais que l'affaire de deux mois. Ecris tant que tu veux, dessine, apprends à tisser, aide les enfants moins intelligents que toi, mais ne te braque pas sur l'illusion que ton sort est injuste et que ta vie est... je ne sais où. Je t'ai bien observé tout à l'heure pendant la séance de musique. Tu avais l'air au paradis. C'était la *Petite musique de nuit,* de Mozart. Je l'avais choisie pour toi. Tu es très sensible, Ludovic, mais tu n'y peux rien tu n'es pas un étranger. Tu es un innocent, et tu as trouvé ta famille... Alors qu'attends-tu pour te réjouir ?... Pense plutôt à ceux qui sont en hôpital psychiatrique et qui donneraient cher pour être à ta place. »

Elle se caressa les cheveux, sourit avec gentillesse, et fit apparaître ce qui restait de la photo de Nicole.

« Et tu dis que c'est ta maman !... Moi je n'en sais rien. Je n'ai aucune preuve après tout. D'ailleurs je n'étais pas invitée au mariage... A la rigueur je pourrais demander à Micho la prochaine fois, mais elle est si jeune là-dessus qu'il ne la reconnaîtra sans doute pas. »

Elle rangea la photo puis se leva pour contourner la table et son regard s'abandonna dans celui du garçon. En appui sur le rebord, indifférente au silence, Mademoiselle Rakoff appelait dans les yeux verts un trouble qui l'eût rassurée.

« C'est tout, dit-elle enfin d'une voix flottante, tu peux t'en aller. » Puis d'un ton normal : « Ton mouton n'est pas en brillante posture dans la crèche... Si mes souvenirs sont bons, il est même à la queue. Mais enfin je ne doute pas que dans les deux prochains mois tu aies à cœur d'améliorer sa position... Ah dernière chose !... Quelqu'un t'a vu marcher dans le corridor en pleine nuit. C'est formellement interdit. J'entends que désormais tu cesses tes allées et venues. »

Encore Odilon, songea Ludo dans l'escalier. *Va dire à Mademoiselle Rakoff que c'est pas ta photo... va dire que c'est la mienne d'ailleurs c'est pas ta mère t'as pas besoin d'avoir sa photo... si t'y dis on ira faire un tour en sous-marin dans les bois avec Tatav... et puis sûr que ton mouton restera premier dans la crèche.*

Le couvert était dressé, le dîner n'allait pas tarder En entrant dans la salle de jeux, il eut un mouvement de recul. Il ne pourrait jamais s'habituer. Tous les enfants étaient là, mal à l'aise, penchés, adonnés à leurs tics natals, poussant des vagissements et de petits cris, fixant l'air béatement, debout dos au mur ou serrés autour de la table, et trompant Dieu sait quelle attente avec des bouts de laine et des regards entendus; l'un d'eux semblait consulter un album sur les galaxies qu'il pointait d'un doigt vibrant.

Ils avaient fait leur journée. Ils avaient lancé des volants, ratissé les allées, coupé du carton, dessiné des étrangers, rendu grâce au ciel, écouté la *Petite musique de nuit* — « mais non Benoît, Mozart n'est pas un étranger, c'est un grand musicien, mais oui, un enfant si tu veux... » Ils avaient tout avalé : Mozart, les pingouins, la purée du dîner, les cachets blancs du sommeil, les coups de sifflet, les milliers d'instants qu'il faut passer pour ne rien vivre et de pas qu'il faut sacrifier pour aller nulle part, ils allaient s'endormir ignorants du sommeil. Ludo les vit alors se tourner vers lui, le doigt sur les lèvres, et lui faire « chuuut » avec solennité. Il répondit par un cri sans fin.

XI

Centre Saint-Paul, mois d'avril.
Pourquoi tarder davantage à présenter la situation
sous son vrai jour? Autant clarifier dès aujourd'hui le
différend qui nous sépare. J'ai été malade mais ça va
mieux. Ça va mieux dans ma tête. J'avais raison, mais
c'est pas vraiment que je suis dingo. Mais peut-être aussi
que j'y étais un peu. Micho m'a dit que toi aussi t'avais
été malade et que t'étais pas venue pour ça. J'y ai donné
un cadeau pour toi. C'est moi qui l'a fait avec les
coquillages et j'ai tout bien lavé à l'eau de Javel. On
apprend à tisser des serviettes et aussi à chanter. Doudou
a dit que j'avais une belle voix à cause que j'ai une grosse
poitrine et Mademoiselle Rakoff elle nous met les disques
de Mozart sur la petite nuit. Y a pas d'harmonium dans
la petite nuit. C'est des violons qu'elle a dit. Elle a
montré les photos des violons. Y a une carapace et des
trous pour respirer. Si tu veux que je fasse matelot je ferai
matelot. C'est vrai qu'on n'est pas malheureux ici. Mais
on voit pas la mer. C'est pas tous des enfants, y a des
vieux mais on les appelle comme ça. Y sont plus gentils
qu'à l'école. C'est moi le plus fort je porte les bassines de
chocolat. Quand je serai plus dingo je pourrai revenir à la

225

maison et puis j'astiquerai la voiture à la peau de chamois. Les essuie-glaces y sont foutus. Y commence à faire beau. On a eu des poissons rouges en chocolat le nain m'a tout fauché. On apprend les noms des fleurs. Y reste encore deux mois et puis c'est le dimanche où c'est que vous viendrez me chercher. Faisant confiance à la diligence de vos services, je vous prie d'agréer avec Tatav, toi et Micho mes sentiments les plus distingués.

Ludo.

Ludo referma le *Guide épistolaire* emprunté à Maxence et reprit sa lettre au début. Il était rouge de fierté. De fatigue aussi. C'était comme dans un livre et même mieux. Il se fit la lecture à voix haute, recommença plus lentement, mit le pli sous enveloppe et l'en ressortit pour se délecter à nouveau.

La porte s'ouvrit brusquement, Mademoiselle Rakoff entra.

« Tu n'es pas encore couché ?... Tu veux vraiment que je me fâche ?...

— J'ai pas sommeil.

— Allez pas d'histoire, avale-moi ça, et dodo ! »
Elle ne fut pas plus tôt sortie qu'il subtilisa le comprimé blanc sous sa langue et le rangea dans sa boîte à squelettes.

C'était Maxence qui l'avait initié à propos des cachets qu'on leur faisait ingurgiter à l'unisson. Des calmants. Des sédatifs. Des euphorisants. Selon les périodes, les saisons, pour unifier l'humeur collective et prévenir l'éclosion des lubies individuelles propices au charivari. La tirelire de Maxence, une grosse pomme rouge en stuc, était pleine de cette menue monnaie pharmaceutique épargnée depuis dix ans.

La lettre à Nicole était posée verticalement devant le bol du petit déjeuner.

« T'écris à ta fiancée ? le taquina Fine.

— Non, fit-il d'un ton secret.

— A qui t'écris alors ? »

Il rougit.

« J'y écris pas, j'y réponds. »

Assise en face de lui, Fine écrasait du pain dans la crème étalée sur son café.

« Si t'y réponds, tu peux me dire à qui.

— A ma mère... Elle m'écrit tout le temps à moi. Faut bien que j'y réponde un coup.

— Si c'est vrai t'as bien raison. Et même si c'est pas vrai d'ailleurs. Pourquoi qu'elle est pas venue l'autre jour ?

— C'est moi qui voulais pas. Paraît qu'elle a une grossesse. Moi j'aime pas ça. »

Il la dévisagea.

« Ça, quand on va avec un homme, faut faire gaffe à la grossesse... Quel âge qu'il a Doudou ?

— Toi tu m'emmerdes avec Doudou, t'as qu'à y demander toi-même l'âge qu'il a ! »

Elle s'était levée pour enfiler sa blouse ; il ne la quittait pas des yeux.

« Ben qu'est-ce t'as à me regarder comme ça ?

— C'est même pas vrai », fit-il d'une toute petite voix.

Elle éclata de rire.

« Mais non c'est pas vrai, ballot !... Mais y a pas si longtemps, j' te jure bien qu'on me regardait... Alors qu'est-ce t'y racontes, à ta mère ?

— J'y raconte rien. »

227

Fine s'approcha de Ludo par-derrière et joueuse allongea prestement la main pour cueillir la lettre; elle ne s'était pas appuyée contre lui plus d'un instant.

« Rends-la-moi », bafouilla Ludo sans bouger.

Il semblait commotionné. Il regardait stupidement la cuisinière qui n'avait pas fini d'ajuster sa blouse et brandissait la lettre en s'amusant. Le col échancré du tablier laissait voir la peau nue.

« Ben qu'est-ce qui t'arrive? dit-elle enfin. T'as les yeux si grands qu'on croirait des lunettes. La voilà ta lettre, j'allais pas la manger. »

Il tendit une main tremblante.

*

Les jours suivants, fidèle à ses résolutions, Ludo fut un pur innocent d'une mélancolie souriante, *un enfant* modèle, et s'aligna si bien sur les autres que son mouton dans la crèche talonna les meilleurs au grand dam du nain. Il en parut satisfait. On le voyait quotidiennement se bousculer avec ses pairs autour de la cheminée, impatient de connaître son nouveau rang. Deux mois d'internat lui avaient coûté plusieurs kilos. Un voile estompait ses yeux verts. Il se mettait à baver inopinément, renversait des plats, trébuchait dans les allées, la démarche troublée d'une raideur qu'il n'avait jamais eue. Les volants jetés aux pingouins n'atteignaient plus l'objectif, il prenait les desserts à l'abordage et se goinfrait à pleines mains. Il venait montrer ses lacets dénoués à Mademoiselle Rakoff pour le plaisir d'une remontrance attendrie : « Veux-tu bien me rattacher ça tout de suite, grand polisson !... » Lui qui négligeait les premiers temps de porter sa casquette ne la quittait plus.

Un soir, Bastien et lui se querellèrent à qui lessiverait le carrelage du réfectoire et Doudou les sépara. Mademoiselle Rakoff exposa que l'entretien des locaux revenait à Bastien depuis des années, mais qu'on pouvait envisager de confier à Ludo celui du parc. Il ratissa la terrasse et les allées, ratissa tant et si bien qu'il exhuma d'énormes racines et voulut les ratisser à leur tour, déchaussant des pins dont la chute aurait pu tuer : Ludo fut relevé de ses fonctions.

Il y eut visite médicale et soins dentaires. Le docteur Waille, psychiatre habituel du Centre Saint-Paul, le soumit à différents tests et nota sur sa fiche : *Petit débile instable et immature, agressif par intermittence, asociable ; demande à être suivi dans une institution spécialisée.*

Depuis son accrochage au réfectoire avec Odilon, les enfants vouaient un respect craintif à Ludo. Ses murs bariolés tel un sanctuaire inca les émerveillaient. Les quillards dérobaient des plats entiers qu'ils venaient déposer tout fumants devant sa porte. On saluait son arrivée par des applaudissements ; on se tournait vers lui quand Mademoiselle Rakoff posait des questions.

Cet empire grandissant qu'il ne revendiquait même pas faisait enrager Odilon qui se voyait rafler ses prérogatives de chef. Mais il avait beau fureter, espionner, redoubler d'aménité, rien chez Ludo ne donnait prise à la délation. Il se faufilait tous les soirs chez lui pour siroter une grenadine à l'eau, clappant la langue comme à la dégustation du meilleur cognac : « Excellent sirop... Belle robe et quel bouquet ! »

Ludo l'écoutait servilement cancaner, palabrer sur la musique et froisser comme des jonchets les mots savants d'une culture échappés à leur gravitation première et tombés au chaos. Il ne répondait plus ni par le sous-marin ni par l'harmonium ou Tatav. Odilon parfois s'interrompait net : « C'est interdit de dessiner sur les murs... moi je ne dirai rien, mais les autres... les filles... Heureusement qu'elles ne mettent pas les pieds chez nous !... »

Les filles. A l'évidence elles avaient adopté Ludo mais il s'interdisait d'aller leur parler. Il surprenait parfois le regard pensif de Lise levé sur lui. Elle aussi l'épiait. Elle se débrouillait pour le suivre dans le parc, et se signalait à lui sans jamais l'aborder. Il recevait de petits cailloux, il entendait rire et ne voyait personne. Protégée par les autres, à la chapelle ou au réfectoire, elle osait lui sourire. Et Ludo presque tous les jours trouvait sous son oreiller des pastilles pour la toux, des rubans multicolores ou des œufs minuscules formés dans la mie de pain. Il y eut un mouchoir blanc tel un billet d'amour silencieux. Sur les murs, entourant les portraits cachés, fleurissaient au crayon rouge des enlacements et des lèvres.

Maxence, lui, ne semblait pas dupe des changements intervenus chez Ludo. Le soir il attendait qu'Odilon fût sorti pour se montrer. « Tu n'es plus comme avant, disait sa voix plaintive. Je sais bien... Tu n'es plus comme avant. — Comment j'étais ? » répondait Ludo. L'autre écartait les bras en signe d'impuissance. « Oh mais je ne sais pas... Quand tu es arrivé, je revoyais ma maison. Il y avait ma mère, et puis la sœur de ma mère, l'allée des hortensias, le chenil sur la gauche, et puis la terrasse au-dessus du lac où l'après-midi nous mangions des biscuits à la cannelle... Et puis il y avait ma mère... — La mienne, coupait Ludo, elle fait des confitures de mûres... Elle m'apporte à manger au lit... Et puis c'est moi qui conduis sa voiture... »

Maxence était fils unique, orphelin. Aussi fut-il heureux d'échanger avec Ludo des souvenirs d'enfance que ni l'un ni l'autre n'avait jamais vécus.

*

C'était la nuit que Ludo recouvrait sa nature, à la belle étoile. Il savait d'après les voix et le grincement des sommiers, qui dormait, veillait encore, et si le sommeil des enfants était assez profond pour qu'il pût sortir. Mais c'était souvent qu'il trouvait porte close au fond du corridor et devait abandonner.

Il n'était d'ailleurs pas seul à sillonner passionnément l'obscurité. Les nuits du Centre avaient leurs errants, leurs nomades, et s'il destinait à Morphée des enfants matraqués par les sédatifs, le couvre-feu semblait donner carte blanche aux démons des résidents soi-disant normaux. Ludo croisait parfois Mademoiselle Rakoff et la prenait en filature. Elle marchait à grandes enjambées comme s'il était urgent d'arriver quelque part, empruntait des allées qu'elle rebroussait avant d'arriver au bout, et Ludo grisé par son audace ne la redoutait plus, rêvant d'accoster cette ombre désarmée qui fredonnait des enfantillages.

Fine aussi vivait la nuit. Le Noir la rejoignait plusieurs fois par semaine. Ils se disputaient au lit. L'un voulait, l'autre ne voulait pas. Comme Nicole et

Micho. Un soir, Ludo eut la stupeur de voir Doudou sortir par la fenêtre où lui-même était embusqué, fuyant l'infirmière venue demander à Fine à travers le battant si par hasard elle n'avait pas entendu des bruits.

Mais il arrivait que la cuisinière ne dormît pas dans sa chambre et Ludo se demandait alors où elle faisait sa nuit.

Ce soir encore il attendait. Le calme régnait. Son cœur battait sourdement. La lune emmêlait des palmes et des nageoires aux dessins des murs. Il prenait patience en écoutant sur la forêt les rumeurs du vent d'ouest qui parlait d'océan. *J'irai matelot comme t'as dit d'ailleurs ça va mieux maintenant... j'ai quelque chose qui va pas mais ça s'arrange et quand tu viendras me voir au mois de juin tu sauras même plus que c'est moi.* Il inspira longuement puis sortit dans le couloir. C'était l'instant périlleux. Franchir la zone éclairée par la veilleuse et gagner en secret la chambre d'Odilon, deux portes plus loin. Ses pieds nus collaient au bulgum, il dut procéder à la faveur des ronflements. La porte du nain s'ouvrit en silence, il entra.

Odilon tétait son pouce en dormant, langé si serré dans les draps qu'on eût dit une momie. Ludo s'approcha du fauteuil où les vêtements étaient soigneusement pliés sous un gros missel. Il fouilla la veste rouge en vain. Les poches du pantalon étaient vides. Il revint au lit. Le dormeur baigné par la lune émettait la respiration furtive et pointue d'un rongeur, couché de profil une main sous l'oreiller.

C'était la première fois qu'il s'aventurait nuitamment chez lui. Il allait être fixé sur les vertus sédatives

232

des cachets dilués par trois dans les grenadines qui faisaient le régal du nain. Il s'avança tout près, se mit à genoux et prit doucement sous l'oreiller le poing fermé qu'il ramena dehors. Il dégageait des doigts crispés la clé du couloir, quand il aperçut face à lui deux yeux grands ouverts et médusés d'hébétude où le regard n'affleurait pas. Il restait stupide et figé, la respiration suspendue. Avec une lamentation chantante Odilon referma les yeux. Oubliant toute prudence, Ludo arracha la clé et sortit.

Il eut un sentiment de puissance en ouvrant la porte du réfectoire et faillit s'épanouir dans un cri sauvage. Il était libre. Tout le Centre Saint-Paul était volatilisé dans les songes et lui se mêlait à la nuit vivante. Il fit un détour par la crèche, allongea la main vers les ombres fondues des moutons, et subtilisa celui du nain qu'il remplaça par l'un des petits squelettes de Tatav.

Au bout du réfectoire il regarda pensivement la porte qui menait chez les filles et se demanda s'il pourrait l'ouvrir avec sa clé.

Dehors une brise fraîche le saisit. Le froid sec irriguait la nuit comme une odeur. Le ciel et la terre baignaient dans un océan lunaire où mugissait la forêt couleur de récif. Il fit vingt pas le long du manoir vers le nord, et traversa comme à gué la terrasse, empruntant le sentier qu'il s'était ménagé en cachette avec des aiguilles de pins. Il se retourna quand il sentit le sable froid sous ses pieds nus. Les bâtiments se découpaient noirs sur la nuit claire. Au premier étage une lumière brillait.

Il partit à grands pas dans l'allée, balançant la tête et les bras, se gorgeant d'air glacé, tout à la jouissance de s'ébrouer libre et nu sans gardien ni casquette. Il descendit à la rivière, abandonna pyjama et mouton sur la rive et se baigna. Il parlait tout seul, éclaboussait les aulnes et savonnait son corps à l'eau vive, puis il s'avançait au milieu du courant pour défier la noyade.

Il avait la chair de poule en se couchant sur l'herbe, et face aux étoiles une sensualité frissonnante parcourait sa peau. Il se roulait dans les constellations, il avait toujours aimé ces feux qui flambaient contre la nuit sans flamme et sans fumée, il ne savait quelle soif il étanchait à leur vue. *Quel temps y fait ce matin... dans le fond t'es gentil Ludo... passe-moi le plateau avant que ça refroidisse... alors qu'est-ce qui te ferait plaisir... t'es peut-être un bon garçon tu sais...*

Il se rendit sur le tennis en trottinant. Il examinait la Versailles et songeait qu'il eût bien aimé se trouver plus tard une occupation dans la mécanique. Le coffre était vide, il y cacha le mouton du nain, puis sentit comme un paquet de chiffons sous ses doigts. C'était un pantalon roulé en boule et saturé d'humidité. En retournant les poches, il découvrit un papier soigneusement plié.

Il n'avait toujours pas sommeil. Il remonta vers le manoir et franchit la terrasse, aiguillonné par le souvenir de Fine enlaçant Doudou. Longeant la façade il vint se tapir sous sa fenêtre et colla son œil entre les persiennes. Des ombres s'enchevêtraient disloquant formes et couleurs. Sur l'un des pommeaux du lit perdu d'obscurité paraissait flotter une méduse et Ludo reconnut la plus célèbre casquette du Centre Saint-Paul : celle de Gratien. Il ne distingua rien d'autre et s'en fut le cœur serré.

Odilon dormait toujours quand il remit la clé du corridor sous l'oreiller. Il entra chez Gratien, trouva le lit défait mais vide et regagna sa chambre épuisé. Il avait envie d'avoir chaud, de pleurer, de parler. D'aller demander à Maxence si sa mère lui mettait des ventouses quand il s'enrhumait. En quittant son pyjama souillé de sable, il fit voler le morceau de papier trouvé dans l'auto. C'était un manuscrit déchiré verticalement par l'humidité dont seule la partie gauche était lisible.

Comprenez Bruno chéri que je
où sont vos belles prom
et voilà près de trois ans que vous re
moment de dire à Louisa la vérité.
C'est vous l'homme et l'officier
aimez tant que je mette votre uniforme.
sacrifie ma vie pour m'occuper des enf
la faire souffrir vous répugne
des quillards après une séparation
et que vous avez fondé le Centre Saint-Paul
cet amour que nous nous jurons tous les
vous décider enfin à tenir vos engage
par un autre qu'elle apprenne la vé
　　êtes ma vie, mon amour, ma pass
　　votre Hélène qui vous ai

Il se coucha par terre en boule et ferma les yeux. Tout le monde s'aimait, les parents aimaient les enfants, Fine aimait Doudou et Gratien, Mademoiselle Rakoff écrivait des lettres d'amour, lui seul n'était pas aimé, jamais, lui seul restait toujours seul.

Le lendemain matin, la double affaire du squelette

et du mouton volé mit le Centre en émoi. Mademoiselle Rakoff interrogea les enfants un à un. Comme eux Ludo resta muet. Au nain terrifié par cette magie noire, il suggéra que sans doute il avait commis un péché mortel, mensonge ou vol, et que son mouton ne réapparaîtrait qu'une fois son crime avoué.

*

Début mai l'énervement des premières chaleurs s'empara du Centre Saint-Paul. Des canicules tournaient à l'orage, et tantôt l'averse délivrait les nerfs, tantôt les enfants regardaient stagner indéfiniment sur les pins immobiles un ciel sans eau balafré d'éclairs mous.

Pendant les repas les filles se battaient pour des riens, des mutineries dérisoires éclataient qu'il fallait mater sans délai. Mademoiselle Rakoff autorisa le port des tenues estivales et, profitant d'un jour où l'atmosphère était particulièrement accablante, exorcisa la chaleur par un exposé sur le Sahara suivi d'un film. On voyait des cahutes pétrifiées, des oasis taries, des *étrangers* burinés par les tempêtes de soleil qui ravageaient une région surnommée le pays de la soif... Et d'ajouter aussitôt que les enfants étaient bien chanceux qui n'avaient jamais soif. Le plaidoyer s'acheva sur une dégustation d'eau fraîche; il était deux heures de l'après-midi.

Il sembla dans la soirée que Maxence avait disparu. Tout le Centre fut mobilisé pour le retrouver. Sous la direction de Fine, Mademoiselle Rakoff et Doudou, trois équipes vaguement apeurées passèrent le domaine au peigne fin, parc et manoir. En vain.

L'infirmière, imaginant une fugue au pire des cas, se résolut à prévenir la police. C'est alors que par la fenêtre ouverte elle entendit crier Ludo. L'appel venait du tennis, elle arriva juste après Doudou qui déjà s'affairait à l'arrière de l'auto. Sur le plancher, dans la poussière et les effluves suffocants, entre les deux banquettes, une forme humaine gisait.

« Vite, cria-t-elle, sortez-le ! »

Une manière de sarcophage en tissu fut dégagée. C'était Maxence. Evanoui. Enroulé dans trois couvertures. Il avait revêtu tous ses effets d'hiver, les chaussettes, les pantalons, les chandails, les gants, l'écharpe, et cagoulé son visage avec deux passe-montagnes, l'un à l'envers.

Il reprit connaissance au réfectoire après un petit verre de rinquinquin et sourit gentiment aux enfants rassemblés. Mademoiselle Rakoff lui demanda quelle mouche l'avait piqué. Maxence répondit qu'il voulait s'exiler prochainement au Sahara, mais que d'abord il lui fallait se familiariser avec le climat.

*

Ludo, le dimanche, avait fini par ne plus se montrer. Tous ces parents dont pas un n'était le sien le rendaient mélancolique. Il restait seul dans sa chambre et, couché par terre, il scrutait le carnaval sans joie qu'il avait déployé sur les murs. Il inventait des féeries, lisait des livres que Fine lui rapportait au hasard de la bibliothèque du colonel, un lieu damné par Mademoiselle Rakoff. Il y avait *Le Petit Prince,* une *Thèse de chirurgie dentaire sur l'odonstomatologiste face à son malade* et *La Randonnée soudanaise de Suzanne.* Il admirait tous ces mots sibyllins, encore plus mystérieux que les astres la nuit.

Sous ombre de mise en garde amicale, Odilon venait le menacer : « C'est interdit la lecture, à Saint-Paul. Sauf pour Lucien. Les encyclopédies, oui, mais pas la lecture. Imaginez que Mademoiselle Rakoff vous surprenne. Ou si quelqu'un lui signalait... Une fille par exemple !... » Et il secouait violemment la main comme s'il l'essorait.

« Et ton mouton, répondait Ludo, il est en enfer ? »

Les familles reparties, il errait dans le parc à la tombée du soir, humant les magnétismes épars laissés par les visiteurs qu'il jalousait comme une race élue.

Son grand jour vint. Le soleil n'était pas levé qu'il avait déjà terminé sa toilette, et quand Fine ouvrit la porte du corridor à l'aube, il était là, planté sous la veilleuse, un bouquet de primevères à la main. « C'est pour ma mère, dit-il presque agressif. Comme ça vous allez bien voir que c'est ma photo... »

Il espéra jusqu'au soir, debout près du portail, sans manger, luttant contre l'intuition qu'elle ne viendrait pas, ne pouvant s'empêcher de regarder avec amour la Floride bleu pâle et de croire au mirage où il s'était déjà fourvoyé.

A neuf heures on vit apparaître Micho, seul. Tous les parents s'étaient retirés. Ludo le regarda sans plaisir. L'événement n'entrait plus dans le cercle magique d'une attente amoureusement cultivée depuis cinquante et un jours. Il ne demanda même pas si Nicole et Tatav étaient là. Le mécano était soûl :

« ... Te voilà sacré mignon ! grasseyait-il... Ah la la ! Si y en a un qui est un sacré mignon, c'est bien toi... »

238

Il dérivait parmi les tables dressées dehors et, rayonnant d'alcool, s'attendrissait aux larmes devant les enfants qu'un étranger si tapageur intriguait.

« ... Et vous aussi les enfants, vous êtes de sacrés mignons!... Des mignons comme y en n'a pas deux... Avec vos casquettes, là, et vos petits airs, et tous vos petits sourires, moi je vous ai à la bonne... Et même si vous avez un peu le sinsinge, eh ben c'est pas grave! C'est tout de même mieux que d'avoir une sacrée bonne femme qui mérite même pas d'avoir le mignon qu'elle a!... »

Il prenait Ludo par les épaules et le montrait à son auditoire.

« Parce que celui-là, j'aime mieux vous dire que celui qui touche au cheveu de celui-là... il entendra causer du pays!... »

Mademoiselle Rakoff vint accueillir alors son cousin, feignant d'ignorer son ébriété.

« Je ne sais plus si tu connais Fine et Doudou, mes deux assistants... »

Micho serra la main du Noir et déclara qu'à l'armée les tirailleurs sénégalais qu'il avait connus étaient bien les seuls à ne pas tirer au flanc.

« On espère vous voir plus souvent, maintenant, dit la cuisinière aigre-douce. Pas vrai Ludo?... »

Ce dernier semblait avoir perdu la voix quand Maxence arriva par-derrière.

« Ah ta famille est arrivée, fit-il d'une voix minutieuse. Je commençais à m'inquiéter. Ta mère est là?...

— ... Et toi?... » répondit Ludo.

Odilon racontait à Micho que depuis son arrivée à Saint-Paul, son fils avait fait d'immenses progrès.

« Ah ça c'est vrai, convenait le mécano. Je saurais pas dire, mais il a changé. D'ailleurs il a grandi. C'est comme les haricots, ça pousse en longueur... »

Il saisit Ludo par le cou.

« Je sais bien ce que tu vas me demander, tu sais ! je suis pas fou... Tu veux savoir pourquoi Nicole est pas venue et puis Tatav aussi !... Je savais bien que t'allais demander ça, mais c'est pas grave et moi je suis là. » Il ricana : « C'est que ta mère... elle a du monde au four... un autre mignon quoi !... Faut pas trop la chahuter... C'est pourtant pas qu'elle est grosse... Ah ça non ! une vraie guêpe... enfin !... Et puis Tatav il a des examens, je sais plus très bien quoi, ils ont dit de te donner la bise. Mais t'es quand même content de me voir, hein ! ça te fait plaisir de voir Micho ?... »

Ludo acquiesça gauchement, parut hésiter, puis les yeux lointains déclara :

« C'est les vacances en juillet... tout le monde s'en va... faut que je rentre à la maison !... »

Micho lui tapa gentiment sur le ventre et répondit comme s'il était content d'annoncer la bonne nouvelle :

« Ah ben justement ! voilà une bonne question. J'aime mieux te dire que tu vas rentrer, et même dare dare !... »

Puis se tournant vers les autres :

« Et vous aussi les enfants, vous allez venir à la mer. Tous à la mer avec mon mignon, tous à la baignade. Et si Nicole est pas contente, eh ben c'est le même prix !... »

Il dîna sur place avec Mademoiselle Rakoff et Ludo qui ne mangea rien. Il voulait tout savoir sur la crèche et jurait que c'était la meilleure idée qu'on n'avait

jamais eue : « C'est ça qui manque aux Buissonnets.
Une crèche dans la cheminée. Avec plein de moutons
comme des coureurs cyclistes !... Ah dis donc !... si ta
mère savait que j'étais là, quelle dérouillée !... » Il se
mit à ronfler au dessert. Fine lui prépara un lit pliant
dans un coin du réfectoire où il s'endormit en
promettant d'apprendre la pétanque aux enfants dès
le lendemain matin. Il repartit comme un voleur en
pleine nuit.

Dans la semaine, Ludo reçut une lettre de Nicole
également signée par Tatav et Micho.

Les Buissonnets, le 6 juin.
  Cher Ludovic,
    *Tu ne donnes pas de nouvelles bien souvent. Enfin la
cousine nous tient au courant et on est contents si tu vas
mieux. Moi je suis bien fatiguée. Un gros rhume en
avril à cause que le vent n'a pas arrêté de souffler. Et
puis le docteur a dit que j'avais besoin de repos. Alors
faut pas être égoïste et vouloir que je vienne tout le temps.
Faut pas obliger Micho à faire tous ces trajets car il est
plus si jeune. Faut aussi penser aux autres et à tout le mal
qu'on leur a donné. Maintenant c'est la chaleur et on
mange dehors. Bon, je t'envoie un colis et je te donne la
bise.*

Nicole

  *Moi aussi je te donne la bise et puis c'est vrai faut
donner des nouvelles.*

Micho

241

Je vais bientôt passer le permis de conduire. Mon père
me fait conduire la Floride dans la forêt. Je te mets des
globos dans le colis d'ailleurs j'en mange plus.

Tatav

Ludo passa deux jours à lire la lettre, à s'y briser le
cœur et la vue.

Le dimanche suivant, il aida Fine à sortir les tables
et resta sur la terrasse avec tous les enfants. Il faisait
chaud, la résine embaumait. Les familles s'étaient
déplacées en nombre, une ambiance de kermesse
régnait, Mademoiselle Rakoff exultait le long des
allées tièdes au bras des dames.

Ludo se baignait dans ces cortèges familiaux parfu-
més dont il guettait les gestes et les secrets. Tel un
voyageur solitaire qui ne peut s'empêcher d'espérer
dans la foule une retrouvaille, il regardait chaque
mère avec des yeux suppliants : l'eût-on pris par la
main, il suivait la première venue.

« Qui es-tu donc?..., lui demanda une jolie jeune
femme intriguée par son manège.

— Ludovic », répondit-il d'une voix gauche.

Elle rit et lui toucha la joue.

« C'est un charmant prénom... Tu parles bien, et tu
es grand... Alors, tu es content?... »

Elle avait les cheveux blonds et brillants, ceux de
Nicole autrefois.

Baissant la tête il s'avisa qu'une fois encore il
n'avait pas noué ses lacets, puis il se mit à pleurer si
naturellement qu'elle le prit aux épaules et qu'il
s'abandonna dans ses bras. C'était la maman
d'Aliette, une mongolienne qu'ils rejoignirent. A voir

la jeune femme caresser l'enfant, il semblait que ce fût elle la naufragée.

Le soir, Mademoiselle Rakoff siffla le couvre-feu puis entra chez Ludo qui venait d'éconduire avec rudesse Odilon. Assis par terre il creusait au feutre rouge les lignes de sa main droite.

« Tu devrais être couché... Et moi qui venais pour une fois te faire des compliments. »

Elle referma la porte et balaya les murs d'un regard attendri.

« Dis donc !... Tu vas déborder sur le plafond si ça continue !... C'était une journée très réussie, tout le monde était ravi. Un jour ce pauvre tennis va s'écrouler... Le colonel n'eût d'ailleurs jamais permis qu'on en fasse un garage... »

Elle parlait sans hâte, laissant de longs intervalles entre les phrases ; une langueur ternissait la voix.

« Je suis épuisée..., soupira-t-elle en se posant au bord du lit. Où en étais-je ?... Ah oui je voulais te féliciter pour ton attitude aujourd'hui. Tu étais plutôt sauvage, avant. Commencerais-tu à te plaire avec nous ? »

Le ton se fit doctoral :

« Le Centre est une seule famille, mon Ludo, une grande et belle famille... Si je dis : Ludovic est notre enfant, c'est que Ludovic est l'enfant du Centre Saint-Paul où il a ses frères et sœurs, et où tous les parents qui viennent sont ses parents. »

Ludo leva la tête, aperçut les genoux de Mademoiselle Rakoff qui détourna les jambes avec un sourire.

« C'est pas vrai..., fit-il hargneusement. Je suis l'enfant à ma mère et c'est tout. »

Elle eut un rire cassant.

« Parlons-en de ta mère !... Elle aurait déjà pu t'apprendre à parler poliment !... Et puis si tu veux vraiment le savoir j'écris chez toi toutes les semaines. Et si tes parents ne viennent pas, je n'y suis pour rien. Il paraît qu'elle est enceinte... Quelle comédie !... Madame Prade est enceinte et elle ne manque pas un dimanche... Madame Bernier est enceinte et elle arrive toujours dans les premiers...

— C'est pas vrai, cria-t-il en faisant front.

— ... Madame Masséna malgré son asthme vient au moins deux fois par mois... Monsieur Mafiolo habite à cinq cents kilomètres et il vient chaque semaine voir Gratien... Tout le monde a des obligations à surmonter... mais ta mère, excuse-moi, on ne la voit jamais ! Alors fiche-nous la paix avec elle et...

— Et toi ! » coupa Ludo violemment.

Il avait jeté son feutre à travers la pièce et s'était mis debout.

« Non mais qu'est-ce qui te prend ! » lança l'infirmière, hors d'elle.

Ludo la regardait crûment, des pieds à la tête, s'attardant sur la chevelure et les ongles trop soignés.

« Toi c'est pareil que moi, dit-il en venant tout près d'elle, toi non plus y a personne à venir. Toi non plus t'as pas d'enfant, t'as pas de mari, t'as pas d'amoureux... Ta mère c'est les trois saloperies !... »

Et soudain comme s'il était honteux lui-même de sa découverte, il marmonna d'un air dégoûté :

« Et puis t'as les cheveux tout gris. T'es une vieille. »

XII

... Vieille peau !... Le gosse avait rouvert la plaie.
Les souvenirs s'échappaient comme du sang.

Mademoiselle Rakoff se retournait dans son lit. La
cage de fer grinçait. La nuit grinçait. Elle avait beau
fermer les yeux, le dépit ne désarmait pas. Une algue
rouge au fond des nerfs. Son corps la gênait. Son vieux
corps... Elle était loin l'époque où le colonel entrait
dans sa chambre et la prenait tous feux éteints sans
qu'un mot fût prononcé. Rapidité, sauvette : à l'autre
bout du manoir l'épouse en titre attendait son mari.

Quelle heure était-il ?... Au moins trois heures. Elle
ne s'était pas démaquillée, son nez la grattait. Elle
avait trop chaud. Le lit ferraillait. Bruno disait qu'il
avait l'impression de faire l'amour dans une armure.
Elle avait omis ce soir de redisposer la crèche, mais
Ludovic ne perdait rien pour attendre. Elle regrettait
de l'avoir giflé. Il allait s'imaginer qu'elle était vexée.

Les cheveux tout gris !... Une vieille !... Il avait
oublié les rides, les plis sur la bouche, les joues
ramollies, la poche sous le menton, la peau sans éclat,
les seins effondrés et la taille empâtée qu'elle moulait

dans un boléro qui l'étouffait : l'imbécile n'avait rien vu !

Elle se leva. Sur le pyjama du colonel qu'elle avait fait sien, comme elle avait fait siens les caleçons en finette et les charentaises, elle enfila son déshabillé, prit sa lampe de poche et descendit l'escalier plongé dans l'obscurité.

Le réfectoire était silencieux. Elle éclaira par hasard les murs autour de la crèche où les dessins violemment colorés des étrangers alignaient leur galerie grimaçante. L'œuvre de Ludovic dominait : elle arracha la feuille et la réduisit en boulette avec un rire amer. Elle allait commencer par interdire ses élucubrations picturales, à celui-là ! Et quant aux visites, il n'était pas près d'en avoir...

Sur la terrasse il faisait encore plus chaud, plus lourd, avec cette humidité si chère aux moustiques. Ce n'était pas un soir à descendre à la rivière... Elle se rappelait le jour où Bruno l'avait emmenée sur la barque ; ils avaient manqué chavirer. L'esquif devait pourrir quelque part sous les aulnes.

Elle rentra, fit encore une fois le tour de la salle, et passant devant le dortoir des garçons tourna machinalement la poignée. La porte n'était pas fermée. Ça devait arriver un jour, Odilon avait oublié ! Tout de même, cet imbécile de Noir était censé vérifier. Ils allaient l'entendre, demain !... Heureusement qu'elle avait son trousseau. Elle enfonça la clé dans la serrure, et puis se ravisant poussa la porte et se glissa dans le corridor obscur.

Elle dut frapper longuement chez Doudou pour obtenir une réponse.

« Excusez-moi... je sais qu'il est tard, dit-elle en

restant sur le seuil. Mais enfin savez-vous que la porte
du couloir n'est pas fermée ?

— Non, Mamoiselle Rakoff.

— Eh bien je ne vous félicite pas !... Je vous
rappelle que nous avons ici des fugueurs et des
somnambules.

— Oui, Mamoiselle Rakoff. »

Une étuve ici... La chaleur et l'odeur prenaient à la
gorge, on n'y voyait rien. Elle entendait juste une
respiration soufflante et le tic-tac d'un gros réveil.

« Nous verrons ça demain, je vous laisse... Et puis
aérez, ça ne sent pas très bon chez vous ! »

Elle ne bougeait pas.

« ... Eh oui Doudou, une rage de dents qui m'empêche de dormir... Est-ce que vous auriez du Glifanan ?

— Je n'ai pas Glifanan, bougonna-t-il après un
silence. Non, pas Glifanan. Moi j'ai aspirine. »

On aurait cru l'entendre invoquer des divinités.

« Vous savez, l'aspirine, pour les douleurs aiguës...

— Moi j'ai aspirine et c'est tout. »

Ils ne se voyaient pas, mais leurs deux voix se
mélangeaient dans l'obscurité.

« Et une gauloise, Doudou... est-ce que vous en
auriez une ?

— Bien sûr que non, Mamoiselle Rakoff, bredouilla-t-il, c'est interdit. »

Il semblait terrifié.

« Mais alors qu'est-ce qui sent si fort, chez vous ?

— Moi j'ai pas de cigarettes, Mamoiselle Rakoff.
C'est interdit par le colonel.

— Allons, ne faites pas l'idiot, Doudou, le colonel
savait très bien que vous fumiez en douce... Et

247

n'oubliez pas que j'ai vingt ans d'hôpital derrière moi... Alors allumez la lumière et donnez-moi une cigarette. »

Il y eut un long soupir, puis une lampe tamisée par un journal et posée directement sur le sol répandit un éclairage intime au chevet du lit. Elle aperçut d'abord un vase de nuit pansu. Les yeux du Noir clignaient, éblouis et sidérés. Il dormait nu. Elle voyait son torse laineux. Les jambes émergeaient de part et d'autre d'une peau de mouton qu'il ramenait sur lui telle une femme surprise à sa toilette. Un sourire niais tirait ses lèvres.

« Remarquez bien..., fit-elle gênée, je suis la première à utiliser l'aspirine. »

Elle s'énervait. Son cœur battait trop fort, les mots n'avançaient plus. Quel âge avait-il déjà ? Comme elle, environ cinquante ans... Il l'avait toujours dégoûtée, l'odeur, le teint. Mais elle avait froid d'un seul coup. Elle mourait d'envie de se glisser près de lui sous la peau de mouton, bien au chaud, et de lui demander serrée contre son corps si c'était vrai qu'elle était déjà vieille et finie.

« ... Evidemment, si vous n'avez pas de cigarettes...
— J'ai des cigarillos, s'empressa-t-il, des cigarillos Murati. »

Il était visiblement gagné par le trouble qu'elle diffusait en parlant. Il désigna la commode et faillit se lever. Déjà Mademoiselle Rakoff avait attrapé le paquet de biscuits dissimulant les cigares.

« Je vous en propose un ?...
— C'est pas vrai, je fume pas en douce... une fois par-ci par-là. »

Il tendait sa main paume ouverte à la façon d'un

mendiant. Elle contemplait cette grosse patte rose et brune avec le désir d'y coller sa bouche.

« Et les allumettes ? »

Il prit par terre une boîte bleue modèle cuisine.

« Eh bien bravo ! fit-elle en s'en emparant, ce sont les allumettes du Centre. Si vous en avez besoin, demandez-les ! »

Elle se laissa tomber sur un tabouret près du lavabo, porta le cigare à ses lèvres, expira une longue bouffée grise et l'inhala suavement. Elle allait mieux. Elle regardait Doudou. Il s'était fiché le cigare à la bouche sans l'allumer, n'osant pas réclamer du feu.

« Oh excusez-moi, Doudou ! » fit-elle avec un petit rire complice, et elle se leva.

Le lit n'était qu'un matelas jeté par terre, elle voulut se pencher mais dut finalement s'asseoir pour approcher l'allumette. La main du Noir effleura la sienne en guidant la flamme.

« Quand on a mal aux dents, bredouilla-t-elle d'une voix altérée, rien ne vaut le tabac... Le colonel, en dépit du règlement, était grand fumeur... Mais la pipe est moins nocive... Est-ce que vous aimiez le colonel de Moissac ?... Je veux dire, est-ce que vous l'aimiez bien ?... »

Quelle délivrance dans le verbe « aimer ».

« Oui, Mamoiselle Rakoff.

— Vous savez Doudou, maintenant que je suis vieille et que je repense à tout ça... je vois les choses autrement. Avec le recul de l'âge on devient, disons, lucide. »

Il s'était redressé sur l'oreiller, plus sûr de lui. Ses yeux cherchaient à présent ceux de Mademoiselle Rakoff qui prenait des airs prudes.

« Est-ce que je suis vieille, d'ailleurs ?... »

La question semblait ne s'adresser à personne, il n'y répondit pas.

« Non mais franchement, Doudou, est-ce que je suis vieille ?

— Non, Mamoiselle Rakoff. »

Il n'avait pas l'air autrement convaincu, l'animal !

« Ainsi vous l'aimiez bien...

— Oui, Mamoiselle Rakoff. »

L'effroyable accent... La voix du colonel était si distinguée. De quoi avait-il l'air ce gros nègre affalé dans sa peau de bique, à fumer des cigares infects : on aurait dit qu'il fumait l'un de ses doigts !

Elle retourna sur le tabouret.

« Moi aussi je l'aimais... Enfin je l'aimais bien. Voyez-vous, c'était un homme, un vrai. L'amour du devoir, le sens des valeurs, et puis si loyal et si pieux... D'un égoïsme adorable, comme tous les hommes !... C'est sa femme qui l'a perdu. »

Elle ne parlait plus à Doudou, elle interpellait sa mémoire à travers lui.

« Je reverrai toujours sa tête, quand je suis arrivée. Elle prenait des airs... Elle ne le lâchait pas d'une semelle... Elle était jalouse, comprenez-vous... Elle se figurait qu'entre le colonel et moi... Il est exact que nous étions amis, que nous nous estimions... Certes le colonel était séduisant, j'étais jeune... »

Pourquoi la regardait-il ainsi ?... Il avait l'air abasourdi. C'est vrai qu'ils devaient être jolis tous les deux, avec leurs cigares ! Lui, tout nu dans son lit, la prunelle effarée, elle en déshabillé sur un tabouret bancal, les pantoufles du colonel aux pieds.

« Et vous Doudou, vous faisiez quoi dans votre jeune temps ?

— Le colonel il savait tout ça. Je travaillais à l'usine de sucre, et puis l'autre il m'est tombé dessus avec le couteau, et puis moi...

— C'est vrai, c'est vrai, cette malheureuse histoire, n'en parlons plus... Et vous ne vous sentez jamais un peu seul, vous n'avez jamais pensé vous marier ?

— Ah non !... Ça non... Pour se marier faut l'amour ! »

Que savait-il de l'amour, cet empoté ?... Comment s'arrangeait-il depuis tant d'années ?... Le désir avait dû se figer sous la peau noire, il se perdait à la longue, elle avait cru qu'il se perdrait un jour, qu'elle s'endormirait sans vouloir toucher un autre corps, n'importe qui.

« Eh bien je vous laisse », soupira-t-elle en se levant à contrecœur.

Longeant les murs son regard découvrit alors des chromos peints sur des torchons.

« Moi qui les a faits, dit fièrement Doudou. Moi peindre la nuit.

— Et les torchons, vous les sortez d'où ?

— De la cuisine, Mamoiselle Rakoff. Mais c'est des vieux torchons tout usés, c'est...

— Un torchon, mon cher Doudou, plus il est vieux mieux il torchonne. Alors je vous prierai de renoncer à vos œuvres d'art...

— Mais moi peindre des étrangers, Mamoiselle Rakoff, comme les enfants ! »

Elle eut un air excédé.

« Ce sont des Noirs, vos étrangers, ils ne m'intéressent pas. Occupez-vous plutôt de bien fermer les portes à clé. Et merci quand même pour le cigare. »

Après son départ, Doudou se gratta furieusement la poitrine et le mollet droit qui le démangeaient depuis un bon moment, doutant s'il n'avait pas reçu la visite d'un fantôme.

*

La semaine passa. Mademoiselle Rakoff fut glaciale avec Doudou, glaciale avec les filles, et d'une affabilité cinglante envers Ludo.

Celui-ci écrivit séparément à sa mère, à Tatav et à Micho. Elle refusa d'envoyer les lettres à moins qu'il ne payât les timbres. Il préleva trois pièces de cinq francs sur la chaussette, et vint les lui porter à son bureau. Elle le traita de voleur, confisqua l'argent, et quant aux lettres, il ne s'imaginait tout de même pas qu'elles allaient partir dans ces conditions.

« Et ma photo ? réclama-t-il soudain.

— Quelle photo ?

— Celle à ma mère. Odilon m'a dit qu'elle était à moi. Et qu'il vous l'avait dit aussi qu'elle était à moi. »

Elle eut une vilaine expression d'affût.

« Tu ne crois tout de même pas que je vais te la rendre ?... Parle-moi plutôt du mouton volé. C'est peut-être tout seul qu'il est revenu dans la cheminée !... Alors si tu veux ta photo, tu vas tout m'avouer, et d'abord d'où vient cet argent !

— C'est ma mère qui me l'a donné.

— Menteur ! Ta mère ne t'aurait pas donné un

252

sou. D'ailleurs c'est très facile à vérifier maintenant qu'il y a le téléphone chez toi. »

Elle tendit la main vers l'appareil, feuilleta un gros carnet, forma un numéro sur le cadran. Elle fit un sourire à Ludo quand une voix lui répondit.

« Allô ?... Madame Bossard, s'il vous plaît... Ah c'est vous Nicole... Ici votre cousine Hélène Rakoff, du Centre Saint-Paul... Oui... Non, rien de grave rassurez-vous... Non je voulais juste éclaircir une petite affaire au sujet de Ludovic... Mais non pas du tout... Est-il vrai que vous l'ayez muni d'une somme d'argent ?... Non !... Je pensais bien aussi... L'argent est interdit au Centre et... Comment ? Vos pièces de cinq francs ont disparu avant son départ ?... Non il s'agit d'un petit billet, mais tout de même !... Peut-être est-ce Micho qui lui a donné après tout... Eh bien voilà, je vous remercie beaucoup... Peut-être désirez-vous lui dire un mot, il est juste en face de moi ?... Mais oui je comprends... Mais bien sûr je comprends... Eh bien au revoir... Et j'espère à bientôt. »

Elle raccrocha, regarda Ludo, et, comme aux dés, jeta les pièces à la volée sur son bureau.

« C'est du propre !... Quel âge a ta mère ?

— Je sais pas, répondit-il décomposé.

— Elle a une voix jeune en tout cas... Tu pouvais l'entendre ?

— Elle vient me chercher quand ? » souffla-t-il.

Mademoiselle Rakoff joignit les mains et fit un sourire enjôleur.

« Sûrement très bientôt, c'est les vacances la semaine prochaine. Si bien sûr je te laisse partir...

Mais tu peux déjà t'estimer heureux que je n'aie rien dit pour... les pièces... Elle est brune, blonde ?

— Elle a coupé ses cheveux, maintenant. Sur la photo y sont pas coupés.

— Ce n'est pas une vieille, si je comprends bien !... Enfin ce n'est pas tout ça, je garde l'argent volé. Et bien sûr j'exige le complément de ton... butin. Je m'arrangerai pour qu'il soit déduit sur ta pension. »

Dans la soirée Ludo remit le quart des pièces à Mademoiselle Rakoff. Il restait cent francs dans la chaussette.

Le dimanche suivant vit rentrer chez eux la plupart des enfants. Ils ne paraissaient pas autrement ravis de s'éloigner du Centre Saint-Paul et faisaient à Ludo des adieux moroses. Antoine se cacha dans un arbre avec son mouton dans les bras pour empêcher ses parents de l'emmener. Un chauffeur en livrée vint chercher Myriam au volant d'une somptueuse voiture américaine. Il fallut presque obliger la jeune fille à monter.

Il ne restait plus mi-juillet qu'une dizaine de pensionnaires effarouchés par leur petit nombre, offensés dans leur pudeur grégaire, et sur qui les journées flottaient comme un vêtement trop grand.

Ludo s'attendait tous les jours à voir arriver les siens, et tous les jours Mademoiselle Rakoff lui disait qu'il devait se tenir prêt à partir.

Les activités s'exerçaient au ralenti, le sifflet retentissait moins souvent, les pingouins étaient relégués, l'infirmière allait bras nus. Elle occupait les enfants par du menu jardinage et des cueillettes de fleurs le long des fossés. Le réfectoire déserté sonnait creux ; il y avait de l'orangeade à table et des gourmandises au dessert ; dans la crèche les moutons encalminés étaient tous égaux ; les séances musicales n'avaient plus lieu sauf quand il pleuvait. Ludo guettait les intempéries.

Il rencontrait souvent le regard de Lise tourné vers lui. Ses murs étaient toujours le champ clos d'une messagerie sibylline entre elle et lui : un cheveu noir ceignant un caillou blanc, deux herbes entrelacées formant deux anneaux.

Il reçut une lettre de Micho.

> *Mon cher Ludovic,*
> *Tu sais que je suis bien embêté de ce que j'apprends. La cousine a écrit comme quoi c'était toi pour les pièces de cinq francs dans la cagnotte. Ta mère se doutait du coup, moi j'étais pas sûr mais vraiment c'est moche. Paraît aussi que tu donnes du fil à retordre et que t'es pas poli. Elle dit si ça continue qu'elle pourra pas te garder et qu'il faudra te changer d'établissement. Mais je me doute bien que pour toi c'est pas toujours commode. Pour moi non plus c'est pas commode. Voilà que ta mère qui était enceinte elle a perdu son gosse et qu'elle dit qu'elle a eu trop de soucis avec toi. Le docteur y a dit qu'il fallait surtout rester tranquille. Alors t'étonne pas si je viens pas tout de suite, de toute façon je viendrai mais faudra que t'attendes le mois d'août pour ce qui est de rentrer aux Buissonnets. On te donne la bise.*
>
> *Micho*
> *Et puis je mets cinquante francs pour toi. Comme ça tu feras plus de bêtises.*

*

255

Ce fut sans l'avoir décidé qu'un matin Ludo ne se rasa pas. Mademoiselle Rakoff se figura d'abord une négligence et lui dit qu'il avait l'air d'un vieux bouc. Au bout d'une semaine il refusait toujours le rasoir, et plus sa barbe gagnait du terrain, plus il se renfermait ; le sourcil qu'il avait longtemps brimé se remit à pousser dru. Les enfants se touchaient les joues sur son passage.

Ce recours à la pilosité modifiait sa façon d'agir. Il parut sournois. Il savait rester immobile et caché, on le croyait absent quand il était là, on finissait par l'oublier. Il prenait toujours ses petits déjeuners avec Fine, mais ne la questionnait plus. Son regard amenuisé par l'insomnie la suivait partout, regard de juge ou d'amant soupçonneux muré dans l'amertume. Il devenait agressif même avec Maxence. L'autre s'approchait-il pour soutirer de faux souvenirs sur la tendresse maternelle, il répondait méchamment : « J'en sais rien, moi. Moi je sais pas qui c'est ma mère. Moi c'est mon père qui m'a élevé... »

Des cauchemars l'agitaient, il rêvait des folies. On l'accusait d'avoir mis des entrailles de poisson dans les tiroirs de sa mère, des monceaux d'entrailles blanchâtres dont les draps étaient également pleins. Ou bien Nicole penchée sur son sommeil avec amour lui souriait comme elle n'avait jamais souri. Ses cheveux et ses dents se mettaient alors à tomber, de petits trous sanglants apparaissaient dans la bouche ouverte, et le sourire à la fin n'était plus qu'une faille noire dans une tête de mort.

Le jour il occupait ses pas désœuvrés par des fouilles. Il avait inspecté tous les recoins du parc, sondé chaque fourré. Il avait trouvé des fourchettes, des bols cassés, un os en caoutchouc rongé, la barque à fond plat du colonel de Moissac, invisible sous les aulnes et coulée.

Il écrivait à sa mère mais n'envoyait plus les lettres. Il avait détourné son cahier de catéchisme à cet usage : journal de bord sans date où s'adressant des réponses imaginaires, il prenait livraison des sentiments qu'on lui refusait.

Il avait placé tout son cœur dans un mois d'août qui s'effilochait de jour en jour sans qu'un signe n'arrivât plus des Buissonnets. La réalité semblait courir à son rythme, il entendait en lui battre des mots qu'il s'interdisait d'écouter : on l'abandonnait. Dans ses mains caleuses il contemplait cette évidence : on l'abandonnait. Dans ses yeux il voyait sa mère absente, il fuyait les miroirs, il fuyait sa mémoire, et vaincu fuyait ce dont il était sûr depuis sa naissance : on l'abandonnait.

Il y eut un incendie de forêt. Les autos rouges des pompiers, sirènes hurlantes, envahirent la terrasse un après-midi. Le Centre allait griller, on évacuait. Au sud on voyait moutonner sur les pins des panaches noirâtres, un vent léger rabattait vers le manoir une odeur de brûlé. Dans le car, Lise prit place à côté de Ludo. Odilon, son baromètre à la main, suppliait le chauffeur de démarrer. Puis soudain la brise tourna, le danger reflua, et le feu désorienté courut s'empaler sur les lances à incendie.

Deux heures après, Mademoiselle Rakoff sifflait la fin de l'alerte et les enfants descendaient du car. Une prière sur la terrasse où le plein air avait un goût de roussi fit monter au ciel une action de grâces. Et le soir, un film sur les grands fleuves précéda l'instant des sédatifs.

Le lendemain, samedi, traversant peu après déjeuner le vestibule désert, Ludo trouva la porte des filles grande ouverte et s'aventura dans leur monde interdit. L'odeur était sucrée, le quartier semblait vide. Dans une chambre similaire à la sienne il vit sur les murs des photos en couleur figurant de beaux visages masculins sous des chapeaux de cow-boy. Il ouvrit le tiroir du bureau, feuilleta un cahier défendu par une faveur rose. Les pages manuscrites répétaient à l'infini le même nom tracé d'une écriture indocile : « Lise ». Il y avait des kilomètres de « Lise » galopant serrés le long des lignes, et ce jusqu'à la fin du cahier dont la couverture intérieure était soumise à la même incantation.

Il s'allongea sur le lit. Sa mère apparut. Il n'avait qu'à fermer les yeux pour la rencontrer. Un visage ancien dans la douceur de la mémoire où survivaient des appels et des voix qu'il n'entendait plus.

Un rire l'éveilla soudain, mais il était seul. Le couloir était vide et le calme aussi pur qu'à son arrivée. Songeur il revint dans l'entrée. Le choc lointain des boules sur le mâchefer cloquait mollement l'air assoupi. Son attention fut alors attirée par un trou noir sous l'escalier, une trappe béante où l'on voyait des marches plongeant vers l'obscurité. Mademoiselle Rakoff était partie en voiture, Fine et Doudou jouaient sur la terrasse avec les enfants : Ludo saisit la corde faisant main courante et descendit.

Il était à la cave; il ne soupçonnait pas que le manoir comportât de la sorte un pareil souterrain. La fraîcheur tombait sur le cou, l'air sentait l'humidité rance, une goutte d'eau chutait comme un tic-tac. Il s'enfonça dans un tunnel obscur, se guidant à la main le long des parois grenues. Le silence était agacé d'accrocs infimes qu'il ne parvenait pas à définir. Il allait rebrousser chemin quand ses doigts se refermèrent sur l'œuf métallique d'une poignée qu'il tourna : une porte s'ouvrit en grinçant.

D'abord il ne vit qu'un soupirail en croissant de lune et fit quelques pas dans un réduit ténébreux où l'on foulait une litière de paperasse et classeurs jetés en vrac. En se reculant pour sortir, il crut distinguer une silhouette et sursauta. Une ombre devant lui bougeait vers le soupirail, un visage naissait dans l'obscurité, et Ludo stupéfait murmura : « Lise... » Le poing sur la bouche elle émit le rire enfantin qui scelle une connivence interdite et s'avança. Dans ce demi-jour sale et cendreux il prenait possession d'une vérité floue qui l'affola d'abord : il était seul avec Lise, ils étaient seuls à la cave. Il entendait la mer, c'était l'émotion qui battait librement dans leurs souffles. Déjà les regards s'échangeaient, les mains s'étaient prises, et Ludo ne sut même pas qu'ils se laissaient tomber enlacés parmi des centaines de photos où des gens morts riaient aux éclats.

Début septembre les vacanciers furent de retour à Saint-Paul, une petite fête eut lieu. Mademoiselle Rakoff prononça le discours de rentrée, celui que le colonel de Moissac avait rédigé pour l'inauguration du Centre, et par lequel était remise entre les mains de Dieu l'année qui s'ouvrait.

Ludo se vit obligé de repeindre ses murs dont l'infirmière assurait qu'ils auraient épouvanté même un fou furieux. Il mit trois jours à s'exécuter. Il laissait les pots grands ouverts la nuit, s'endormait grisé par les vapeurs délétères et n'avait jamais connu sommeil plus profond. Dans la soirée les dessins bannis revivaient à la lumière électrique et les coulures allongeaient de grosses larmes entre les doigts.

Odilon l'espionnait toujours. Cette rancune mielleuse et toujours nappée des meilleures intentions, toujours prévenante et fouinante, enfermait une menace à quoi les événements donnaient soudain corps. Mademoiselle Rakoff sommait régulièrement Ludo d'avouer les insanités qu'il répandait sur son compte. D'où venaient ces accusations ?... Elle rétorquait évasivement qu'il entrait dans son rôle de tout savoir : « Je parie que tu m'appelles " la vieille "... »

C'était l'anxiété qui dominait chez lui quand il pensait à Lise. Il la rejoignait à la cave le samedi après-midi, avec la complicité des autres filles. Elles chez qui les sens étaient frappés d'interdit conspiraient en faveur de l'amour et sitôt Mademoiselle Rakoff partie se groupaient à l'entrée du manoir, surveillant les abords et dissuadant le nain d'approcher.

Par terre ils avaient déployé pour s'y coucher de vieux lainages voués à la charpie. Les caresses qu'ils se prodiguaient n'aboutissaient pas au plaisir. Ils parlaient peu, s'étreignaient tout habillés, somnolaient embrassés. Ludo ne distinguait pas la bouche de Lise mais il la touchait. Les lèvres mutilées semblaient guéries par l'ombre.

Un jour elle voulut le voir nu. Elle alluma le morceau de bougie qu'ils avaient apporté, le dévêtit solennellement, promena la flamme le long du corps de Ludo, sans dire un mot.

La nuit, dans sa chambre, il contemplait sa verge douloureuse, imaginait Lise et la désirait. Il venait alors frapper à son carreau sans lumière et couvrait de baisers la vitre qui les séparait. Il espionnait toujours les amours de Fine et Doudou, cherchant quel sortilège pouvait bien transformer en sommeil les plaisirs partagés.

Croisait-il son amie dans la journée, c'était une gamine avachie dérobant sa féminité sous des airs bougons.

En octobre Micho écrivit.

Mon cher Ludovic,

Y en a qui disent que la vie est une tartine de tu vois ce que je veux dire et qu'on en mange un peu tous les jours. Comme quoi les emmerdements, c'est pas ça qui manque ici ! Ah c'est pas moi qui vais dire du mal de personne. Et puis c'est vrai qu'y faut se mettre à la place à ta mère et que c'est pas drôle d'attendre un bébé qui vous claque entre les doigts. Même pour moi ça a été un sacré coup. Mais faut pas se plaindre, on peut pas tout avoir dans la vie. Tout ce que je peux dire, c'est qu'avec ta mère et moi ça va pas fort. C'est depuis l'accident que ça tourne plus rond. C'est vrai que je t'ai pas dit, mais elle est allée dans le fossé avec cette sacrée bagnole, et ça fallait vraiment que ça nous tombe dessus ! Ta mère elle avait rien, mais l'autre avec sa mobylette il a l'œil crevé. Et comme elle avait bu un coup de trop, tu vois d'ici le topo. C'est bien la première fois que je vais voir les murs d'un tribunal, et puis va savoir ce qui va se passer. Elle dit que c'est de ma faute, et ça j'y comprends rien, moi je l'attendais pour manger quand c'est arrivé. Tatav a dit qu'il t'écrivait plus parce que tu répondais pas. Et ta mère c'est le même topo, t'y réponds jamais. Enfin dès que j'ai un moment je vais faire un saut et puis je t'envoie un colis. On te donne la bise.

Micho

Ludo compta qu'il était au Centre Saint-Paul depuis dix mois. Près d'un an. Sa mère n'était jamais venue le voir, il n'était jamais sorti, Tatav ne l'aimait pas, Micho agitait les promesses d'un retour aux Buissonnets dont on le payait avec du vent. Alors il fut envahi physiquement par la nostalgie : il revécut les odeurs du soir au grenier, les nuits d'affût contre la porte maternelle, les après-midi à la mer, les petits déjeuners, les avanies, bons et mauvais souvenirs arrivant égaux et dorés jusqu'à lui, et le ressentiment qu'il éprouvait rejaillit sur les enfants.

Il regardait l'avenir à travers le portail, mais ne voyait pas comment rompre avec son destin. Peut-être fallait-il d'autres murs pour amadouer une chance conforme à ses vœux ?... Peut-être Nicole et Micho lui feraient-ils fête s'il arrivait un beau jour aux Buissonnets ?... Comment pourrait-on l'empêcher d'entrer dans sa maison, dans son niglou, d'écouter l'harmonium et de retrouver sa vie qui commençait là, dans cette forêt libre menant chez les étrangers ?... Mais il reculait toujours à l'instant d'agir : il redoutait la vérité qui l'attendait dehors.

Il resta deux semaines sans aller à la cave et puis y retourna par curiosité. Lise était là, silencieuse et grave, les traits laqués d'ombre. Ils n'étaient pas ensemble depuis une minute quand Ludo se leva d'un bond.

« Pourquoi ? murmura-t-elle.

— Y a un bruit », répondit-il.

Il n'osait pas allumer la bougie de peur qu'on n'aperçût la lumière au-dehors.

« Y a un bruit », dit-il encore.

On n'entendait rien. L'obscurité bâillonnait les yeux. Il n'apercevait même plus Lise d'où il était.

Un pressentiment l'étreignit. Le bruit était là quelque part, silencieux, caché dans l'obscurité, toujours menaçant. Il prit les allumettes et la bougie, franchit la porte, et s'avança le long du boyau. Ses dents claquaient. Il enflamma péniblement la bougie.

Une lumière jaune fit vaciller le sol et la voûte, balançant des ombres flasques. Il fouillait soudain paniqué ce magma glacial de ténèbres qui l'écrasaient. Il perçut alors un souffle tout proche, baissa la tête, et, plaqué tel un crapaud sur la paroi, reconnut Odilon dans sa défroque rouge, les yeux béants d'extase, employant toutes ses forces à l'épier. Puis un méchant éclat de rire ébranla son petit corps électrique et il se jeta vers la sortie.

Une sueur glacée dégoulinait sur Ludo. Le morceau de bougie s'éteignit dans sa main sans qu'il éprouvât la brûlure. Il ne réagit pas quand Lise arriva derrière lui.

« C'était quoi ? demanda-t-elle en touchant son bras.

— Je savais bien, répondit-il sombrement. Y avait un bruit. »

Ludo vécut désormais sur le qui-vive. Il craignait la dénonciation du nain, s'affolait dès qu'il apercevait Mademoiselle Rakoff, évitait Lise, et malgré ses airs suppliants se gardait bien de retourner à la cave, angoissé chaque samedi qu'elle pût l'attendre en vain.

Noël était dans un mois, mais tout le Centre s'y préparait déjà. Fine enseignait les cantiques, Mademoiselle Rakoff sensibilisait les attentions par des lectures édifiantes sur la Nativité. Le matin, les pins argentés par le givre enthousiasmaient les enfants. Mademoiselle Rakoff distribua les cache-col et projeta le soir des films sur les glaciers et les neiges éternelles.

Noël était le grand jour du Centre Saint-Paul. Noël fêtait Jésus, Dieu des innocents. A cette occasion, Doudou dressait au réfectoire un arbre à cadeaux, les enfants décoraient la crèche et les murs par des guirlandes et des lampions faits main pendant les ateliers ; les parents venaient passer la journée, l'abbé Ménard disait vers sept heures la messe de minuit, un réveillon suivait juste après.

Un samedi, Mademoiselle Rakoff fit part à ses protégés d'un secret : « Je ne devrais pas vous le dire, puisque c'est un secret... mais je vous le dis quand même. Il va y avoir un concert de piano... Le soir du réveillon. »

Odilon qui se piquait d'être connaisseur, demanda qui serait l'interprète, et si par hasard ce ne serait pas Cortot.

« Il s'agit de Madame Alice Tournache, la maman de Myvonne. C'est une grande artiste. Elle donne des récitals dans toute la région, et elle a eu le premier prix du conservatoire d'Angoulême... où d'ailleurs je suis née. Je veux que vous vous fassiez tous très beaux en son honneur. Avez-vous des questions à poser ? »

Maxence demanda s'il y aurait un piano.

« Naturellement il y en aura un. La mère d'Antoine est d'accord pour nous prêter le sien. »

Antoine se leva pour saluer fièrement à la ronde.

« Vous avez entendu, dit Odilon à Ludo. Un concert !... Autrefois j'allais à tous les concerts.

— C'est quoi un concert ?

— Mais voyons, c'est un artiste qui joue sur un instrument... C'est merveilleux un concert !

— Mon père aussi, c'est un concert. Il joue sur l'harmonium. »

Odilon le raccompagna jusqu'à sa chambre et reprit d'une voix fausse :

« Au fait... vous venez à la promenade, cet après-midi ?

— Pourquoi j'irais pas ?

— Mais vous ne venez jamais d'habitude. »

Ludo se renfrogna.

« C'est pas vrai. La dernière fois je suis venu. Et aussi la fois d'avant. »

Odilon sourit finement et se mit hors de portée.

« Moi ça m'est bien égal... Vous faites ce que vous voulez... D'ailleurs je n'ai rien dit à Mademoiselle Rakoff. »

L'après-midi Ludo résolut à nouveau de ne pas rejoindre Lise. Il dessinait dans la salle de jeu lorsque Odilon survint : « Tiens ! Vous êtes là... Nous partons au bois avec Doudou... Vous venez ?... » Ludo commença par bafouiller qu'il arrivait tout de suite, puis se ravisant brusquement déclara devoir confectionner des santons pour Noël. « C'est à la chapelle, avec Fine... J'y ai promis... » Odilon fit une révérence de mousquetaire, un large sourire, et sortit.

Ludo ne bougeait pas. Par la fenêtre il vit s'éloigner les promeneurs, Doudou en tête, et reconnaissant le veston rouge du nain parmi les rangs, sentit la perplexité l'envahir. Il attendit quelques minutes encore, songeur, et s'aventura le long du couloir. Personne. Le réfectoire était désert, la porte du vestibule verrouillée. Il semblait que le manoir fût tout à fait vide et qu'on l'eût enfermé par mégarde. Il appela Fine et n'obtint pas de réponse : au reste il savait bien qu'elle était à la chapelle à cette heure-ci pour les santons. Sous l'escalier la trappe était rabattue. Il repoussa le panneau, considéra le trou noir et descendit. On entendait le silence épais des murs souterrains. Ce n'était pas la première fois qu'il avait cette impression de solitude absolue quand il rejoignait Lise ; il semblait toujours qu'elle refermait le néant sur son passage et s'y perdait comme une fadette.

Il sentit la porte sous ses doigts. Il ouvrit, le cœur battant. La peur le cloua sur le seuil. Dans le faux jour tombant du soupirail un homme se tenait debout, le dos tourné. Il portait l'uniforme, il avait des bottes et un képi, un sabre à la main, et il pivotait lentement vers lui. Le regard était masqué par la visière, un sourire immobile étirait les traits figés. Otant son képi d'un geste cérémonieux, le personnage leva les bras sur le côté. Il avait des gants blancs qu'il retira comme au théâtre, en dégageant les doigts un à un, pour en gifler à la fin la paume nue. Il s'avança. Deux yeux sombres fixaient Ludo. L'ensorcelaient. Le bruit mat du sabre tombant sur les papiers épars le fit tressaillir. Dans cet espace où les auras s'échangent, il voyait un faciès peint, très pâle, une bouche vermillonnée qui tremblait sous des moustaches affilées comme des sourcils. Les dents paraissaient jaunes entre les lèvres rouges. Il respirait une odeur mélangée d'antimites et d'eau de Cologne. Un doigt sec effleura sa joue.

« Pauvre petit Ludo qui ne parle jamais..., entendit-il murmurer. Tout malheureux parce qu'il n'a pas sa maman... Parce qu'il n'a pas les caresses de sa maman... »

Il restait stupide, incapable d'assumer l'évidence et d'ajuster la voix doucereuse de Mademoiselle Rakoff à ce vieux soldat pommadé comme un clown.

« C'est vrai qu'elle n'est pas très gentille avec toi, ta

268

maman, reprit-elle en décollant avec lenteur une première moustache, puis la seconde, qu'elle appliqua délicatement sur le visage de Ludo. Pauvre petit chou... qui ne voit même pas comme on l'aime à Saint-Paul... Tu me fais de la peine, mon chou, tu sais... beaucoup de peine. »

Elle parlait comme dans un rêve, avec des accents ronronnants, et joue contre joue lui parlait doucement dans l'oreille.

« C'est un peu moi ta maman, ici... Je peux te donner tout l'amour dont tu as besoin, tu sais...

— C'est pas vrai ! s'écria-t-il en la repoussant si violemment qu'elle partit s'étaler au milieu des papiers. T'es pas ma mère... Elle est belle ma mère !... Je veux pas que tu sois ma mère !... »

Déjà elle se relevait, méconnaissable, et ripostait d'une voix basse où vibrait l'hystérie :

« Mais qu'est-ce que tu crois, pauvre petit maniaque !... Qu'est-ce que tu crois, toi, avec ta mère et tes cochonneries !... »

Elle avait tourné un commutateur. La lumière crue du plafonnier doucha les ténèbres. Il eut un mouvement de recul devant cette ménade peinturlurée, avec son frac d'officier supérieur déboutonné jusqu'au nombril.

« Odilon m'a tout raconté, figure-toi !... Mais qu'est-ce que tu t'imagines ?... Que j'étais là par hasard ?... Que je me promenais ?... Il t'a vu tout nu dans la cave, avec une fille !... Et tu vas me dire qui c'est, ta femelle !... »

Elle avait hurlé sur les derniers mots. Il n'y avait plus ni douceur ni sourire, il n'y avait plus qu'une voix gorgée de haine arrivant droit des entrailles.

269

« Parce que si tu n'avoues pas tout de suite, c'est toutes qui vont payer!... Et ce seront les autres, qui la dénonceront...

— J'étais tout seul, souffla Ludo.

— Et tu veux me faire gober ça!... A moi!... A une vieille!... Tu étais tout nu avec une fille!...

— C'est pas vrai », murmura-t-il.

Ricanante elle frottait son maquillage avec l'avant-bras comme une souillure.

« J'aurais voulu voir ça..., postillonnait-elle. Tu as sans doute oublié que je t'avais recueilli par charité, oui, par charité, et j'ai été trop bonne!... Avec une mère comme la tienne, j'aurais dû me méfier... Ah! ça donne de beaux enfants les traînées... Elles sont bonnes mères, les traînées!... »

Elle lui souffla en pleine figure :

« Raconte-moi plutôt ce que vous faites à la cave, comme deux chiens que vous êtes!... Allez!... Dis-le... De toute façon tu es fichu, complètement fichu... Je te chasse!...

— Je vais repartir chez moi, bafouilla Ludo que tant d'émotions commençaient à soûler.

— Chez toi?... Mais tu n'as pas de chez toi, crétin!... Tu pars en maison psychiatrique, oui! A l'hôpital! Et même plus vite que ça.

— J'irai pas », dit-il.

Elle se figea.

« Tu n'iras pas?...

— Ma mère elle va venir me chercher.

— Non mais tu as complètement perdu la boule avec ta mère!... Si quelqu'un n'est pas près de venir, c'est bien elle. Ah tu vas t'en mordre les doigts! Là-bas tu ne risques pas de recommencer tes saletés. Il y a la camisole, pour les désaxés dans ton genre ! Je n'ai malheureusement pas le temps d'organiser ton départ avant Noël, mais si tu fais le mariole d'ici là, c'est par la police que je te...

— Elle va venir à Noël, coupa-t-il en s'énervant à son tour. A Noël !... A Noël !... A Noël !... » Et il partit dans le tunnel en braillant comme un homme ivre.

Arrivé au pied des marches il entendit éclater de rire, et se retourna pour voir Mademoiselle Rakoff dégainer le sabre et le lui lancer à toute volée comme un javelot.

Il courut à sa chambre et n'en finissait pas de ressasser d'une voix détraquée : « A Noël, elle va venir à Noël, ça c'est sûr !... » Il frissonnait. Sa mère était partout, sur le mur, sur le lit, sur la table, et son reflet crépitait comme une étincelle. Il arracha une feuille du cahier de cathéchisme et se mit à griffonner :

Maintenant je suis grand. Je veux savoir qu'est-ce qui se passe avec moi. Dis-moi qu'est-ce qui se passe avec moi. Tu m'as jamais rien dit. Tu m'as fait partir du grenier. Tu m'as fait partir de la maison. T'as fait partir Nanette et t'es jamais venue me voir ici. Maintenant la femme elle veut me chasser. Elle veut m'envoyer chez les vrais fous. Moi j'irai pas, moi. Moi je suis pas un vrai fou. Moi je suis ton enfant. Tu m'as jamais dit pour mon père et moi je sais rien. Moi je veux rentrer aux Buissonnets, je veux rester avec toi. Faut que tu viennes à Noël. Faut que tu viennes me chercher, si tu viens pas elle m'envoie chez les fous. Tous les parents viennent au réveillon, si tu viens pas moi j'ai plus rien, je suis tout seul si tu viens pas, même les enfants y sont pas tout seuls.

271

Elle va venir à Noël, ça c'est sûr, et puis aussi je te demande pardon.

Ludo

La lettre fut expédiée le jour même. Mademoiselle Rakoff qui ne parlait plus à Ludo lui fit porter un message par Doudou mentionnant sa prochaine adresse à l'hôpital psychiatrique de Valmignac. S'il désirait la communiquer lui-même à ses parents.

Ludo passa les jours suivants prostré, refusant tout contact avec les enfants, négligeant les ateliers et les séances collectives, se montrant à peine aux repas, ne réagissant plus aux coups de sifflet, sans que l'infirmière se formalisât de sa mutinerie solitaire : il ne faisait plus partie de la cellule enfantine, il vivait le sursis d'un banni.

Fine l'informa qu'une ambulance de l'hôpital était frétée pour le lundi suivant, juste après Noël : « T'as été avec une fille, qu'y paraît... T'avais qu'à m'en parler, j'aurais arrangé ça. On n'est pas des chiens... Doudou aussi il aurait arrangé ça... »

Ludo regardait avec terreur se déployer les ors de la fête. Il détestait Noël. Il revoyait les sapins jetés sur la route, les cadeaux piégés, les disputes, il se demandait quelle perdition le menaçait une fois encore. Peur des représailles, Odilon ne couchait plus au manoir. Il avait décroché son baromètre et se réfugiait la nuit dans la chaufferie des ateliers, une fournaise minuscule où il s'endormait en nage entre la chaudière et la paroi. Ludo se vengeait la nuit sur ses murs qu'il souillait d'urine. Il l'apercevait dans la journée, mais très loin, comme ces animaux d'instinct si sûr qu'on ne les approche jamais.

Dès le matin du réveillon le Centre Saint-Paul chantait Jésus par la voix d'un électrophone installé dans l'entrée. On pendit les guirlandes autour du réfectoire, on noua sur le pin les boules givrées d'or et d'argent, on disposa les santons dans la crèche, on répéta les cantiques pour la messe, garçons et filles mélangés en l'honneur de la Rédemption. Comme chaque année Doudou revêtit son frac de Père Noël et se mit une barbe blanche au menton. Fine vint présenter les bûches et les chapons cuits d'avance, et la journée s'écoula pour les enfants dans l'impatience émerveillée des derniers apprêts.

Ludo, lui, ratissait le mâchefer autour du manoir.

L'après-midi, le piano destiné au concert fut livré. Mademoiselle Rakoff le fit placer à la chapelle arrangée pour la circonstance en théâtre, avec une estrade et les chaises autour. Ludo n'avait jamais vu de piano à queue. Il fut émerveillé par cette grande bête sous-marine à la peau luisante et noire où l'ondulation d'une fuite était comme figée. C'était encore plus beau qu'un harmonium.

Il eut un coup au cœur en voyant la photo de l'artiste affichée sur la porte : une longue chevelure flamboyante encadrait un visage aux yeux fendus en amande ; il reconnaissait la jeune femme qui l'avait consolé un dimanche.

La nuit venant, chacun mit ses plus beaux atours préparés depuis la veille au soir.

Les parents arrivèrent tous à peu près en même temps, une vingtaine de personnes endimanchées dissimulant avec ostentation de mystérieux colis qui furent mis au secret dans le bureau.

Tout seul dans le noir, battant la semelle à côté du portail ouvert, la barbe rasée, Ludo regardait surgir les phares très loin sur la route et, tremblant d'espoir, se rapprocher les feux d'une illusion toujours déçue.

« Ta maman n'est pas encore arrivée ? lui décocha Mademoiselle Rakoff d'un ton perfide quand tout le monde fut là.

— J'irai pas chez les fous ! grogna Ludo.

— Oh que si, mon garçon !... Mais bon Noël quand même ! »

Personne ne vint. Ludo regarda la fête avoir lieu sans desserrer les dents. A la messe, il suivit la file des communiants et blasphéma tout bas quand il reçut l'hostie. On enchaîna sur le concert. Il regardait méchamment Mademoiselle Rakoff présenter les œuvres de Bach et de Mozart qu'Alice Tournache allait jouer. Puis la magie du cérémonial opéra, le silence, le piano ouvert, et ce fut comme si la musique émergeait vive de sa propre nuit pour le consoler. Il contemplait l'artiste et ne la voyait pas. Il flottait en lui tous feux éteints, porté par une onde épousant au plus près sa nostalgie, remontait les jours, écoutait frémir ses origines, et réinvestissait en aveugle son plus vieux passé.

Il n'applaudit pas à la fin, scandalisant ses voisins proches, et s'en fut avec un sentiment de tristesse accrue qui lui mettait les larmes aux yeux. En passant sous l'auvent, il détacha subrepticement la photo placardée qu'il fourra dans sa chemise.

A table il ne regarda pas Lise une seule fois, craignant d'éveiller les soupçons. Il avait l'impression d'avoir faim mais ne mangeait pas. On lui parlait sans qu'il répondît. Le dîner très animé se déroulait pour lui dans un silence de mort — tous les visages étaient cadavériques, tous les rires et tous les cris répandaient un clapot fétide. Au dessert, Mademoiselle Rakoff le priant de découper la bûche, il se leva brusquement et déclara les yeux au plafond : « Je ne veux pas aller chez les fous... » Il y eut un laps de silence infime, le temps d'un haut-le-cœur, puis les regards gênés des parents se détournèrent de lui et le bourdonnement des conversations reprit plus fort. Sur un signe de Mademoiselle Rakoff, Doudou, toujours déguisé, vint chercher Ludo pour le reconduire à sa chambre.

*

La nuit tranquillisée s'étendait comme un lac autour de Ludo. Le Centre dormait enfin ; les palabres avinées du Père Noël s'étaient tues. Il se leva sans bruit. Il passa l'un sur l'autre ses deux pantalons et roula son peu d'affaires dans une couverture qu'il ficela. Puis il se noua la chaussette à pièces autour de la taille, enfila son blouson et sortit. Le corridor était verrouillé, mais Doudou ce soir avait oublié la clé sur la porte : il n'aurait pas besoin du nain pour s'échapper.

Dans le réfectoire une odeur de tabac froid subsistait. Là-bas, la crèche éclairée vaguement par ses lampions tremblotait comme un campement nocturne autour d'un feu ; on entendait le vent mugir sur les pins.

Si noire était la nuit qu'elle estompait les murs et que les fenêtres semblaient debout dans l'obscurité.

Louvoyant parmi les tables, il atteignit la cheminée, et buta sur un obstacle invisible. Il craqua une allumette et des paquets dorés apparurent : les cadeaux des enfants. Il changea d'allumette et ricana. Sur le bord de la crèche étaient alignés les souliers, vingt beaux souliers comme vingt petits canots pointant vers la brise au fond d'une anse. Il promena la flamme à l'intérieur de la grotte. Ils avaient l'air malin tous ces moutons, tous ces faux moutons, dans leur fausse étable, autour d'un faux Noël. Il attrapa le berceau rose où souriait un poupon bras ouverts et le cacha dans un soulier. Voilà qui était mieux. Ce soir le petit Jésus ne valait pas mieux que lui.

Son bout d'allumette tomba dans la paille et la nuit se reforma dans la cheminée. Une roseur surgit comme un ver luisant. Une odeur de fumée monta. La lumière évanouie parut se ranimer en douceur. Dans l'ombre étale une onde rouge éveilla les formes, et tout le décor se mit à divaguer. Ludo regardait les flammèches s'enhardir et lécher les pattes des premiers moutons illuminés. Il se disait je vais éteindre et ne faisait rien. Le feu s'étirait, chancelait, le papier brûlé se contorsionnait avec des vapeurs âcres et lançait des étincelles comme des confettis. Trop tard, jubilait-il, tout va flamber. Il admirait la vélocité du brasier qui se multipliait le long des parois, jetant des lames de clarté vers le réfectoire et commençant à ronfler. « Bande de jaloux ! » grinçait-il entre ses dents, s'imaginant que Mademoiselle Rakoff, sa mère, tous, ils allaient respirer les flammes et partir en fumée.

A contrecœur il s'éloigna vers la sortie du réfectoire, contempla une dernière fois l'incendie, son incendie, puis fier du Noël qu'il s'était enfin donné, il s'enfonça dans la nuit.

... Il tremblait si fort en escaladant le portail qu'il dut s'y reposer à califourchon. Ensuite il se laissa tomber de l'autre côté. Il n'y voyait rien mais il était libre et le chemin s'ouvrait noir devant lui comme un tunnel.

Troisième partie

XIV

Ludo marcha toute la nuit. A l'aveuglette. Ses pas l'emportaient. Il grelottait, lui qui d'habitude n'avait jamais froid, il essayait en vain d'oublier sa mère. La neige tombait, silencieuse, avec des froissements de plume. L'obscurité l'angoissait. Il se retournait souvent, croyant percevoir le rire du nain caché derrière les arbres; ou bien c'était le manoir tout entier, ses enfants et sa crèche en feu, qu'il imaginait lâchés tels des ogres à sa poursuite.

Il arriva sur la route goudronnée qu'il suivit un moment, puis des phares lointains s'ébauchèrent dans l'ombre, il regagna prudemment la forêt pour couper à travers bois.

A l'aube il entra dans un village endormi. A la vue d'une enseigne lumineuse il prit conscience des maisons alentour et se figea. La neige avait cessé. Le silence était sans écho, tapi dans les murs qu'un petit jour vague extrayait des ténèbres. Il hésitait devant un café signalé par le bicorne rouge des tabacs; mourant de faim il poussa la porte et vit une salle à peine éclairée. Il y avait trois hommes au comptoir. Dans un fauteuil un vieillard aux mains jointes rêvassait bouche bée. On n'entendait pas un bruit, pas un mot. Des yeux dénués d'intention fixèrent Ludo.

« T'es réchauffé, toi ! fit le patron derrière le bar. Mais si tu fermais ça irait mieux. »

Ludo s'assit à une table. Il était au bord du vertige et regardait ses doigts gercés comme s'il venait de les trouver là, près du cendrier, oubliés par un consommateur, mille doigts fourmillant d'engelures et bons à jeter.

« T'es saisonnier ? » reprit l'homme en désignant son ballot.

Il aquiesça du menton. Nicole avait des lunettes noires et elle pleurait. C'était au café du Chenal autrefois. Il en faudrait du monbazillac et des lunettes noires quand on lui dirait que son fils était mort.

L'autre s'était approché. Il avait d'énormes favoris châtains sur un visage en lame de couteau.

« C'est pourtant pas la saison des saisonniers... Alors qu'est-ce qu'on boit ?

— Un monbazillac, bafouilla Ludo. Et des tartines. »

Un gros chien mollasson flaira ses pieds, s'y coucha, lui tenant chaud. Les clients s'étaient détournés. Une horloge émit huit coups nasillards, et l'on entendit le sursaut de la grande aiguille avançant d'une minute. Les yeux baissés, Ludo ne bronchait pas, craignant de manifester par un geste ou par un mot qu'il était fou et qu'il venait de s'échapper d'une maison psychiatrique.

« C'est cinq francs tout rond », fit l'homme en déposant une assiette devant lui.

Il paya. Un minicalendrier publicitaire était glissé

entre verre et soucoupe, illustré de femmes nues. Le patron lui lança un clin d'œil de loin.

Le vin rendit ses idées flottantes, il se sentit mieux. Les trois buveurs ne décollaient pas du zinc, le vieillard sur le fauteuil semblait appartenir au décor : des têtes d'animaux empaillés, des coupes et des maillots sportifs.

Ludo reprit un monbazillac avec un lait chaud. Le jour s'était levé, le monde extérieur entrait par la fenêtre, il apercevait des gens dehors et des arbres courts pareils à des moignons. L'homme aux favoris alluma la radio. L'univers se mit à défiler. Se pouvait-il que sur tous les événements qui pleuvaient, sur tous les malheurs, le sien fût le seul à manquer ?... Soudain mal à l'aise il ramassa ses affaires, empocha le calendrier-réclame, et repoussant le chien sortit sans dire au revoir.

Il était sur une esplanade entourée de boutiques basses aux rideaux fermés — de toute éternité semblait-il. Une église apparaissait au fond, les cloches de Noël carillonnaient pour la messe, semonçant les retardataires qu'on voyait se hâter vers le porche. Et puis le silence retomba. Ludo serrait les dents pour ne pas pleurer. Il franchissait une cité fantôme. Il n'était nulle part, il n'allait nulle part, il n'était personne et là, tout seul dans un village inconnu, sans domicile et sans papiers, il se prenait à regretter la quiétude à Saint-Paul, Fine, Lise et l'innocence, il avait envie de demander pardon à n'importe qui.

Il aperçut alors un panneau fléché : L'OCÉAN 6 km et son cœur battit. Il avait retrouvé la mer, sa mémoire la plus secrète, scellée comme un plomb qu'il n'avait jamais pu fracturer. Il repartit. Des rires se chevauchaient dans sa tête. La crèche en feu l'obsédait. Nicole, un sabre à la main. Elle était nue sous l'uniforme. Elle embrassait Doudou. Ils étaient au grenier. Le nain ricanait dans une robe à volants déchirés. Mademoiselle Rakoff déguisée en Père Noël entrait. Le rouge à lèvres et les flammes s'emmêlaient.

Une voiture apparut sur la route, il se coucha dans le fossé. Il devait y avoir des gens à guetter partout, des policiers, des infirmiers, prêts à le battre et à l'enfermer dans une auto blanche comme un vrai fou. Une boule d'angoisse au creux du ventre il se jurait qu'on ne l'attraperait jamais. Il se cacherait. On le croirait mort, tué par le froid, les gendarmes téléphoneraient à sa mère : l'enfant est mort... Ah ! comme il aurait voulu voir sa tête quand ils appelleraient. Quittant la route il traversa les labours givrés jusqu'à la forêt.

Les troncs noirs étaient couverts de gouttes glacées comme de la bougie. Le silence et la pénombre argentée rassuraient Ludo. L'air atlantique arrivait en bouffées molles, les aiguilles de pins meringuées par le gel croustillaient sous les pas. Fouetté par l'alcool il s'interrogeait si les souliers avaient flambé comme les moutons, si les enfants marchaient en chaussettes aujourd'hui, jour de Noël, s'ils déballaient des jouets calcinés ou faisaient des boules de neige avec la cendre.

Il n'avait pas voulu faire du mal aux enfants, ni d'ailleurs mettre le feu dans la crèche, mais l'allumette était tombée d'elle-même, comme une goutte d'eau, comme une miette, et les flammes étaient nées malgré lui.

Pourtant si !... Il avait voulu mettre le feu. Il se

rappelait bien, maintenant. L'allumette n'était pas tombée par hasard. Elle se recroquevillait vers sa main, noire, avec sa petite dent rouge, il avait écarté les doigts pour ne pas se brûler, mais juste au-dessus de la paille et sans éteindre il avait délicatement posé la flamme au milieu des moutons, espérant tout anéantir.

Mais non, ce n'était pas vrai, le feu s'était déclaré sans qu'il ait rien décidé.

Peut-être le manoir avait-il flambé lui aussi?... Peut-être n'y avait-il plus d'enfants au Centre Saint-Paul, plus de Centre Saint-Paul, plus de Mademoiselle Rakoff, plus rien?... Peut-être n'était-il jamais né?...

Il arriva sur un layon d'écorces pourries qu'il emprunta.

C'est Odilon qu'il eût aimé voir partir en fumée dans la crèche, avec son baromètre et son veston rouge. Il l'avait cherché partout, à la cave, à l'infirmerie, dans les autres chambres, au fond du parc, il l'avait cherché sans préméditation ni désir de vengeance, aveuglément, et sûrement l'aurait-il tué s'il l'avait trouvé.

Ce fut une rumeur qui signala d'abord l'océan, puissante et basse, faisant résonner la terre comme un tremblement. Puis le jour s'aviva d'une luminosité frisante et le ciel clair brilla parmi les fûts.

Il émergea de la forêt dans un lac de sable où poussaient clairsemées de longues herbes rose pâle, et vit en face de lui s'élever en pente douce une éminence pelée que martelait la houle.

Il se mit à courir et parvint hors d'haleine en haut de la dune où le spectacle tout-puissant des flots l'attendait. Le jour bleuissait, la mer miroitante avait la sérénité d'un firmament, de courts rouleaux empennés d'écume éclataient sur le rivage ; un bateau passait très loin. Il posa son ballot, retira ses chaussures et s'assit. La résine et l'iode l'étourdissaient. Il se retourna pour voir l'autre océan, la pinède, à perte de vue, sur laquelle ne flottait jamais aucun navire. A ses côtés c'était une plage si longue et dénouée que l'œil la perdait bord sur bord dans les vapeurs d'un brouillard bleuté. Le silence était partout, souverain, surnaturel, épousant les cadences voilées du ressac. Le ciel avait des lueurs d'orage et des étirements gris perle, on voyait au sud un grain plomber l'horizon, le grand large s'épanouissait librement à l'ouest où la brise avait comme acéré l'étendue.

Il faisait doux. C'était la première fois qu'il venait ici mais il avait l'impression d'un retour au pays natal, même océan, même soleil et même immensité vide ; seul le wharf manquait. Sur la dune, à sa gauche, un blockhaus avait culbuté vers la pente, évoquant le jouet démantibulé d'un géant. Ludo se leva pour l'examiner. Le sable avait envahi la casemate, bouchant tous les orifices, l'affût d'une mitrailleuse montrait des chicots d'acier rongé. Il s'en fit un perchoir et poussa un cri d'étonnement. Il apercevait un bateau sur la plage, juste à ses pieds, une espèce de cargo noirâtre échoué, battu par les rouleaux, la proue face à la côte et l'arrière au large.

Il reprit ses affaires, et trébuchant se laissa dévaler jusqu'à la grève. Il n'arrivait pas à courir, le souffle lui manquait, le navire était beaucoup plus loin qu'il n'y paraissait. Il gisait par l'avant dans une énorme flaque translucide et peu profonde où venaient mourir les remous des vagues déferlées. Ludo se mouilla les mollets pour s'en approcher mais dut renoncer à gagner l'arrière : la flaque entrait peu à peu dans la mer, on risquait la noyade et le bout du navire était encore loin, chahuté par le clapot ; entre deux lames on voyait surgir un morceau d'hélice.

Il revint sur le sable sec. Il n'avait jamais vu si grand bateau. Celui-ci devait mesurer cinquante mètres au moins. De près il était en mauvais état. C'était une épave attaquée par la rouille, un vieux sphinx de métal ravagé. Des traces de peinture bleue subsistaient çà et là, gaufrées par l'usure. La flottaison d'origine avait disparu, le cédant aux traits verts superposés que les marées avaient impeccablement tirés sur la coque. La chaîne pendait hors de l'écubier, long reniflement d'acier noir qu'un peu de vent faisait fredonner et bouger. On lisait un nom presque effacé : SANAGA. Des bruits d'eau courante et d'autres plus mats habitaient la ferraille, des ruissellements d'arrosoir jaillissaient : le rafiot n'était plus qu'une passoire et cette découverte attendrit Ludo comme une ressemblance avec lui.

A mer basse il put enfin patauger autour du bateau sans perdre pied. La voûte arrière était capitonnée d'algues suintantes. « Tu es à moi », murmura-t-il en flattant l'hélice, impressionné par ce grand trèfle d'acier couvert d'arapèdes. A hauteur d'homme, une plaque de tôle manquait, sans doute un trou fait par les pillards. Il jeta son bagage à l'intérieur et se hissa. Une lumière louche éclairait l'échine emberlificotée d'un moteur aux trois quarts immergé ; l'air empestait. Ludo voyait juste assez clair pour se guider. Il gravit une échelle à tâtons, déboucha dans une espèce de cantine obscure où des tables étaient vissées au plancher. Une porte s'ouvrait au fond sur une cabine verdie par les mousses. On apercevait l'océan par un hublot crasseux. Il se figurait arriver au grenier, respirant avec nostalgie les moisissures et les émanations rances des objets dégoulinants, le miroir noirci, le poêle, le lave-mains, toute une brocante où il voyait des trésors. Sentant l'épuisement sourdre dans ses paupières il se jeta sur la couchette et sa pensée chavira ; d'énormes rochers silencieux roulaient vers lui mais c'était des visages, et déjà le sommeil l'écrasait.

XV

Il resta plusieurs jours terré dans l'épave, ne sentant ni le froid ni la faim. Il avait déroulé sa couverture, mais ne s'en servait pas. La mer montait, refluait, balayant les cales, il avait l'impression qu'elle s'immisçait en lui pour engloutir sa vie passée. Des milliers de miroirs carrés ou ronds comme des soleils dansaient devant ses yeux, se gondolaient, sombraient dans l'obscurité, renaissaient rouges, tous montrant la même main couleur de nuit qui s'avançait pour tuer.

Un sifflement lointain venait du large; on eût dit qu'un chien hurlait à la mort.

Il grignotait machinalement les biscuits donnés par Micho lors de ses visites au Centre Saint-Paul; il absorbait comme des cachous les pilules de Valium dissimulées des mois durant. Allongé par terre, il se répétait sombrement qu'il avait découvert un beau navire et qu'il était temps d'explorer sa trouvaille, mais il ne bougeait pas; il récitait le *Je vous salue Marie* pour avoir des mots à mâcher.

L'avenir ne l'angoissait plus. C'est ici qu'il ferait son logis, sur le *Sanaga*. Il se voyait déjà renflouant l'épave et la convoyant tout seul à Peilhac, l'amarrant

Les noces barbares.   10.

sous le Café du Chenal où peut-être sa mère le verrait. Elle viendrait sur le quai. Il la laisserait pleurer, supplier. Elle appellerait mais il n'entendrait rien. Elle aurait beau crier pardon, il resterait impitoyable et repartirait sans la voir.

Il se réveillait la nuit, troublé par l'assaut tapageur des rouleaux contre la voûte arrière et ne sachant plus où il était. Il voyait le manoir sur la plage et le navire échoué sur le mâchefer au milieu des pins, l'océan prenait feu, le nain se jetait sur lui, de longues autos blanches cernaient l'épave — *ils* avaient découvert le fou.

Un après-midi, éprouvant comme un chatouillis sur le ventre, il déboutonna sa chemise et vit apparaître un petit crabe vert cheminant à même la peau. Il croisa son regard et le bébé crustacé leva sa garde : une pince unique où Ludo glissa l'index ; le sang jaillit. Il porta l'animal à sa bouche et le croqua vivant.

Ce fut la faim qui le remit debout près d'une semaine plus tard. Il n'avait plus rien à manger ; il n'avait rien bu depuis Noël.

A l'intérieur du bateau, c'était partout le même abandon profus qui faisait penser au grenier. Il y avait un four à la cuisine et un flacon de liquide à vaisselle intact. Dans la timonerie contiguë, la barre à roue était toujours à poste et la régulation du compas collée sur la cloison vernissée d'humidité ; des appareils électriques vomissaient leurs entrailles. On devinait la grève par les hublots maculés de sel.

Ludo sortit flageolant sur le pont légèrement incliné vers la droite et comme chaulé par le guano. Il faisait soleil. Des ballots de filins pourrissaient, des rigoles d'eau chatoyaient le long du bord, il se pencha pour laper. Plus loin, sous une bâche en loques, une chaloupe était retournée filières arrachées ; des bonbonnes de gaz étaient arrimées au pavois. Il fallait grimper une échelle de fer pour atteindre la plage avant. On piétinait des coquillages brisés. Un gant de travail graisseux traînait sur la tôle où les maillons de chaîne avaient pleuré des coulures olivâtres. Pardessus bord un câble sectionné pendulait à la brise en grinçant. Tout autour régnaient les pins et la mer.

Jamais les infirmiers ni Mademoiselle Rakoff ne viendraient le déloger dans ce palais de rouille. Jamais on ne le retrouverait. Il descendit aux machines. Des clapotis résonnaient en échos sourds. Il ouvrit les placards où des bleus de chauffe moisis conservaient des gestes humains. Vers la sortie, un tableau noir mentionnait toujours le dernier quart le 6 juin 1960 à minuit : des noms comme Abdul et Guizem allaient s'effaçant.

La marée baissait, les rouleaux éclataient loin derrière le gouvernail, Ludo sauta sur la plage, et de l'eau jusqu'à mi-jambes, traversa la flaque ceinturant l'épave. Un frisson parcourut le blanc farineux du sable et des mouettes silencieuses décollèrent. Arrivé au blockhaus il se retourna pour être bien sûr que son rêve était vrai. Le *Sanaga* n'avait pas bronché. Ludo voyait ses traces de pas qu'allait raturer sous peu la mer montante et cette pensée l'affligea. Il trouverait bientôt le moyen de signaler à tous qu'il était ici chez lui.

En rejoignant la piste forestière il entendit à nouveau le sifflement qui l'angoissait la nuit.

Il mit une heure à se rendre au village et lut sur un

panneau : LE FORGE, avant d'arriver. Il pouvait être midi mais les maisons dormaient, volets clos. Un petit jour crayeux rendait le silence amer. Ludo remontait la rue vide, étreint par le sentiment d'un lieu déserté. Il retrouva la petite place avec l'église et le café où il s'était arrêté le premier jour. La porte émit comme une sonnerie de bicyclette en s'ouvrant. Le vieillard était toujours sur le fauteuil à gauche de l'entrée, parmi les têtes de cerfs et les trophées sportifs. Pas un client ; l'homme aux favoris jouait au flipper.

« J'arrive », fit-il d'un ton bourru.

Il n'arriva pas avant cinq bonnes minutes, l'air excédé.

« J'avais tous les bonus allumés, déplora-t-il, tous !... Si t'étais pas entré, sûr que je battais mon record et que je me claquais trois boules gratuites... Enfin c'est pas grave !... Alors c'est pour quoi ?...

— Du pain et du pâté, dit Ludo.

— Faut aller à côté pour l'épicerie, mon gars. C'est ma femme qui s'en occupe. Pas la peine de sortir, c'est la même adresse, t'as qu'à passer par là. »

Ludo franchit sur ses pas une tenture faite de rubans multicolores et se retrouva dans une boutique où l'on pouvait à peine bouger tant s'y bousculaient d'articles ménagers.

« Monique ! appela l'homme à tue-tête. Elle va venir, signala-t-il pour Ludo. Je parie qu'elle fait la sieste. Elle c'est l'épicerie... et puis des bricoles, et moi le bistrot. Et puis je coupe les cheveux aussi. Mais c'est bien les coiffeurs les plus mal chaussés, moi y a personne ici pour me les couper. »

Une dame grisonnante apparut, souriant à Ludo

comme à un vieux client ; elle semblait vingt ans de plus que son mari.

« Je parie que tu faisais la sieste !... T'as un client pour du pâté. Lui, c'est un saisonnier.

— Ça, du pâté, on n'en manque pas, fit observer gentiment la marchande. Alors, de quoi t'as besoin ?... »

On entendit carillonner la bicyclette à côté.

« Encore du monde ! pesta l'homme en s'éclipsant. Ah ! c'est pas encore aujourd'hui qu'y me ficheront la paix. »

Ludo repartit avec de la nourriture, des allumettes, un miroir de poche et un sac de charbon. La dame avait ri quand il avait dénoué sa chaussette pour payer. « T'es bien tôt pour un saisonnier. Tu dois pas avoir trop de sous... » Il avait refusé le crédit qu'elle proposait par ignorance du sujet.

Il croisa une petite femme en noir à la sortie du village et se retourna juste après. Elle était arrêtée sur la route, regardant vers lui. Cent mètres plus loin, elle n'avait toujours pas bougé. A l'orée des bois, Ludo se dit que peut-être elle le suivait, mais les champs orangés par la tombée du jour étaient déserts.

Des taches de soleil cuirassaient la forêt, l'air fraîchissait. Ludo marchait vite, esquivant sa mémoire et sa mère en dénombrant oralement ses impressions : mal aux pieds, froid, silence, humidité, fatigue ou sommeil. En atteignant la clairière de sable il vit en bordure un avis cloué sur un pin : PLAGE DANGEREUSE BAIGNADE INTERDITE. Mais il eut beau scruter l'horizon, il ne vit rien d'inquiétant.

Une lumière tendre ensommeillait la grève étrécie par la haute mer. Il n'y avait pas trace de vent. A l'ouest le soleil se couchait, rouge, au fond d'un ciel duveteux, l'océan n'était plus qu'une matière luisante et rigide comme un glacis. Le *Sanaga* semblait en or massif.

Ludo descendait la plage, quand il s'immobilisa paniqué. Le sable frais moulait de grosses empreintes de bottes parallèles aux siennes, filant droit vers le bateau. Il sentit la tristesse et l'hostilité du monde s'appesantir à nouveau sur lui. Des bottes. Nicole avec des bottes. Mademoiselle Rakoff avec des bottes, Tatav, Odilon, tous ses mauvais souvenirs bottés comme des ogres avaient profané sa cachette en son absence et le recherchaient pour le capturer.

Les poings serrés il invectivait l'univers entre ses dents, tremblant de peur face au navire entouré d'eau, imaginant l'intrus toujours à bord et se demandant par quel prodige il avait pu monter malgré la pleine mer. Il ne voulait pas s'enfuir avant d'en avoir le cœur net et d'être sûr qu'on le pourchassait. Ce n'était peut-être qu'un vagabond comme lui... Qui pouvait savoir après tout qu'il était là ?

La nuit cendrait peu à peu le ciel et l'eau. Le sifflement plaintif résonnait toujours au large. Il cessait, reprenait, sur deux tons, indéfiniment. Et soudain le soir tout entier fut commotionné par l'effondrement lointain d'une vague isolée qui dressa fugitivement sur l'horizon une blancheur livide et puis disparut.

Ludo bondit sur ses pieds, frissonnant. On ne voyait plus rien, le calme régnait à nouveau. Il était si profondément ahuri qu'il ne vit pas un canot se détacher du navire et gagner la rive à la godille.

« Qu'est-ce que tu viens foutre ici ? » lui dit un homme en sautant sur le sable.

Ludo poussa un cri et se mit hors de portée.

« Et toi ? » répondit-il.

L'homme avait tiré l'esquif au sec et il s'approchait. Il était petit, tout en carrure, avec une grosse tête ronde et lunaire où l'on ne voyait pas un cheveu.

« T'as rien à faire ici, poursuivait-il d'une voix mauvaise. Ici c'est à moi... C'est chez moi ici... D'ailleurs quel âge que t'as ?

— Seize ans.

— Je veux plus te voir, t'as compris ?... J'ai bien vu quand t'es arrivé. Les petits malins comme toi, ça me fait pas peur. L'épave est à moi, je veux voir personne. Et puis d'où tu viens ?...

— Je sais pas.

— Si t'as pas filé demain, moi je te vire. Et c'est pas la peine de me regarder comme ça. »

Il retourna le canot, le chargea sans effort sur son dos et dit encore : « Et puis qu'est-ce que t'as besoin de coucher là-dessus... j'ai jamais vu ça. C'est un tas de rouille, une poubelle. Les ferrailleurs doivent le découper avant la fin de... »

Surgi du cœur même de la nuit, un déferlement lui coupa la parole.

« Sacré putain de haut fond !..., maugréa-t-il en faisant face à la mer. Il a la santé, celui-là !... » Puis il s'éloigna vers la forêt.

Quand l'accès du bateau fut libéré par le jusant, Ludo rentra à bord. Il voulut allumer à l'aveuglette une lampe à pétrole, mais la mèche ne prit pas. Il s'allongea par terre, dans le noir, oubliant sa faim. Il n'irait plus à Saint-Paul. Il n'irait pas chez les fous, jamais, il resterait là malgré les menaces, il ne faisait de mal à personne. Le sommeil le gagnait. Lise se déshabillait derrière un carreau rouge. Il imaginait un concert pour lui seul dans cette épave où l'univers perdait l'équilibre, et tantôt voyait sa mère au piano, tantôt se voyait lui, Ludo, jouant devant un public de femmes émerveillées. Il rêvait. Sur la piste forestière apparut le marcheur aux pas élancés qu'il parvint à rattraper et qui se retourna le rire aux lèvres car c'était lui-même — c'était Ludo que Ludo suivait et fuyait depuis tant d'années.

Le silence l'éveilla vers minuit, un silence habité, nourricier, où les sons perlaient comme des gouttes. Il redescendit sur la plage et fut pris dans l'énorme chuchotis des eaux basses. Il voyait danser un petit feu rouge à proximité du rivage, il respirait la nuit couleur d'ivoire, épiait le murmure des astres languissamment épanouis dans les ténèbres, et ce pêle-mêle infini de lumière et d'ombre exaltait son vieux désir d'errrance : il partit marcher.

XVI

Il était sur le *Sanaga* depuis un mois. Il éprouvait un sentiment d'oubli purificateur comme il ne l'avait plus connu depuis l'époque du mirador au grenier. Dans son miroir de poche il regardait les premiers cheveux blancs faufiler jusqu'à sa barbe, et se trouvait l'air vieux. Un mimétisme opérait d'ailleurs une alliance étrange entre le navire et lui. Il était amaigri, osseux, le visage fendillé de fines rides, les yeux cernés de plomb. Mais plus il perdait en physionomie, plus son regard paraissait vert et perdu.

Il s'habituait aux marées qui traversaient l'épave comme une respiration, ruisselant par les innombrables narines dont les rivets brisés mitraillaient les parois ; seul parfois un gémissement bref dans l'acier rappelait qu'un songe ancien s'y poursuivait.

Ludo croyait avoir oublié sa mère : il passait les nuits avec elle au gré d'un sommeil épuisant qui tournait à l'amnésie dès les premières lueurs de l'aube. Et tous les matins la même angoisse fugitive accablait son réveil : *ils* venaient le chercher. *Ils* ne faisaient aucun bruit. *Ils* l'anesthésiaient, le rame-

297

naient à Saint-Paul. *Ils* le persuadaient jour après jour qu'il ne s'était jamais évadé. Qu'il n'y avait ni *Sanaga*, ni piano, ni Buissonnets, ni personne : il avait traversé les sortilèges d'un long coma et il était guéri.

C'était sa bête noire qu'*ils* trouvent le bateau. Combien seraient-*ils* avec leurs autos blanches et leurs malédictions ? Qui lui souriraient d'abord et diraient : « C'est pour ton bien, Ludo » ?... Alors il attrapait un lance-fusées qu'il étreignait jusqu'à la douleur et fixait l'ombre indifférente : peut-être si je les vois devant moi, peut-être je deviens vraiment fou.

Dans la journée la plage était vide, indéfiniment, et pleine mer ou jusant Ludo n'avait d'autre compagnie que les marées et les mouettes. Même celui qui l'avait si violemment menacé ne se montrait plus.

Il vit une fois survenir au loin des cavaliers dans un nuage de sable et se mit hors de vue. C'était la police montée du littoral, quatre agents qui voulurent s'approcher du navire, et, les chevaux renâclant dans les vagues, s'éloignèrent au grand trot.

A bord il avait trouvé des merveilles : un extincteur, des bottes, un suroît déchiré, des couverts aux initiales B. E., une bouteille de rhum, un coffret garni d'un colt en laiton pour tirer les fusées.

De vieux gilets de sauvetage avaient fourni les flotteurs d'un radeau permettant d'aller et venir à toute heure entre l'épave et la grève. Il avait d'ailleurs failli mourir le jour du lancement. Ne se méfiant pas, il s'était éloigné du rivage et soudain le jusant l'avait tiré sur d'invisibles hauts-fonds qui faisaient déferler la houle et que signalait une bouée sonore rabattue vers la mer par la violence des courants; l'instant providentiel de la marée montante lui avait sauvé la vie ; il connaissait enfin l'origine des mugissements qui le réveillaient la nuit même par beau temps.

Pour lancer les poêles à charbon, il avait dû flamber les boulets au rhum, mais ayant épuisé son combustible au bout d'une semaine il avait abandonné tout chauffage ; en revanche il utilisait les lampes à pétrole et la gazinière.

Il se nourrissait en pêchant. Un clou tordu servait d'hameçon. Il mettait à pendre à l'arrière un bout de ligne amorcé par du lard et ferrait de petits poissons couleur pierre à tête de diable qu'il adorait voir souffrir. Un soir il attrapa une mouette. Elle avait plongé comme il balançait la ligne, avalé le clou, voulu reprendre son vol. Ludo l'avait ramenée à bord tel un cerf-volant, bataillant contre l'oiseau qui donnait de furieux coups de bec et d'ailes tout en vomissant les crabes minuscules et les puces de mer ensanglantées qu'il venait de picorer sur la plage. Il avait fricassé la mouette avec des patelles cueillies sous l'épave et s'était couché presque fier, imbu du sentiment bourgeois d'avoir fait bombance.

Certains jours il débordait d'enthousiasme et briquait l'intérieur du bateau, toilettait son cadavre d'acier comme s'il pouvait le rendre à la vie. Il avait peint son éternel portrait sur les murs du carré, de plus en plus caché sous la main. Mais il arrivait aussi qu'il se levât sans force, angoissé à mort, déchiré par le cri perdu dans ses nerfs depuis qu'il était en âge de souffrir et dont il ne s'était jamais délivré. Il errait alors de cabine en cabine et finissait par se vautrer par terre en n'attendant plus rien.

Au village du Forge il semblait que l'épicière et son mari l'avaient pris en amitié. D'ailleurs ils n'étaient pas vraiment mariés. Lui s'appelait Bernard, elle Marie-Louise : il ne l'appelait jamais autrement que Cadet Roussel. Ludo leur avait dit résider aux Buissonnets, une maison particulière en dehors du village. Les deux autres ne s'étaient pas formalisés du mensonge. Le voyant sans ressources, ils l'employaient à ranger des cageots et des bouteilles dans la cour, et lui donnaient des vivres en échange. Mais Ludo venait rarement au village, ayant peur d'attirer l'attention. Si désert que parût Le Forge, et si détaché du monde actif, il avait toujours l'impression qu'on l'espionnait, que les fenêtres n'étaient pas innocentes, et les rares passants qu'il croisait en rasant les murs se retournaient toujours sur lui.

Bernard lui avait offert une coupe « mode », tempes et nuque dégagées à la tondeuse électrique. En fin de séance il avait vissé le peigne entier dans un pot de brillantine et beurré la tête de Ludo qui voyait renaître avec désespoir ses oreilles décollées.

Une nuit, des pétarades le réveillèrent. Il bondit à la timonerie, le cœur fou, s'imaginant les ambulances et les chasseurs en blanc venus l'attraper. Il y avait bien dix motards à valser autour de l'épave, les phares cisaillaient la nuit, les moteurs emballés criaient, des rires déments cascadaient. Le rodéo dura plusieurs minutes et puis les engins s'immobilisèrent à vingt mètres environ sur le flanc gauche du bateau, phares toujours allumés. On n'entendait plus que le souffle puissant de la mer et l'appel de la bouée. Un grand type s'avança :

« Fais pas semblant de dormir, cria-t-il d'une voix avinée, on sait très bien que t'es là... »

Des ricanements l'appuyèrent.

« ... Reste pas caché là-haut !... Viens nous voir, on voudrait juste savoir la gueule que t'as... Nous aussi on aime bien rigoler... On aimerait bien rigoler avec toi... Alors descends, rigolo !... »

Le silence retomba. Ludo était sûr qu'on ne le voyait pas.

« T'as la trouille ? reprit le grand type en écartant les bras du corps à la cow-boy. Si t'as des couilles au cul, t'as qu'à descendre un peu nous les montrer !... »

Une hilarité générale accueillit l'obscénité.

« Il en a pas, lança une voix pleine d'alcool.

— Si lui descend pas, fit encore un autre à l'intention du motard debout, t'as qu'à monter le chercher.

— T'entends ce qu'y dit, mon copain ?... Je vais venir te chercher, moi !... On va tous venir te faire la bise... Et là t'es pas clair, mon pote, puisque tu veux jouer au con !... »

Il y eut un conciliabule et puis le grand type se dirigea d'un pas chancelant vers l'arrière ; il connaissait visiblement l'accès.

Claquant des dents, Ludo fila chercher son lance-fusées, le chargea au hasard et descendit aux machines. Il ne s'était pas plus tôt caché près du moteur, plaqué sur l'acier détrempé, qu'une ombre se découpait à l'entrée. Le visiteur ne semblait plus si faraud. « On n'y voit que dalle... », marmonna-t-il dans sa barbe. Puis se redressant les poings sur les hanches et gueulant pour se rassurer, il déclara : « Tu te planques où, fils de pute ?... » et il se mit à marcher. Ses bottes ferrées faisaient retentir la passerelle. Immobile, couvert de sueur, Ludo serrait le colt à bout de bras, le regard fixé sur l'ombre qui venait sur lui. Il la perdit de vue quand elle fut tout près mais il sentit une haleine, et fermant les yeux de toutes ses forces il tira au jugé. Le fumigène atteignit l'homme en pleine poitrine et son blouson prit feu. Un flot de vapeur verdâtre envahit la cale, et Ludo vit son agresseur paniquer en hurlant vers la sortie. Il regagna la timonerie, bouleversé. Sur la plage une silhouette en flammes courait à la mer, escortée par les motos. Le feu mourut. « Ils vont me tuer », murmura tristement Ludo, voyant un escadron noir remonter au ralenti vers le *Sanaga*. Il eût fait n'importe quoi ce soir pour que ce trésor sans valeur, sa vie, lui fut laissé.

Arrivés au bas du navire, les voyous préparaient des pétards avec des bouteilles et des chiffons imbibés d'essence. Le premier atterrit sur le pont, roula dans une flaque et s'éteignit. Le second fit mouche, brisant un carreau de la timonerie, frôlant Ludo avant d'exploser sur la table à cartes et d'asperger les vernis de flammèches puantes. Il saisit fébrilement l'extincteur et parvint à maîtriser le début d'incendie. Mais entre la fumée verte arrivant des machines et celle noirâtre des cloisons brûlées, il étouffait, voulait sortir, préférant mourir à ciel ouvert plutôt qu'enfumé tel un serpent.

Il s'abattait sur le pont quand la détonation d'un fusil couina. Il se prit la tête à deux mains et se mit à hurler son angoisse. Les détonations se succédaient, mais bizarrement faisaient place au silence et chassaient très loin le bruit des moteurs. Bientôt Ludo n'entendit plus rien. Il restait couché sans bouger, les paupières battantes, certain s'il ouvrait l'œil de ressusciter les clameurs et la barbarie.

Il y eut des pas sur le pont.

« T'es amoché ? » fit une grosse voix.

Il se retourna.

« Non, bredouilla-t-il dans un souffle.

— ... Un peu plus ils m'abîmaient mon rafiot, ces cons ! »

Ludo reconnaissait la stature imposante de celui qui voulait le déloger du navire un mois plus tôt.

« Tu vises bien, dis donc ! Il s'est ramassé un sacré pruneau, l'enfoiré !...

— J'avais rien fait, dit Ludo. C'est eux qui m'ont attaqué. Moi je les connais pas.

— T'inquiète donc pas, c'est une racaille de merdeux. Du vendredi soir au lundi ça connaît que la bière et la moto. Mais c'est pas eux qui vont porter le pet. Ils ont bien trop peur des flics. Allez, viens boire un coup. »

Ils descendirent au carré ; Ludo alluma un fanal et rabattit les hublots pour évacuer la fumée.

« T'as drôlement arrangé ça, fit l'homme en regardant les murs peinturlurés. Et puis t'as fait le ménage... »

Assis à une table, il examinait la bouteille de rhum que Ludo venait d'apporter.

« T'as bien arrangé, mais l'équipement va pas. Pour boire, y faut des verres. A ta place j'irais faire un tour à la décharge, un peu plus bas vers le sud. Tu trouveras tout ce que tu veux là-bas. Si les ferrailleurs te laissent le temps d'installer ton mobilier !... Comment tu t'appelles ?

— Ludo.

— Moi c'est Francis. Francis Couélan. »

L'homme présentait une calvitie parfaite, et n'avait ni cils ni sourcils.

« C'est quand j'étais gosse, déclara-t-il en se touchant le front. Je suis tombé dans une piscine à homards, un vivier quoi ! Je savais pas nager. Comme si j'avais fait un plongeon dans une caisse à outils, des outils vivants. On m'a repêché tout de suite, j'avais même pas été pincé. C'est juste la trouille qui m'avait pincé. Dans la nuit tous les cheveux sont tombés, j'étais ratiboisé comme un œuf. Et ça n'a jamais repoussé. Et ça m'a pas empêché de devenir marin. »

Il avait aussi fait vingt ans à Cayenne pour avoir violé la centenaire d'un village un soir de kermesse ; la vieille en était morte. A soixante ans c'était encore un goliath, les bras et le torse illustrés de tatouages à la gloire de la femme. Il habitait en ermite une roulotte de fer en bordure de forêt, pas très loin du *Sanaga*. Personne n'était jamais entré chez lui, personne n'osait approcher.

Un jour un petit cirque établit son campement sur la dune, à côté de chez lui. Les rugissements d'un vieux lion troublant son sommeil, il fit irruption dans sa cage et lui fractura l'épaule à coups de balai sous les yeux du dompteur en larmes.

... Encore heureux qu'il n'ait pas violé la bête, ricana-t-on au Forge. Et le pays se cotisa pour rembourser le fauve abîmé.

« ... Des jeunes cons ! Des vrais sales cons. Mais t'inquiète pas, moi je suis là. Je connais ça, les saloperies ! Je connais même que ça. Alors, t'es bien ici ?...

— Ça va, répondit Ludo.

— Moi aussi j'ai des petits bateaux qui me trottent dans les veines, on n'en guérit jamais. Ça vous réveille la nuit... Ça vous gratte... Et puis faut que je te dise pour les ferrailleurs... y vont venir bientôt. »

Il parlait à Ludo d'une voix presque chuchotante, avec cette aura du vieux pirate assagi qu'on imagine au courant des plus vastes secrets.

« Tous des branleurs dans la ferraille... On sait jamais quand ils viennent, mais ils viennent toujours. On sait pas pourquoi y cassent les bateaux... Mais les cuivres ils les auront pas », ajouta-t-il avec un clin d'œil rusé.

Il se pencha vers Ludo.

« Les tuyaux, les robinets, tous les cuivres, c'est moi qui les ai. C'est pour ma pomme. Je les ai ici, pas si con! sur le bateau, planqués dans le gaz-oil des fonds. Je les fourgue au fur et à mesure. »

On entendit comme un bêlement tout proche qui fit sursauter Ludo.

« C'est quoi? demanda-t-il sur la défensive.

— C'est mon mouton, ricana Couélan, n'aie pas peur. Le seul rescapé du *Sanaga* quand il a coulé. C'était plein de moutons là-dessus. Ils se sont tous noyés sauf lui. »

Il reprit une lichée d'alcool.

« Tous emportés sur le haut-fond. Putain de haut-fond! T'as vu, la vague, par grande marée?... Elle arrête pas de briser. C'est là que je suis allé le chercher, avec mon canot! J'ai bien cru laisser ma peau... Ecoute voir comme il obéit. »

Il s'approcha d'un hublot, et les veines du cou

saillant comme du câble, il se mit à bêler vers la nuit; la réponse arriva tel un écho.

« Y m'attend sur la plage... Y sera sûrement content de faire connaissance avec toi. »

Ludo raccompagna l'homme à la sortie du navire, un gros mouton noir apparut dans la lumière du fanal.

« C'est Panurge! annonça Couélan. Y m'avaient tué mon chien, alors j'ai adopté celui-là. »

Ludo noyait ses doigts dans la laine ondulante et râpeuse, heureux de cette rencontre avec un mouton vivant, tout chaud, tout barbu, pas l'un de ces hideux fétiches qu'il avait condamnés à mort un soir de Noël.

« J'ai bien essayé de le faire aboyer, mais ça n'a pas marché. Alors c'est moi qui fais le mouton. Tu sais pourquoi je l'appelle Panurge?

— Non, dit Ludo.

— A cause de la Bible, avec Moïse, quand il a traversé le Jourdain. Y suivaient tous comme des moutons... Allez bonsoir!... Et puis t'inquiète pas pour la racaille, elle est pas près de revenir. »

Ludo le regarda s'éloigner.

... Et toute la nuit, dans son sommeil, il suivit un mouton qui le guidait au milieu des souvenirs, l'emmenait au grenier, aux Buissonnets, à Saint-Paul, et quand il le rattrapait c'était toujours lui-même, Ludo, qu'il avait suivi.

Le lendemain, selon les conseils de Couélan, il se rendit à la décharge, une zone immense où face à la mer s'érigeaient et s'effondraient les terrils de détritus. Des colonnes de vapeur montaient, une odeur de mangeaille pourrie saturait l'air, profanant la résine et l'iode. Il s'engagea dans ce labyrinthe avec délecta-

306

tion comme s'il retrouvait une autre épave, une autre cocagne, ébloui par ce typhon pétrifié qui n'en finissait pas d'arborer la débâcle des choses et d'opérer puissamment le retour de la matière au principe. Un chahut criard de mouettes et de corbeaux couvait les immondices et se bougeait de quelques mètres à son approche. Çà et là surgissaient des fours, des buffets crevés, des bidons cacaotés par la rouille, des voitures désossées, des fauteuils, des landaus, des chiens, des rails, unifiés dans un charivari silencieux. Ludo vit un cheval entier sucé par les mouches. Il déterra six assiettes intactes mais ficelées de racines aboutissant à un massif d'orties. Il trouva la seconde partie de *Quo Vadis* qu'il parcourut séance tenante au volant d'un camion brûlé. Il ramassa des couteaux sans lame, des casseroles sans manche, des habits qu'il rangea dans une valise défoncée. Il n'était rien dont le dépotoir ne fît largesse au visiteur. Il s'attendait à exhumer l'impossible, une église, un sousmarin, ses années d'enfance à Peilhac. Il se demandait même si le Centre Saint-Paul et tous les innocents ne reposaient pas là quelque part sous les gadoues.

Son plus beau cadeau lui fut décerné vers le soir, une boîte à musique imitant un piano à queue digne d'une marquise en chocolat. Il remonta l'automate et se retrouva tenant gauchement dans sa main l'air de *Jeux interdits* qu'il n'avait jamais entendu. C'est ainsi que le rattrapa sa mémoire, en douce au milieu des ordures, et que s'évanouit sa rancune envers le sort. Il sentait battre le pouls que la musique anime au fond des années disparues, il remontait l'appareil, il avait l'impression de remonter sa vie, d'atteindre sa naissance et sa vérité. Il voyait de nouveau sa mère, il voulait la toucher, lui parler, et dépouillé de tout grief c'était presque un remords qu'il éprouvait au souvenir de son existence aux Buissonnets.

Rentré sur l'épave il se coucha par terre, écouta plusieurs fois *Jeux interdits* dans le noir, les yeux ouverts sur son passé. Puis il alluma sa lampe et fit une lettre à Nicole.

> *Tu sais que je suis parti mais moi ça va bien. Je suis parti parce que t'es pas venue à Noël. Mais je suis pas claqué. Maintenant tu peux venir me voir sur mon bateau. Y a un village qui s'appelle Le Forge et si tu suis la route à la sortie t'arrives à la mer et tu verras mon bateau sur la plage. C'est là que je suis. C'est chez moi. Même que je peux t'inviter si tu viens. Même que j'ai un métier et que je fais saisonnier. Ce serait bien si tu venais. Tu peux m'écrire au café du Forge.*
>
> *Ludo*

Il monta sur le pont, regarda pensivement vers le large et déchira sa lettre par-dessus bord.

XVII

La nostalgie de nouveau l'encerclait. Il échappait
dorénavant à la honte, aux sarcasmes, il n'y avait plus
personne à lui répéter qu'il était idiot, mal né,
dangereux, il n'y avait plus personne et il était tout
seul. Oubliant l'épave il errait sans fin dans sa
mémoire et se figurait au grenier. Il entendait gémir
l'escalier, il entendait la clé tourner, se cachait dans
son mirador avec les têtes de mulets. Certains jours,
par le hublot, il voyait la cour de la boulangerie, les
murs du fournil, les champs brumeux, il respirait
l'odeur du pain tiède, et les souvenirs mis à nu se
doublaient d'amertume. Il divaguait de Lise à Nicole,
imaginant sa mère avec un bec-de-lièvre, et songeant
pour la première fois qu'elle ne l'avait jamais
embrassé. Les yeux fermés sur un mensonge, il se
baisait passionnément les mains, rêvant à sa peau.
Nanette était là par la voix. C'était un bourdonnement continu, sans couleur ni visage, une musicalité
voilée baignant des mots qu'il n'entendait pas.

Des images le poursuivaient qu'il ne raccordait à
rien. Un petit garçon marchait pieds nus dans la nuit.

Un petit garçon montait l'escalier. Une main rouge devant les yeux.

Les questions affluaient alors : qui était l'enfant? A qui appartenait la main? Pourquoi les boulangers l'avaient-ils si mal traité? Avait-il déjà vu son père sans le savoir?

Un jour il pleura des heures et se regarda pleurer dans le miroir, n'éprouvant rien, ni douleur ni peine. Il saignait comme un astre mort, sans blessure apparente.

Les sens le tourmentaient vers la nuit. Il revoyait les seins trapus et lourds de la cuisinière, leur pépite noire au bout. Il dissimulait sa verge entre ses jambes, et devant son corps ainsi dénaturé se demandait s'il n'eût pas aimé naître femme avec de beaux seins comme elle ou sa mère. Le fantasme se prolongeait dans un sommeil où Nicole, Fine et Lise s'incarnaient en chimères qu'il devait inciser au couteau sur une table du réfectoire — et soudain la table se transformait en wharf ballotté par la pleine mer.

Il rêvait aussi d'un métier, d'un ancrage social, et s'était fabriqué une boîte aux lettres à son nom, récupérant à mer basse une vieille caisse de champagne californien ligaturée sur un manche de pelle ; il l'avait plantée devant l'épave en zone sèche.

Il mangeait sans faim, par grignotages nerveux, des poissons à peine cuits, des algues, et les arapèdes qui avaient la souple consistance des globos. Il buvait indifféremment l'eau de mer et l'eau douce des flaques de pluie sur le pont. Seul son lait chaud du matin lui faisait cruellement défaut. Il se rendait parfois au Forge à seule fin de rapporter quelques berlingots du précieux breuvage.

Francis Couélan rendait régulièrement visite à Ludo. Il avait sculpté spécialement pour lui un couteau de travail : un gros Opinel à lanière de cuir, avec un manche de bois figurant une sirène arquée tel un phallus. Il lui donnait aussi des lapins pris en braconnant. Ludo détestait les lapins, pareils à des nouveaux-nés une fois dépecés. Couélan parti, il s'en débarrassait sous les trappes de la salle des machines. Ils étaient une dizaine à mariner dans la saumure, comme autant d'embryons dans un ventre mort.

L'ancien bagnard et Ludo se parlaient à peine, installés à la cantine, buvant en silence une décoction de rhum et de thé presque noir qui faisait danser l'univers de l'adolescent. Mais parfois, d'impromptu, Couélan se lançait dans une tirade à n'en plus finir concernant les hauts-fonds, les étoiles, l'influence lunaire et les vents qui régissaient l'ampleur des rouleaux sur les brisants.

Voyant Ludo patauger nu dans les vagues pour se laver, il l'avait initié à la brasse indienne, et ce dernier qui n'avait jamais su nager s'était mis à barboter autour du navire en plein hiver, négligeant l'avis d'interdiction relatif aux baignades.

C'était les marées qui gouvernaient son emploi du temps. A mer montante, il installait un fauteuil pied-bot sur l'arrière du navire et regardait les flots comme une procession lente envahir le rivage. Bien avant l'étale on voyait s'élever au nord de la balise une vague solitaire, un perron fantastique à double volée qui s'effondrait avec majesté sur lui-même et se résolvait en écume. On eût dit l'abolition d'un mirage dont Ludo se refusait d'imaginer qu'il avait maintes

311

fois déchiré bateaux et baigneurs. Et puis le mirage reprenait, la déferlante se cabrait de nouveau sur l'horizon, échevelée d'embruns, charriant sur ses pentes un fracas d'éboulis neigeux qui paraissaient écraser la mer ; le phénomène cessait au jusant.

Ludo redoutait la vague et l'aimait. Elle était belle comme sa mère ou comme une artiste au piano, elle aussi parée d'une robe de lumière, intouchable et pourtant si vivante et si proche. Sur son fauteuil en plein vent, il ne se lassait pas d'écouter le charroi meurtrier des houles sur le haut-fond.

Il marchait aussi beaucoup sur la plage. La mer basse lui prodiguait tous les jours un nouveau tro-phée. Il portait en sautoir la visqueuse laminaire imitant le dos des alligators. Il ramassait la menue monnaie des océans que le ressac abandonne à la perplexité du flâneur : étoiles de mer, os de seiches, tignasses de varech, méduses lacérées comme de la gelée d'œil, branches d'arbres poncées par les vents. Il trouvait des galets façonnés par l'usure, il trouvait l'usure des bigorneaux blanchis dont seule avait survécu la spire, le dôme ondulé d'une tête de crabe, guillochée sur le pourtour ainsi qu'une tartelette, le vitrail flasque d'un poisson mort. Ludo fêtait ces arrivages providentiels de colifichets atlantiques, cha-land solitaire des laisses de marée où, comme à la décharge, il s'en allait au marché.

Le soir, sacrifiant à regret les bois d'épave, il dressait des flambées sur le sable désert et contemplait la mer à travers le feu. C'était sa mère, au vrai, qu'il contemplait toujours et tentait d'apprivoiser si loin qu'elle eût disparu. Les yeux agrandis par l'hypnose il rêvait qu'elle embarquait sur le *Sanaga*. Lui, à la barre

312

du navire, était Marcus Vinicius, héros de *Quo Vadis,* officier romain, et c'est au glaive qu'il tranchait les amarres pour appareiller. Il pouvait rester ainsi jusqu'à l'aube en compagnie de sa mémoire et des flammes ; tout feu qui brûlait donnait à Ludo le sentiment d'approcher la vérité.

Il s'amusait à défier la marée montante. Il établissait de gigantesques barrages à l'arrière du *Sanaga,* d'innocentes murailles de sable qui tenaient la mer en échec cinq ou dix minutes, et puis des infiltrations lézardaient les parois, sapaient les bases, et les flots retrouvaient en se ruant le lit qu'ils avaient affouillé depuis longtemps en aval du bateau. Alors il se réfugiait à bord et regardait les clapotis sablonneux mousser autour de l'hélice et du gouvernail, cravacher la voûte, et toutes les vagues bientôt semblaient avoir fait vœu de franchir l'océan pour inonder l'épave.

Un jour il trouva des pots de peinture et des pinceaux dans un buffet. Profitant du soleil, il peignit sur les flancs du *Sanaga* de grosses mains noires avec des éclairs sang de bœuf qui les rayonnaient : Couélan lui dit avec admiration que son navire était mieux fardé qu'une putain.

Quand il pleuvait, Ludo se rendait au Prisunic sur la route de Bordeaux, à la sortie du Forge, et passait des heures à ne rien acheter. Il prenait un caddie et faisait tous les étalages, choisissant des vins et des produits surgelés, du linge pour femme et des couches pour bébé qu'il entassait dans son véhicule : il l'abandonnait plein à craquer dans une allée déserte et quittait l'établissement par la sortie « sans achat ».

Fin mars, un après-midi, longeant le front de mer par grand beau temps, il marcha si loin que le *Sanaga* avait disparu quand il se retourna. La mer était comme un songe. Il faisait chaud sous les pieds nus. C'est alors qu'il aperçut le wharf à l'horizon, liseré d'huile étiré sur un ciel sans vent. Il se frotta les yeux, sûr à présent de reconnaître les lieux, les brèches entre les dunes, l'arrondi du rivage, la zone de tir et la flèche de sable au fond masquant le sentier par où Tatav et lui, autrefois, gagnaient les Buissonnets à travers les champs. Il parvint au tuyau bitumé qu'il escalada bouleversé. C'était sa demeure, ici, toute sa vie. Il courut jusqu'au chemin desservant la plage. Il n'avait soudain plus qu'une idée : voir sa mère, la rassurer, lui jurer que tout allait bien, qu'il n'était pas mort et qu'il revenait pour ne plus jamais partir. Sur ses lèvres dansaient tous les mots qu'il voulait prononcer pour l'émouvoir. Il avait mal au cœur, il balançait des gestes fous, traversant au galop le champ qui montait vers les Buissonnets.

A la vue du toit rouge et des murs bien blancs, il eut un mouvement de panique. Il était sale et barbu. Il y avait trois mois qu'il vagabondait. Qu'allait-elle penser en le voyant si débraillé ? Il se mit à plat ventre et rampa vers la route. Il regardait éperdument. Chez lui rien n'avait changé. Les volets de sa chambre étaient ouverts. Il y avait une auto bleue près du garage. Sur la terrasse, dans une chaise longue, un homme jeune, torse nu, lézardait. On entendait ruisseler une douche et fredonner. Le bruit cessa. Ludo faillit hurler quand Nicole sortit, une serviette-éponge autour du corps, tordant sur le côté ses cheveux trempés. L'homme passa négligemment la main sous la serviette sans même ouvrir les yeux. Nicole se laissait faire en souriant. Qui était l'homme ? Où était Micho ? Qu'est-ce qui se passait ? Elle se penchait vers l'inconnu pour l'embrasser tendrement. Ludo n'en pouvait plus d'angoisse et brûlait de courir lécher la sueur sur la peau de cette femme qu'il aimait, qu'il détestait, qui était sa mère et n'appartenait qu'à lui seul. Il se mit debout. Il allait traverser la route, ouvrir le portail et la reprendre, il en avait le droit, personne ne pourrait l'en empêcher !

Main dans la main, l'homme et Nicole venaient de rentrer gaiement dans la maison, Ludo n'avait pas bronché.

Bizarrement soulagé il se remit à plat ventre, attendant la nuit. Pourquoi Micho ne rentrait-il pas ? L'homme ressortit dans la soirée fermer les persiennes. Il faisait presque noir. Les premières étoiles montèrent, Ludo franchit la route et se glissa dans le jardin. Il reconnaissait l'odeur des glycines avivée par le printemps. Il arriva devant la porte et colla son oreille au battant. La télévision marchait en sourdine. Il posa son doigt sur la sonnette et pressa longuement. Deux notes mièvres tombèrent en lui comme un signal d'alarme. Une terreur de bête l'envahit. Il entendait un bruit de pas venir d'une autre planète : la porte s'ouvrit. L'éclair d'un instant Ludo vit un gaillard à l'air hostile, en maillot de corps, puis une silhouette se profila derrière, il entendit les mots « une espèce de vieux clochard » et il se sauva, repassa la route et s'en fut comme un voleur à travers les champs.

Plus tard il retourna furtivement finir la nuit dans son ancien niglou qu'il retrouva intact au bout du jardin.

Il ne revint sur le bateau qu'à l'aube et passa la journée couché par terre, mains jointes à la façon d'un gisant. Il n'était plus fait que d'impressions molles à peine ressenties, d'instants creux qui l'effleuraient comme des bulles, et s'évanouissaient. Les yeux ouverts il entendait battre un cœur, le sien, la mer sous la voûte, une goutte d'eau perdue quelque part dans la ferraille, un souvenir. Un petit garçon marchait la nuit. Une main noire volait. Qui donc répétait d'une voix plaintive : « Maman dit qu'il est tombé tout seul... » ? Nicole venait souvent au grenier mais il ignorait qu'elle était sa mère. Il aimait déjà la voir. Elle ne disait rien. Elle était plus belle que Nanette. Il était triste, avec Nanette, elle voulait toujours le faire parler, toujours savoir s'il était content, s'il ne l'oublierait pas quand il serait grand. Où c'est qu'on vous met quand on est claqué ?... Où donc était Micho ?... Il entendait l'harmonium, revoyait les huit doigts courir sur le clavier. Et son vrai père, où était-il ?... Est-ce que ça n'était pas lui qu'il avait vu la veille avec Nicole ?... Est-ce que son père était revenu ?

Il se leva le soir dans un état de tristesse euphorique, et voyant la pleine mer se baigna. Il faisait grand jour encore. Il essayait d'oublier l'homme aperçu la veille et ne voulait plus penser qu'il était peut-être son fils. Il s'imaginait nageant côte à côte avec sa mère et s'abandonnant à l'océan par une soirée chaude. Ils se parleraient. La terre disparaîtrait. Les feux des cargos s'allumeraient à l'horizon.

Grisé par son rêve il s'était éloigné du rivage et s'approchait du haut-fond sans même y penser. La déferlante éclata soudain comme par traîtrise et l'épouvante le suffoqua : droit devant lui, sous la mer, dans un vertige oblique, il y avait la mort, le mufle noir de l'écueil, un gouffre où palmaient dans une transe mordorée les laminaires, et par-dessus l'énorme char de la vague en plein élan déboulait comme un tonnerre. Il voulut s'enfuir mais les remous l'aspiraient, la mer explosait sur lui, le roulant par chance hors du courant.

Il put rentrer sain et sauf. Debout sur la rive, en état de choc, il n'en finissait pas de regarder les noces de neige des brisants qui avaient failli l'anéantir.

Sa peur la nuit dégénéra en cauchemar, il se réveilla couvert de sueur. Ce n'était pas un haut-fond qu'il avait aperçu dans la mer, c'était le portrait masqué, les cheveux rouges étaient des nageoires, les doigts de longs tentacules cherchant à l'enlacer, la vague un fracas d'ossements blêmes. Les yeux mangés par les ténèbres il fouillait du regard la cabine en quête d'un maléfice. Il se demandait s'*ils* avaient retrouvé sa trace et s'*ils* n'étaient pas déjà là, tous, à bord du bateau, policiers, infirmiers, ferrailleurs, diablotins, tous venus pour le capturer. Il se leva sur la pointe des pieds, alluma sa lampe et monta sur le pont. Une petite pluie butinait l'obscurité silencieuse, il semblait que le *Sanaga* fût un météore en suspens dans la nuit fantôme et que rien n'eût jamais existé. Un peu rassuré, Ludo redescendit à l'intérieur et déchira un sac de papier pour écrire.

Moi je suis comme mon père. Je suis parti loin mais je suis pas mort. C'est parce que t'es pas venue à Noël. Je fais saisonnier maintenant. J'ai un bateau où c'est chez moi. Y a un village qui s'appelle Le Forge et si tu suis la route t'arrives à l'océan, c'est par là. Mon bateau y s'appelle le Sanaga. *Je peux même t'inviter si tu viens. Y avait un homme avec toi dans le jardin l'autre jour. Je sais pas si c'est mon père et d'ailleurs on n'est pas pareil. C'est bien si tu viens comme ça moi je retourne aux Buissonnets avec toi. Si tu m'écris c'est au café du Forge où c'est mes amis. Où c'est qu'il est Micho? C'est bien quand t'as les cheveux longs.*

Ludo

XVIII

Les ferrailleurs arrivèrent un soir d'avril en camionnette. Ludo revenait des Buissonnets quand il les
aperçut au pied du navire et commença par se cacher.
Le premier affolement passé, la raison l'emporta : les
infirmiers ne prenaient pas des mesures le long des
épaves, et il se montra. Un gros type à béret lui tendit
un bouquet de fleurs.

« Salut mon gars !... On a trouvé ça par terre, à côté
du bateau. Ah ! c'est beau d'avoir du succès... »

Ludo regarda abasourdi les chrysanthèmes fanés
qu'il avait pris dans ses bras.

« C'est nous les charcutiers, ricana l'autre. On
vient tailler ton jambon. On nous avait prévenus au
village, qu'il y avait un... locataire dessus, mais c'est
ton problème. T'es pas le premier à t'installer sur les
épaves, nous ça nous gêne pas. T'es peinard encore
pour une huitaine, on est juste venu voir le boulot. Ça
va être coton, d'ailleurs, l'acier n'est bouffé qu'en
surface. A la revoyure alors ! et pense à ton déménage-
ment. »

Ludo regardait partir la camionnette et s'en fut

319

mettre les fleurs dans un magnum de Coca-Cola coupé en deux qu'il remplit d'eau de mer.

Le lendemain il se rendit au Forge. Il y retournait régulièrement depuis qu'il avait posté sa lettre à Nicole, espérant une réponse qui n'arrivait pas. Une fois encore, Bernard n'avait rien pour lui. Il considérait Ludo bizarrement.

« C'est marrant, dit-il, on a eu les flics ce matin. Ça on peut pas dire qu'on les voit souvent. D'ailleurs on n'aime pas ça. Ils cherchent un type... Un barjot qui s'est échappé d'un asile. Y a pas de ça par ici, qu'on leur a dit. C'est marrant...

— Pourquoi ils le cherchent ? demanda Ludo.

— Les gens parlent jamais chez nous, continuait Bernard, jamais aux flics. Y parlent jamais, mais y sont pas fous... On a eu les ferrailleurs aussi. D'ici qu'ils te coupent en rondelles, y a pas loin. »

Ludo avait fini par avouer qu'il habitait sur l'épave en attendant la saison. Bernard avait répondu le savoir depuis longtemps.

« Enfin, c'est bientôt l'été, tu pourras loger chez l'habitant. Je suis sûr que t'es le roi du sécateur... »

A son retour Ludo trouva dans sa boîte aux lettres un vieux bouquet de primevères et se rappela Lise. Elle aussi lui donnait des fleurs quand il était malade. Il repensait à leurs caresses, à leurs amours sans joie, soudain honteux de l'avoir laissée là-bas.

Il ajouta les primevères aux chrysanthèmes dont les derniers pétales avaient chu. Qui pouvait s'intéresser à lui dans la région ?... Qui pouvait savoir qu'il était là ?... Le bagnard ne braconnait pas les fleurs.

Il eut beau se cacher les jours suivants près du blockhaus, le soir tomba sans qu'il eût vu personne. Il reprit le chemin du Forge et des Buissonnets, et de nouveau les gerbes avariées fleurirent les abords du *Sanaga*. Un après-midi, Ludo fit semblant de s'enfoncer dans les bois, puis revint à la plage après une large boucle et s'embusqua dans la dune. Une petite fille à bicyclette apparut peu après. Elle posa son vélo, prit un bouquet sur le porte-bagages et vint le déposer au bas du navire. Elle resta quelques instants debout, les mains jointes, fit un signe de croix suivi d'une génuflexion rapide et remonta vers sa bicyclette.

Ludo l'attendait.

« C'est pour quoi les fleurs ? » demanda-t-il.

Elle haussa les épaules comme si la réponse allait de soi.

« Ben c'est pour mon papa !...

— Qui c'est, ton papa ?

— Il est mort parce qu'y buvait trop. Ma mère elle a dit qu'il était fou. Maintenant il est dans la boîte, au cimetière. Ma mère elle y va tous les jours, au cimetière. Avec des fleurs. Mais moi je les ramène ici. Et puis j'en prends sur les boîtes à côté, comme ça y en a plus. Celles d'aujourd'hui, elles sont presque neuves.

— Mais pourquoi tu fais ça ? »

La fillette parut réfléchir.

« C'est mon frère... çui qu'a une moto. Y dit qu'y a un fou sur le bateau. Alors si t'es fou t'es mon papa. »

Puis d'une petite voix mutine :

« Tu veux bien, dis ?...

— Je sais pas, moi, bredouilla Ludo, ému. Comment tu t'appelles ?

— Amandine. Mais tout le monde m'appelle Man-

321

dine. Ma poupée elle s'appelle Célestine. Faut que je m'en aille ou je vais me faire disputer. »

Elle enfourcha sa bicyclette et disparut en trois tours de roues.

Elle revint régulièrement à la plage, et toujours avec des fleurs dont elle dépouillait les morts du village voisin. Elle bavardait avec Ludo mais d'assez loin, comme si l'instinct lui dictait l'intervalle à garder. Elle était en vacances, elle avait six ans, une frimousse piquante de chipie, des yeux couleur de bille et un zézaiement qu'elle semblait moduler à volonté. En gage d'amitié, Ludo lui fit présent d'une surprise : un bébé homard pêché par Couélan, bleu comme une arme, le tendon des pinces coupé, joliment emballé d'un papier cadeau rapporté du Forge exprès.

Deux jours plus tard Amandine arrivait en larmes : « Titi est mort !...

— C'est qui ? s'étonna-t-il.

— Mon bébé nomard. Déjà qu'y chantait pas...

— Tu l'as mangé ?

— Ah ben non alors !... Je l'avais mis dans la cage à perruche, au garage, et j'y donnais son grain tous les jours. Il est mort quand même. Et ma mère elle m'a disputée que ça sentait mauvais. »

Ludo promit un autre homard. Elle bouda quelques instants, creusant le sable avec le bout du pied, puis repartit toujours fâchée, décrétant qu'il n'était pas gentil et qu'il n'était plus son papa.

Il passa le restant de la journée à gratter au couteau la chaloupe vermoulue du navire. Depuis le passage des ferrailleurs, on eût dit qu'il cherchait à le remettre à neuf pour les dissuader d'y toucher. Il graissait, briquait, lessivait. Il imaginait la nuit que l'épave épaulait sous l'impulsion des marées. Il se rêvait parfois marchant sur la mer, le *Sanaga* sous le bras comme un vaisseau d'enfant.

Vers le soir, il aperçut une silhouette au détour de la dune et crut d'abord à la visite de Couélan. Mais à peine eut-il formé cette idée que la chaleur d'une impression familière l'envahit : c'était Micho. Il abandonna son travail, descendit sur la plage et courut à sa rencontre ; son beau-père lui tomba dans les bras.

« Alors comme ça, c'était pas des blagues ! s'écriat-il. T'es vraiment sur cette carcasse !... Ah ben moi j'y croyais pas... Moi j'étais sûr qu'elle m'avait encore embobiné, j'étais sûr que t'étais pas là. Et en plus t'as grandi, t'es un homme, maintenant... Sacré Ludo, va ! »

Ils arrivaient au bateau.

« Tu me ramènes à la maison ? T'es venu pour me chercher ? »

Micho se rembrunit, le regard vers l'océan.

« ... Ah ça !... On peut pas dire... ça non ! Je te ramène pas à la maison, et ce coup-là j'y peux rien. Moi non plus d'ailleurs, j'y vais pas, à la maison. C'est fini tout ça. »

Il considérait l'intérieur de son chapeau comme un mendiant.

« Ta mère et moi, ça n'allait plus, poursuivait-il d'une voix défaite, enfin c'est elle, qui n'allait plus. Rien que des mensonges. Même qu'elle a dit qu'elle avait jamais été enceinte, et ça la faisait rigoler. Mauricette, au moins, elle était réglo. C'est fini, quoi !...

— C'est fini quoi ? demanda Ludo.

— C'est tout fini, mon gars, on n'est plus ensemble, et même qu'on va divorcer. Oh j'y ai laissé la maison, je voulais plus habiter là. J'y ai eu que du malheur dans cette maison, et j'ai rien compris... Tatav y sera pas perdant, il aura les sous plus tard, et puis toi aussi... Pour aujourd'hui voilà un petit dépannage... »

Il fourra dans le col de Ludo une liasse de billets.

« Je peux rien faire de plus en ce moment. L'affaire est pas encore vendue, ça prendra du temps. Et puis toutes les économies sont parties dans ce sacré procès !... Tu crois que les boulangers auraient fait un geste ?... Penses-tu ! Pas un sou !... Pour rien te cacher, moi j'ai pas le courage à me réinstaller... D'ailleurs je suis trop vieux. Alors je vais... »

Il se racla la gorge et parut très gêné.

« Enfin quoi... la cousine elle m'a proposé un petit boulot... Je vais m'occuper du bricolage, au Centre Saint-Paul, où c'est que t'étais avant. Y a toujours à bricoler dans ces grandes baraques. Pourquoi pas ! j'y ai dit. Et j'y ai pas dit où t'étais, moi ! Ça j'y ai pas dit.

— Et ma mère, coupa Ludo, elle a reçu ma lettre ?

— Ah ça oui, elle l'a reçue. C'est même elle qui m'a dit que t'étais là. Moi j'y croyais pas. On pensait que t'étais mort. Les flics ils ont cherché partout après toi. Ils ont fouillé les bois, sondé la rivière et tout le tremblement. Mais y en a des cachettes, dans ce sacré pays... Et toi tu t'es vraiment trouvé la meilleure. »

Il prit soudain le poignet gauche de Ludo.

« Moi je croyais pas que t'avais le singe, mignon, ça j'y croyais pas... Moi je disais toujours à ta mère et à la cousine aussi, il est bizarre, ce môme, un peu simplet, mais dingo ça non ! ça il ne l'est pas !... »

Il détourna les yeux.

« C'est après l'histoire du feu, tu comprends, que j'ai bien vu qu'elles avaient raison, mais moi j'aurais jamais cru ça. »

Ludo baissa la tête.

« Ma mère elle était pas venue, déclara-t-il d'une voix piteuse.

— ... Les pompiers, ils étaient pas sûrs. Y parlaient d'un court-circuit dans les lampions. Mais ta mère elle était sûre, et la cousine aussi. Toute la crèche a flambé. Y a même eu un feu de cheminée à cause qu'elle était bouchée par les nids d'oiseaux. Encore une chance qu'ils soient pas tous morts, là-dedans. »

Micho caressa le flanc du navire en soupirant.

« C'est pas un vieux, dis donc, celui-là... Pour un peu on aurait pu l'arranger... J'aurais eu vingt ans de moins, ça m'aurait pas fait peur. »

Ludo lui fit visiter l'épave.

« Et ma mère, implora-t-il à la fin, elle va venir me chercher quand ? »

Micho parut désarçonné.

« Ça... je sais pas. On sait jamais avec elle... Elle fera comme elle voudra. Elle m'a rien dit... D'ailleurs t'aurais peut-être pas dû y écrire, à ta mère... Elle a ton adresse, maintenant. »

Ludo le reconduisit au rivage en radeau. Micho se trempa les pantalons en débarquant. Il promit de revenir et partit sans se retourner.

Ludo rêva cette nuit-là d'une main géante qui l'écrasait.

La semaine passa. Il se rendit chaque jour aux Buissonnets mais ne vit personne. Les volets étaient fermés. Il faisait un crochet par Le Forge en rentrant. Bernard était moins aimable et s'absorbait dans la vaisselle ou la tension d'une partie de flipper à son arrivée. Ludo payait ses laits chauds avec des billets de cent francs dont il oubliait régulièrement la monnaie sur les tables. Il la retrouvait le lendemain dans une enveloppe où le compte de la veille était soigneusement reporté. Ses poches regorgeaient de pièces et coupures chiffonnées qu'il semait à son insu. L'épicière, elle, restait la même à son égard et, malgré tout l'argent dont il paraissait faire étalage, n'acceptait rien pour les berlingots et les boîtes de pâté qu'il emportait. « T'es un bon gars, répétait-elle, un vrai bon gars. Je sais pas ce que tu fais par ici, mais t'es un bon gars... » Et Ludo se disait qu'elle avait bien raison, qu'il était le meilleur de tous les bons gars qu'il ait jamais vus.

A la plage, au retour, il trouvait Panurge et Couélan près du *Sanaga*. « Qu'est-ce t'as encore eu besoin d'aller traîner au village, reprochait ce dernier. C'est de la racaille, tout ça, des mauvaises langues et des histoires. Faut pas y aller. »

Un soir qu'il inspectait machinalement sa boîte aux lettres, Ludo trouva un message d'Amandine lui donnant rendez-vous le jour suivant pour goûter sur l'épave.

Quand la mer monte, tu ramasses plus mes fleurs et elles vont à la dérive. Si ça continue je t'en apporterai plus...

En travers du rabat un sigle ésotérique était calligraphié : F.P.M.B.

Elle arriva comme annoncé, friponne et ravie dans un bermuda bleu ciel, ses tongs à la main pour aller nu-pieds. Ludo l'attendait au blockhaus.

« Bonzour, fit-elle en zézayant exagérément. Y a des madeleines ?

— C'est quoi ? demanda-t-il inquiet.

— Si y a pas de madeleines, moi je veux pas monter. Et puis c'est tout mouillé pour s'approcher. T'as qu'à me porter sur ton dos. T'as vu, mes cailloux ?... »

Elle brandissait un petit sac de toile.

« Y a les blancs et y a les noirs. Je les ai ramassés à la plage. On peut dessiner des églises et des personnes, avec, et puis des chevals aussi... Tu sais ce que ça veut dire, F.P.M.B. ?... »

Il répondit non.

« Eh ben je te le dirai pas ! »

Elle avait finalement traversé la flaque avec de petits cris surexcités. Les poings sur les hanches elle considérait l'ouverture au-dessus d'elle d'un air scandalisé. Ludo lui fit la courte échelle et la rejoignit à l'intérieur. Décoré par son résident, le *Sanaga* respirait l'harmonie calfeutrée d'un foyer lilliputien. La cabine ordonnée comme un boudoir de poupée mit la fillette en joie. Elle battit des mains à la vue de ses bouquets sans pétales baignant dans les bouteilles de Coca. Elle exprimait un ravissement hilare, fouinait partout, de la cambuse à la timonerie, ne souffrant pas qu'une once de cette magique abondance aille se dérober. Elle posait à Ludo des questions sur tout, la cuisine, le moteur, comment ça marchait, si ça allait plus vite

327

que sa bicyclette, s'il l'emmènerait un jour à Bordeaux où c'est qu'elle avait sa maison l'hiver, s'il avait peur la nuit. Ludo répondait tant bien que mal, s'enflammant jusqu'au mensonge et décrivant des pays fabuleux où il n'avait mis les pieds qu'en rêve, des savanes et des taïgas décalquées sur la forêt bordelaise.

« Qu'est-ce que c'est beau chez toi !... mais j'aime pas les dessins. Moi je sais dessiner les chevals. Mais faut dire les chevaux quand y a plusieurs chevals. Je t'apporterai mes dessins si maman veut bien. »

Pour son goûter, Ludo lui prépara un lait chaud.

« Moi je voulais du Pschitt... Avec des madeleines pour faire les mouillettes...

— J'en ai pas, répliqua Ludo vexé.

— Ça fait rien, minauda-t-elle. On dira que le lait c'est du Pschitt et le pain des madeleines. Et puis toi t'es mon papa. C'est quoi qu'on entend ?

— Une bouée sifflante.

— Pourquoi elle siffle ?

— Y a un haut-fond avec du sable. Alors elle siffle...

— Et ta maman, elle est gentille ? »

Ludo rougit et bredouilla qu'elle était très gentille et qu'elle allait venir le chercher bientôt.

« Eh ben moi je suis grande, déclara Amandine en tirant la langue. Ma maman elle vient pas me chercher. Je rentre toute seule à la maison... Alors, t'as toujours pas deviné ?

— Pour quoi ?

— Mon secret... F.P.M.B... ça veut dire : fermée par mille baisers... »

Ludo crut alors percevoir des appels et bondit sur le pont.

C'était la mère effrayée qui cherchait sa fille, n'osant pas soupçonner qu'elle ait pu désobéir et commettre la folie de venir ici voir *son papa* : son papa !... le va-nu-pieds du *Sanaga*, l'horrible fou dont le bruit courait qu'il s'était échappé d'un asile et que la police devait l'emmener d'un jour à l'autre. Elle avait découvert le vélo sur la dune, il n'y avait personne alentour, elle voyait avec épouvante le soleil se coucher. Elle marchait la tête en feu vers l'épave, prête à mourir, à tuer, suppliant sa fille et s'attendant à voir le fou du cargo jeter à ses pieds un couteau plein de sang.

« C'est ma maman, s'écria joyeusement la fillette en l'apercevant au loin. Maman, maman, je suis là... » Puis à Ludo : « Allez viens, on va la chercher. Ma maman c'est la plus gentille des mamans... »

Il la reconduisit dehors. Une femme accourait vers eux, gémissant le nom d' « Amandine » et trébuchant dans le sable avec des sanglots. L'enfant fila se blottir dans les bras maternels. Alors, ses nerfs l'abandonnant, la femme se mit à balancer la tête et à crier : « Salaud, salaud » d'une voix pleurante, étreignant sa fille pour la protéger d'un péril imaginaire. Et chaque fois qu'il répondait faiblement : « Mais, madame... », elle reprenait : « Salaud » de plus en plus fort en s'éloignant à reculons. Juste avant de quitter la plage elle se retourna pour lancer une dernière injure en y mettant toute sa rage de mère à bout d'angoisse ; puis s'empêtrant sur la dune avec Amandine, elle disparut.

Ludo resta longtemps sans bouger, face au couchant, regardant la nuit se propager sur la mer.

L'obscurité chaude était un drame en suspens, le signe avant-coureur d'une menace auquel la bouée sonore ajoutait sa litanie lugubre... Qu'avait-il fait de mal?... Pourquoi l'injurier quand une petite fille lui rendait visite?... Quand se décideraient-*ils* à venir l'arrêter?... Quand le retrouveraient-*ils*?... Et s'*ils* tiraient sur le fou, s'*ils* l'abattaient comme un chien!... Et s'il scrutait vers la forêt sombre où sans doute *ils* étaient là, tous, avec leurs fusils. Il remonta sur le navire en déplorant de n'avoir personne à qui raconter sa vie.

A l'aube il fut réveillé par des vibrations dans la coque et le tintamare aigu d'une machine : la mise en pièces du *Sanaga* commençait.

XIX

« Moi, Francis Couélan, j'ai bien l'honneur de soussigner comme quoi le cargo vraquier *Sanaga* s'est échoué sur la plage et comme qui dirait dans mon jardin. C'était marée haute et minuit, Monsieur le Maire, un beau temps plat comme la main. Voilà t'y pas qu'en plein dans mes carreaux, je vois les feux d'un navire, comme à la parade. Le temps d'enfiler mon falzar et de mettre à l'eau mon canot, et je godillais vers le flandrin qui s'était emmanché sur le haut-fond et qui n'avait même pas stoppé la machine, une mayonnaise au cul fallait voir ! Ça bêlait là-dessus, une vraie porcherie. Et quand j'accoste au flanc, c'est tout un harem de moutons qui se balançait à la patouille en gueulant, on n'entendait même plus la bouée. Je grimpe une échelle. Sauf le respect je suis accueilli par un grand nègre à poil, même pas le caleçon, avec une valise et un parapluie grand ouvert au cas qu'une étoile se serait dévissée. " C'est quoi ce bordel ? que j'y dis. — Orly, qu'y me fait. — Orly mes fesses ! j'y dis. — Orly ouest ", qu'il fait. Et voilà qu'il se jette à la flotte, mon nègre, avec son parapluie, sa valise, et les moutons qui pleuvaient toujours. Je fonce à la passerelle. Trois officiers qui faisaient semblant de tenir le cap, peut-être même qu'ils imitaient le bruit du moteur. " Messieurs, que je dis, je suis heureux de vous souhaiter la bienvenue dans mon jardin. " Ils se sont mis à chanter dans je ne sais plus quel javanais. Beurrés qu'ils étaient ! jusqu'à l'os du foie. Et puis tout s'est mis à flamber sur l'arrière et moi j'ai repris mon canot vite fait, démerdez-vous la marine ! Terminé pour les moutons qui s'étaient noyés, sauf un qui m'appelait au secours, et moi je comprenais mieux le mouton que le capitaine du bateau. Le bestiau m'appelait, Monsieur le Maire, il dérivait cap au large, à fond sur la bouée, il devait s'imaginer que le Petit Jésus des moutons lui parlait. Je lui ai passé une amarre et je l'ai ramené à terre. Il bêlait, la bouée bêlait, je m'y suis mis de même, ah ça quand je veux je bêle aussi bien qu'un vrai mouton. Et je l'ai adopté, Monsieur le Maire, Panurge il s'appelle, à cause de Moïse quand il a traversé le Jourdain. Il a sa niche à l'entrée, chez moi, juste en face de celle où j'avais mon chien, celui qu'on ma tué, soi-disant qu'il mettait des volées à votre chien-loup. Maintenant j'ai Panurge, et c'est pas lui qui mordrait ! Même qu'il est pote avec le dinguebidon qui s'est mis sur l'épave et dont auquel vous m'avez demandé un rapport. Et voilà mon rapport, Monsieur le Maire. Le dinguebidon c'est le meilleur des gars. Il est pas plus dinguebidon que vous, Panurge ou moi. Le dinguebidon dérange personne à la plage, et si les vieux os du *Sanaga* lui tiennent chaud, moi je vois pas pourquoi qu'on irait l'emmerder. J'ai rien d'autre à dire, et si vous avez besoin d'un missel pour jurer, je suis d'accord. »

Le Maire, un petit homme aux airs mielleux, secoua la tête.

« Ça ira, Monsieur Couélan, merci beaucoup. D'ailleurs on ne vous en demandait pas tant. C'était juste pour avoir une idée sur lui, on ne lui veut aucun mal à ce garçon. Je compte sur votre discrétion. »

Francis Couélan sortit.

Dans le bureau du Maire étaient présents Nicole Bossard, Helena Rakoff et Roger Waille, psychiatre habituel du Centre Saint-Paul.

« Il y a vos intérêts, bien sûr, reprit le Maire, mais il y a ceux de la Commune. Et puis si ce gosse est dangereux, mieux vaut l'arrêter tout de suite. »

Mademoiselle Rakoff leva la main.

« Il ne s'agit pas de l' " arrêter ", Monsieur le Maire, mais de le ramener en milieu médical. Ludovic est un malade, pas un criminel. D'ailleurs il n'est pas vraiment dangereux. Il suffit d'agir par la douceur avec lui. Croyez-moi, s'il voit des policiers, c'est là qu'il peut faire des bêtises ou même s'enfuir à nouveau, et ce sera toute une comédie pour le rattraper. »

Le Maire soupira.

« C'est bien gentil, la douceur !... Mais je viens d'apprendre qu'il avait tiré au pistolet sur des jeunes... Et puis qu'est-ce qu'il a cet enfant... Vous m'avez écrit qu'il était déficient mental, ça peut aller très loin, ces choses-là. Moi j'ai besoin de préciser ça sur mon rapport. »

Mademoiselle Rakoff se tourna vers son voisin.

« Eh bien justement, voici le docteur Waille. C'est lui qui suivait Ludovic à Saint-Paul. Et je lui ai demandé de bien vouloir se joindre à nous pour exposer son point de vue. »

Le psychiatre se mit à pontifier d'un ton grognon.

« Ludovic est un cas médicalement... peu répandu. Un arriéré de type asilaire, aucun doute là-dessus, mais difficile à catégoriser. Chez lui, c'est l'oblitération des processus cognitifs qui est caractérisque. Pour l'adolescent ce manque est généralement catalyseur d'une dégradation des mécanismes adaptatifs, lexie, latéralité, ce qui est bien sûr très amputant. Ludovic a mécanisé tous ses complexes à contretemps. Il n'a pas eu le pénis paternel ni le sein maternel à mentaliser pour l'élaboration d'une sexualité homogène...

— Et pour le rapport, docteur, intervint le Maire avec nervosité, vous n'auriez pas une formule en deux, trois mots ? »

Le docteur Waille le fusilla du regard.

« Ecrivez donc : " dysfonctionnalité paranoïde ", et ça suffira.

— Eh bien parfait, docteur... Maintenant j'ai besoin de savoir comment Mademoiselle Rakoff a prévu de récupérer... son malade.

— C'est une petite ruse, annonça l'infirmière en souriant. Oh le Bon Dieu nous pardonnera, et aussi mon Ludo j'en suis sûre. Il suffit d'envoyer quelqu'un sur le bateau. Quelqu'un qui ait toute sa confiance et qui lui proposerait une promenade en voiture. Et quand il arriverait derrière la dune, eh bien les infirmiers n'auraient plus qu'à le faire monter dans l'ambulance et le tour serait joué.

— Vis-à-vis de la loi, moi je suis tenu d'alerter les gendarmes.

— Ils n'ont qu'à pas se montrer, c'est tout. S'ils

assistent de loin au bon déroulement des opérations, ça ne pose aucun problème et Ludovic se retrouvera dès ce soir à Saint-Paul. »

Le Maire fit la grimace :

« Bon, eh bien essayons... Mais reste à trouver la personne de confiance à envoyer à bord du bateau. »

Quand Francis Couélan descendit sur la plage, il ne trouva que les ferrailleurs autour du navire, occupés à laminer les œuvres vides au chalumeau.

« Faut se manier, lui dit le chef de chantier. La mer monte. Encore deux heures et on aura les pieds dans l'eau. Avec la grande marée, ça traîne pas !

— Et le gosse, répondit Couélan, il est où ?

— Ça il nous raconte pas sa vie. Des fois il s'installe à côté, et il regarde. Pourtant y a rien à voir. Nous on s'en occupe pas. On sait jamais avec les zinzins. Mais pour dire où il est cet après-midi, ça j'en sais rien... »

Le *Sanaga* n'avait plus d'avant. Il béait sur toute sa hauteur, exhibant ses entrailles proprement sectionnées par le feu.

« ... Plus qu'une dizaine de jours, et y sera nettoyé !... Il nous en aura fait baver celui-là. »

Couélan remonta vers la forêt. Il reviendrait plus tard avertir Ludo. Une racaille, ce village ! Une racaille ce Maire ! Une racaille tous ces gens soupçonneux qui ne valaient pas le dernier clou d'une épave pourrie.

En franchissant la lisière, il tomba sur trois policiers qui le prièrent aimablement de monter à bord d'une estafette bleue cachée sous les pins.

Ludo marchait le long du rivage. Il était torse nu. L'après-midi finissait. Des bateaux couleur de fumée passaient au loin, gagnant le rail de navigation. Peut-être il ferait matelot. D'abord il voulait revoir sa mère. Il se croyait porteur d'un secret dont l'aveu dissiperait les ombres et les réconcilierait. C'était comme un souvenir qu'il n'arrivait pas à formuler. Il revenait des Buissonnets où pas plus que les jours précédents il n'avait trouvé Nicole. Il en voulait vaguement à Micho de l'avoir quittée, de s'être laissé quitter, de ce nouveau désarroi qui transformait l'avenir en sables mouvants.

Il s'arrêta pour téter un tube de lait découvert le matin dans sa boîte aux lettres avec un paquet de pain d'épice et deux tablettes de chocolat liés par du sparadrap. Un court message accompagnait l'ensemble :

> *Excusez-moi pour hier. Amandine vous aime beaucoup.*
>
> *Sa maman*

Il se remit à marcher en fredonnant qu'Amandine aimait beaucoup Ludo, ce que personne auparavant ne lui avait jamais dit. L'épave apparut dans une brume opalescente, un demi-cargo fendu par le milieu dont on pouvait s'interroger de loin s'il n'était pas en cours de finition. Une détresse lui brouillait l'âme au fur et à mesure qu'il avançait. La camionnette manœuvrait, les ouvriers décrochaient. Ils seraient là demain, puis après-demain, puis encore, et puis tout serait fini ; le sable désert ne se souviendrait de rien.

Il entra sur le chantier. Des piranhas en train de sucer un bœuf. Ils avaient mis les bouchées doubles, aujourd'hui. L'étrave et les pavois gisaient pêle-mêle. Au pied du navire, un vrac de ferraille étalait comme les bas morceaux d'une curée boudés par les charognards. L'odeur du métal et des gaz brûlés saisissait la gorge. Bouleversé Ludo flattait les amas déposés qui rendaient un son mort. Vers l'arrière une vision l'acheva : l'hélice jetée sur la grève, trophée d'un carnage ayant vu châtrer son navire.

Cette fois encore il restait seul avec l'océan, seul avec le soir, tristement heureux d'une intimité qui l'assimilait à l'univers comme au dernier boulon grippé de ce ventre en ruine où, depuis Noël, il avait creusé sa souille.

Combien de jours encore, combien de soleils à voir se défaire ici dans la torpeur du couchant ?

A l'intérieur, apparemment, rien n'avait changé. Le portrait masqué tapissait les murs du carré. Le portrait. La femme au revers de la main, la femme invisible, tatouée dans la chair d'un navire promis au chalumeau, c'était son emblème à lui, c'était lui. A toutes forces il écrasa son poing sur la fresque. Il partirait, c'était sûr. Il n'irait pas chez les fous. Il ferait matelot. D'après Couélan c'était facile. En Espagne on trouvait toujours à s'enrôler. Le seul problème était la frontière et les papiers, le seul problème était sa mère qui l'avait toujours privé d'identité.

Il regardait sa cabine avec désolation, le lit composé d'oripeaux pris au dépotoir, le cuivre bien astiqué du sabord, les gerbes fanées d'Amandine, les galets, les coquillages et les têtes de crabes, autant de marées basses dont il ne fêterait plus les vestiges. Désespéré il monta sur le pont.

Accoudé au plat-bord, il devait plisser les yeux face à la mer miroitante et sans vent. C'était un soir de mai languide et chaud. Le soleil déclinant pavait l'horizon d'écailles rosées. C'est à peine si l'on entendait l'arpège évasif de la bouée. Sur le haut-fond, la vague paraissait flotter en plein ciel, comme un prodige, et puis se réincarnait dans un déferlement sourd. Le regard de Ludo rencontra l'arène embrumée du littoral, le sable décoloré, le moutonnement des pins à l'infini. Consolé par le silence, il allait redescendre au carré lorsqu'il tressaillit : quelqu'un venait d'entrer sur la plage au détour du blockhaus. Quelqu'un marchait vers le *Sanaga* sans dévier, non pas en flâneur, et semblait arriver au but qu'il s'était fixé. S'éloignant prudemment du bord, Ludo courut se réfugier à la timonerie pour l'épier incognito.

Bras nus, lunettes noires, cheveux au vent, c'était une femme. Il aurait pu nommer entre mille cette foulée rapide et nerveuse, et plus elle approchait plus son cœur battait, plus cette apparition qu'il n'avait espéré qu'en rêve entrait dans un instant réel faisant éclater son passé comme un cri : Nicole... Sa mère... Elle arrivait... Elle répondait à sa lettre et venait enfin le chercher.

Il la perdit de vue quand elle atteignit la coque et puis entendit jeter son nom.

Il se prit les tempes à deux mains, n'en pouvant plus d'émotion. Elle avait dû passer la tête à l'intérieur du navire, elle appelait toujours mais il n'arrivait pas à bouger, son cœur lui faisait trop mal. Il voulait répondre et ne parvenait qu'à gémir, assourdi par le bruit du sang dans ses veines, et cherchant d'abord à garder l'équilibre. On n'entendait plus rien. Ludo se précipita au hublot. Des traînées mauves balayaient l'espace, la marée montait le long du navire, la plage vide était lentement gagnée par le soir. Où était-elle ?... Où était sa mère ?.... Une peur panique le fit sortir et dévaler l'échelle du carré.

Debout dans la lumière, examinant les murs avec indifférence, elle était là. Elle se raidit à sa vue.

« Eh bien ce n'est pas trop tôt, commença-t-elle en essayant un sourire. Ça fait une demi-heure que je te cherche... Bonjour quand même... Alors, Ludovic, tu ne dis pas bonjour à ta mère ?... »

Elle était en robe d'été jaune avec une cordelette à la taille, si transparente au gré des contrejours.

« Je n'aurais jamais cru me retrouver dans un endroit pareil... »

Et le soleil rasant dans ses cheveux, des paillettes d'or, le soleil sur les bras nus, sur les chevilles et sur les pieds chaussés d'un léger cuir.

« Je me suis fait mal en montant, si ça t'intéresse, et ma robe est tâchée maintenant, c'est malin... Il n'y a pas idée non plus d'habiter ici... C'est vraiment dégoûtant... Et puis cette horrible odeur !... Ah ! il n'y a vraiment que toi pour faire des bêtises pareilles. »

Elle avait ouvert la porte de la cabine.

« C'est ta chambre, ici ?... Elle est presque mieux arrangée qu'aux Buissonnets... C'est quoi, ces horreurs ?... »

Elle montrait les bouquets chauves d'Amandine.

« Des fleurs, répondit Ludo.

— Des fleurs ?... On ne peut pas dire qu'elles aient l'air très heureuses, ici !...

— Tu viens me chercher ! » demanda-t-il prudemment.

Elle le regarda surprise.

« Mais oui, comment le sais-tu ?... Enfin ne t'inquiète pas, tout va très bien se passer...

— C'est bien quand t'as les cheveux longs », dit-il d'une voix rauque après un silence.

Alors il croisa le regard de Nicole et l'illusion solaire s'évanouit. C'était un vilain regard, sec et déçu, fuyant sous des paupières trop maquillées. Aux yeux la voix s'unissait par mille accords secrets puisant l'amertume au même filon ; de petites rides griffaient le tour de la bouche à travers le fard.

« Tu n'as vraiment pas changé, dit-elle. Déjà quand tu étais au grenier, tu me faisais le numéro des grands yeux verts un peu bêtas qui ne savent plus où ils en sont. Tu te souviens ?... Tu ne voulais pas dire un mot. Tu me regardais comme une otarie. Tu n'arrêtais pas de tourner en rond pour m'exaspérer... Enfin !... »

Elle fit un pas vers lui. Elle était juste devant le hublot, recevant de plein fouet le soleil rouge dans les cheveux. Ses cheveux rouges. Elle continuait à parler d'un air morne. Elle racontait Peilhac, les Buissonnets, le calvaire d'avoir un enfant non seulement idiot mais sournois, incapable d'une gentillesse avec elle, toujours des histoires... L'aigreur des intonations tordait sa bouche en rictus, mais la voix berçait Ludo qui n'écoutait rien. Une tristesse passionnée l'exaltait. Regardant sa mère il sentait monter à ses lèvres un secret qu'il ne connaissait pas encore et qu'il savait devoir proférer ici, dans le fragile espace où Nicole avait soudain fait le seul pas qui les eût jamais rapprochés.

« Pourquoi t'es pas venue, dit-il soudain, pourquoi t'es pas venue à Noël ? »

Nicole parut ahurie.

« A Noël ?... Elle est bien bonne !... J'avais d'autres soucis en tête, figure-toi !... Mais toi, bien sûr, tu n'as pensé qu'à toi, comme d'habitude !... Enfin trêve de bavardage, je suis venue te parler... te parler pour ton bien...

— C'est vrai qu'on va repartir toi et moi ? murmura-t-il en douceur.

— Mais oui, mais oui... Une seconde !... »

Elle s'énervait à présent sur chaque mot, regardait les murs, toutes ces mains, toutes ces femmes alignées qu'on ne voyait pas, c'était vraiment l'œuvre d'un fou.

« Tu as beau m'avoir gâché la vie, il serait quand même temps que nous fassions la paix toi et moi... »

Il n'y avait aucune paix dans un tel regard, aucun pardon malgré la voix qui se cherchait des accents maternels, aucune espérance.

« L'air dur que tu avais le matin quand tu venais me réveiller. J'avais toujours peur que tu mijotes un sale coup. Tu ne répondais pas aux questions, tu prenais des grands airs... Pense que tu ne m'as jamais appelée maman... Et tu aurais voulu que je réponde à tes lettres ?... Ah ça non alors ! »

Le petit déjeuner aux Buissonnets. Le rocking-chair. Elle, provocante avec ses poses alanguies, ses bas noirs et l'éternelle petit phrase à poison : « Dis maman, Ludo... » C'est bien vrai qu'il n'avait jamais répondu.

« Même au Centre Saint-Paul tu arrivais encore à me gâcher la vie, poursuivait Nicole. Tu n'as jamais vraiment voulu changer. Jamais tu n'as essayé. Tu aurais peut-être pu guérir avec un peu de bonne volonté. Quand je pense à tout cet argent gaspillé pour rien !... Sans compter cette horrible histoire d'incendie qui nous a coûté si cher...

— Et toi, murmura-t-il les yeux suppliants, tu ne m'as jamais embrassé, jamais caressé, jamais touché, jamais aimé...

— Qu'est-ce que tu racontes, Ludovic ?... Ah ! Tu ne vas pas recommencer à marmonner s'il te plaît, et avec cette horrible barbe on ne comprend rien... Non mais quelle tête de mule !... Ah ce n'était pas une vie de t'avoir à la maison. Je ne sais même pas si tu te rends compte qu'à cause de toi j'ai dû épouser un vieux. Oh je sais, tu l'aimais bien, et lui aussi, mais c'est un vieil égoïste, et si tu veux le savoir nous divorçons... Enfin ce n'est pas ton problème. Mademoiselle Rakoff a beaucoup d'affection pour toi, tu sais. Tu lui as fait de la peine en t'échappant. Comme elle est très bonne elle veut bien te reprendre pour un nouvel essai. Alors ne fais pas d'histoire, s'il te plaît. Je suis d'ailleurs sûre que dans le fond tu es content. Tu n'allais pas continuer à vivre ici comme une espèce de bohémien... »

Ludo sursauta.

« Pourquoi... », dit-il d'une voix perdue.

Le fixant au plus profond des yeux, Nicole avait pris sa main et doucement la posait sur sa joue. Elle ébauchait un sourire.

« Allons, dit-elle en feutrant la voix jusqu'au murmure, oublions le passé veux-tu... j'ai... beaucoup souffert à cause de toi... mais plus rien n'est comme avant, je vais me remarier... Nous sommes amis désormais : dis maman, Ludo... »

Et voilà que sa main tremblant sur le visage de Nicole il s'entendit répondre tout bas : « Maman. » Un sanglot roula dans sa gorge, il répéta plus fort : « Maman. » Elle avait fermé les yeux. Ludo regardait sa main caresser les joues, les lèvres, le front de celle qui lui avait toujours refusé la moindre caresse, le moindre amour. Le mot jamais prononcé, le secret jamais livré, le cri jamais crié libéraient en lui des forces qui l'aveuglaient, la tête envahie d'une euphorie déchirante il se mit à lancer : « Maman, maman » de plus en plus fort, effrayant Nicole. « Veux-tu me lâcher, s'énervait-elle, ah tu es donc vraiment fou, Ludo, fou comme ton père, totalement fou », mais lui clamait toujours « Maman » comme un appel au secours et semblait ne plus pouvoir s'arrêter.

Elle griffait et criait, il l'avait repoussée contre la paroi parmi ses dessins. Plaqué sur elle, il voyait ses doigts écraser la face maternelle, voyait les yeux écarquillés d'horreur entre les doigts, les cheveux rouges de soleil, et il scandait « Maman, maman », lui tapant la tête à la volée sur l'acier. Et comme elle se débattait encore il descendit sa main vers le cou, démasquant stupéfait le portrait qui l'avait lanciné dès l'enfance, et rempli d'allégresse il se mit à serrer, serrer de toutes ses forces. Enfin le spasme inonda ses nerfs et la petite mort délivra Ludo.

Il regardait avec stupeur le cadavre à ses pieds, sa mère, la robe et les cheveux en bataille, les yeux grands ouverts. Il s'agenouilla, paniqué. Il était hors d'haleine. *Ils* allaient sûrement venir, maintenant, *ils* allaient lui prendre sa mère une fois encore, *ils* allaient le prendre lui, vouloir enfermer le fou pour toujours, il ne la verrait plus. Il fallait faire vite. Ludo prit Nicole dans ses bras et l'étreignant descendit aux machines. Il l'embrassait convulsivement avec de petits baisers qu'il noyait dans sa chevelure. A bout de force il répétait maman, maman, mais déjà le mot se figeait très loin. Sans lâcher sa mère il gagna titubant la sortie du navire, regarda les flots battre mollement la voûte, et se laissa tomber avec elle à la mer. Il dégagea son bras droit pour nager, de l'autre il la tenait bien fort et ses longs cheveux à fleur d'eau lui caressaient la bouche. Il se dirigeait vers le large et se hâtait comme s'il avait rendez-vous, bredouillant des mots passionnés. Une langueur de plomb régnait sur la mer tout à fait lisse. Un liseré mauve fonçait encore l'horizon. Le voyant rouge de la bouée dansait au nord, on entendait son appel plaintif soudain couvert par le vacarme sourd des brisants. Ludo se retourna. Le rivage s'éloignait dans la nuit tombante, la ligne assombrie des pins gommait doucement l'épave. Nicole pesait à son bras. Ils allaient s'endormir dans le lit du soleil, la vie ne les désunirait plus. Mais il avait beau s'enfuir avec elle et savoir qu'il n'irait jamais chez les fous, qu'ils étaient sauvés tous les deux, la tristesse un moment détournée renaissait en lui. Il commençait d'avoir mal au cœur, mal au corps, il respirait de plus en plus mal et frissonnait d'épouvante à la vue des rouleaux qui blanchissaient l'ombre devant lui. « J'ai peur », murmura-t-il en passant les deux bras autour de sa mère ; puis il se laissa couler dans les remous qui menaient droit sur la déferlante.

DU MÊME AUTEUR

Aux Éditions Gallimard

LE CHARME NOIR, *roman*.

COLLECTION FOLIO

Dernières parutions

Impression Bussière à Saint-Amand (Cher),
le 5 août 1987.
Dépôt légal : août 1987.
Numéro d'imprimeur : 703.

ISBN 2-07-037856-X.